KB247952

위대한 개츠비

이음문고

다시 젤다에게

황금 모자를 써라. 그것으로 그녀의 마음을
움직일 수 있다면.
높이 뛰어오를 수 있다면 그녀를 위해 높이
뛰어올라도 보아라.
그녀가 이렇게 소리칠 때까지. "사랑하는
이여, 황금 모자를 쓴 높이 뛰어오르는 사랑
하는 이여, 내가 당신을 꼭 차지하겠어요!"

토머스 파크 딘빌리어스

목차

제 1 장

내가 지금보다 어리고 쉽게 상처받던 시절에 아버지가 들려준 말이 있는데, 아직도 그 말을 마음속에 되새기고 있다.

"네가 누군가를 비판하고 싶은 마음이 들거든 세상 사람 모두가 너처럼 혜택을 누리고 살지는 못한다는 점을 기억하렴."

더 이상 긴 얘기를 하지 않았지만 우리 부자는 말하

지 않아도 잘 통하는 사이여서 나는 아버지의 말에 그 이상의 깊은 뜻이 있음을 알 수 있었다. 그래서 사람들에 대한 판단을 유보하다 보니 별난 사람들의 접근을 많이 받았고, 따분한 사람들의 이야기를 적잖이 들어주어야 했다. 정상적인 사람에게서 이런 모습을 발견하면 비정상적인 사람들이 들러붙기 마련이다. 대학 시절에는 정치적 인간이라는 부당한 비난을 받기도 했다. 잘 알지도 못하는 사람들의 비밀스러운 고민까지 알고 있었기 때문이다.

하지만 그건 내가 원하는 일이 아니었다. 결국 은밀한 이야기를 털어놓을 것 같은 조짐이 보이면 자는 척을 하거나, 다른 일을 하는 체하거나, 아니면 신중하지 못한 사람인 척 행동하곤 했다. 그들이 털어놓는 이야기나, 적어도 그런 이야기를 전달하는 말투란 대개 자신이 아닌 다른 사람들 것이고, 그 사실을 숨기려다 보니 이야기에 허점이 많았다.

판단을 유보한다는 건 무한한 희망을 갖는다는 것과 같다. 아버지가 점잔 빼고 한 말을 나도 점잔 빼고 되풀이하자면, 사람으로서 갖추어야 하는 기본 품격

이란 태어날 때부터 서로 다른 법이다. 이런 사실을 잊어서 뭔가 중요한 것을 놓칠까 봐 여전히 걱정스럽다.

이렇게 나의 관대한 태도를 자랑했지만 한계가 있다는 것을 인정하지 않을 수 없다. 인간의 행위는 단단한 바위에 기반을 두기도 하고 무른 습지에 기반을 두기도 하지만, 어떤 단계가 지나면 행위의 기반이 무엇이든 상관없어진다. 가을 동부에서 돌아왔을 때는 세상 사람들 모두가 한결같이 부동자세를 취하듯 도덕적 자세를 유지하면 좋겠다고 생각했다. 특권 의식을 가진 채 사람들의 마음을 들여다보고 싶지 않았다. 이 책에 이름을 준 개츠비만은 예외였다.

개츠비는 내가 경멸하는 모든 것을 대표하는 인물이었다. 사람의 개성이 일련의 성공적인 몸짓이라고 한다면, 개츠비는 뭔가 대단한 것이 있었다. 1만 6천 킬로미터 밖의 지진을 기록하는 정교한 장치처럼 인생의 희망을 감지하는 고도의 감성을 갖고 있었다. 이런 날카로운 반응은 '창조적 기질'이라는 이름으로 거창하게 포장된 무기력한 감수성과는 전혀 달랐다. 희망에 대한 비범한 재능이었으며, 그 어떤 사람에게서도 볼 수 없고 두 번 다시는 볼 수 없을 삶에 대한 낭만적인 자세였다. 결국 개츠비가 옳았다. 내가 실패로 인한 고통과 벅찬 환희에 한동안 흥미를 잃어버린 이유는 개츠비를 괴롭힌 것, 개츠비의 꿈이 지나간 자리에 떠도는 더러운 먼지 때문이었다.

우리 집안은 이 중서부 도시에서 3대째 살아온 부유한 명문가다. 캐러웨이가는 제법 뼈대 있는 가문으로 버클루 공작*의 후손이라는 말이 있지만, 실제로 집안을 일으킨 것은 할아버지의 형님이었다. 큰할아버지는 1851년 중서부에 와서 정착했으며, 남북전쟁이 일어나자 사람을 사서 전쟁터에 내보내고 철물 도매업을 시작했다. 지금은 우리 아버지가 그 사업을 이어받았다.

큰할아버지를 만난 적은 없다. 하지만 아버지 사무실에 걸린 초상화에서 다소 고집스러운 듯한 모습을 보면 내가 큰할아버지를 닮았다는 생각이 든다. 나는

---

*버클루 공작은 동커스터 공작을 겸하고 있다. 4장에 개츠비가 옥스퍼드에서 동커스터 백작과 찍은 사진이 나오는데, 피츠제럴드는 비공식적으로 닉과 개츠비가 생각보다 가까운 '관계'일 수도 있음을 암시한다.

아버지보다 25년 후인 1915년에 뉴헤이븐의 대학**을 졸업했다. 그리고 얼마 뒤 제1차 세계대전이라는 독일인과의 전쟁에 참전했다. 미국의 반격을 속속들이 경험하고 고향에 돌아온 뒤에는 마음을 잡지 못했다. 중서부가 활기찬 세상의 중심이 아니라 초라한 변두리로 보였다. 고민 끝에 동부로 가서 증권 공부를 해보기로 결정했다. 내가 아는 사람들이 모두 증권업에 종사하는 만큼 나 같은 독신 남자 하나쯤 더 뛰어들어도 괜찮을 것 같았다. 친척들은 내가 다닐 학교라도 고르는 것처럼 진지하게 논의한 뒤 격정은 되지만 마지못해 승낙해주었다. 아버지는 1년간 경제적 지원을 약속했다. 이런저런 이유로 출발이 미뤄지다가 1922년 봄 아예 머물러 살 작정으로 동부에 왔다.

시내에서 셋집을 구하는 것이 편리했지만, 마침 따뜻한 계절이고 넓은 잔디밭과 정든 나무들이 있는 고향을 막 떠나온 터라 통근 가능한 교외 지역에 함께 집을 빌리자는 사무실 동료의 제안에 귀가 솔깃해졌다. 그는 비바람에 빛이 바랜 월세 80달러짜리 낡은

** 예일대학을 의미한다.

단층집을 찾아냈다. 하지만 이사를 앞두고 그가 워싱턴으로 발령 나는 바람에 나 혼자 그 집으로 들어갔다. 며칠 후 도망가버리긴 했지만 개도 있었다. 그리고 낡은 다지 자동차와 핀란드인 가정부를 구했다. 가정부는 내 잠자리를 정리하고 아침을 챙겨주었는데, 전기난로에 몸을 구부린 채 핀란드 속담을 중얼거리곤 했다.

그렇게 하루 이틀 외롭게 지내던 어느 날 아침, 길에서 나보다 늦게 이사 온 듯한 남자를 만났다.

"웨스트에그 마을로 가려면 어떻게 가야 하나요?"
그는 난감한 표정이었다.

나는 길을 알려주었다. 그리고 다시 걸으면서 더 이상 외로움이 느껴지지 않았다. 나는 안내자이고 길잡이이며 원주민이었다. 그 사람 덕분에 나는 이 마을 사람이라는 신분을 얻을 수 있었다.

영화의 고속 촬영 장면에서 식물이 빠르게 자라는 것처럼 햇빛을 받아 나날이 무성해지는 나뭇잎을 바라보며 이 여름과 함께 새로운 인생이 시작되고 있다는 확신이 들었다.

우선 읽어야 할 책도 많았고, 맑고 신선한 공기를 마시며 쇠약해진 건강도 챙겨야 했다. 은행 영업, 신용 거래, 투자유가증권에 관한 책을 열두 권 샀다. 책들은 조폐국에서 갓 찍어낸 화폐처럼 붉은색과 황금색을 번쩍이며 책장에 꽂혀 있었다. 그 모습이 마치 미다스, J.P. 모건, 마에케나스*만이 알고 있는 신비한 비밀을 알려주겠다고 약속하는 것 같았다. 이 외에 다른 책들도 많이 읽어볼 계획이었다.

대학 시절 나는 문학에 제법 소질이 있었다. 어느 해에는 《예일 뉴스Yale News》에 아주 진지하면서도 명료한 논설을 기고한 적도 있었다. 이제 그런 재능을 모두 되살려서 전문가 중에서도 흔치 않은 '균형 잡힌 사람'이 되어보고 싶었다. 인생이란 결국 하나의 창을 통해서 들여다볼 때 더 잘 볼 수 있는 법이다.

내가 북아메리카에서도 가장 별난 지역에 집을 얻은 것은 우연이었다. 뉴욕에서 정동쪽으로 뻗은 떠들썩하고 활기찬 좁다란 섬에 자리 잡은 집이었다. 자연적으로 생겨난 진기한 지형들 중에서도 특이한 두 지

* 마에케나스Maecenas. 로마의 정치가.

형이 있었다. 뉴욕시에서 32킬로미터 떨어진 거대한 달걀 모양의 두 지형은 서로 똑 닮았으며, 작은 만을 사이에 두고 서반구 바다에서 사람의 손길이 가장 많이 닿은 롱아일랜드 해협 쪽으로 튀어나와 있었다. 완벽한 타원형은 아니고 콜럼버스 이야기에 나오는 달걀처럼 서로 닿는 끝 부분이 납작했다. 두 지형의 모양이 너무나 비슷해서 그 위를 날아다니는 갈매기들도 헛갈릴 정도였다. 하지만 날개 없는 존재인 인간이 보기에는 모양과 크기 외에는 비슷한 면이 없었다.

나는 웨스트에그에 살았는데, 이스트에그에 비하면 덜 세련된 곳이었다. 하지만 이는 두 지역 사이의 독특하면서도 미묘한 차이를 피상적으로 표현하는 데 지나지 않는다. 집은 해협에서 45미터가량 떨어진 달걀 모양의 끝에 위치했고, 한 철 임대료가 1만 2천에서 1만 5천 달러 정도 되는 거대한 두 저택 사이에 끼어 있었다.

오른쪽 저택은 누가 봐도 어마어마한 규모였다. 노르망디 시청을 그대로 모방하여 지었는데, 한쪽에는 가느다란 수염 같은 담쟁이덩굴로 뒤덮인 새로 지은

탑이 보였고, 대리석 수영장을 비롯해 16만 제곱미터가 넘는 너른 잔디밭과 정원이 펼쳐져 있었다. 바로 개츠비의 저택이었다. 정확히 말하면, 아직 개츠비를 알기 전이었으니, 그런 이름의 신사가 사는 저택이었다. 내 집이 눈에 거슬릴 수 있었지만 워낙 작아서 그냥 지나칠 만했다. 덕분에 나는 월세 80달러로 해변과 이웃집의 잔디밭 한 귀퉁이를 바라보면서 백만장자 근처에 산다는 위안을 삼을 수 있었다.

작은 만 건너편인 이스트에그는 새하얀 궁전 같은 저택들이 해변을 따라 반짝거렸다. 그해 여름의 역사는 톰 뷰캐넌 부부와 저녁을 먹기 위해 차를 달리던 그날 저녁에 시작된다. 톰의 아내 데이지는 먼 친척 여동생이고 톰은 대학 시절부터 알고 지낸 사이였다. 전쟁 직후 그들의 시카고 집에서 이틀을 보낸 적도 있었다.

톰은 운동에 재능이 있었다. 예일대 미식축구팀에서 가장 강력한 엔드*답게 미국 전역에 어느 정도 알려졌지만, 스물한 살 때 인생의 절정을 맞은 뒤로 모

* 전위 양 끝의 선수.

든 것이 실망스러운 인물이었다. 톰의 집안은 엄청난 부자였다. 대학 시절에도 씀씀이가 커서 친구들의 눈총을 받았는데, 시카고를 떠나 동부로 옮겨올 때도 그 규모를 보고 다들 깜짝 놀랐다. 이를테면 레이크포레스트*에서 폴로 경기용 말을 한 떼나 끌고 올 정도였다. 내 또래 젊은이가 그만큼 부자일 수 있다는 게 이해되지 않았다.

그들이 왜 동부로 왔는지 나는 모른다. 그들 부부는 특별한 이유 없이 프랑스에서 1년을 보냈고, 그 후로는 폴로 경기를 하는 부자들이 있는 곳이면 어디든 찾아다녔다. 데이지는 전화에 대고 이번이 마지막 이사라고 말했지만 나는 믿지 않았다. 데이지의 속마음이 어떤지는 모르겠지만, 톰은 다시 돌아올 수 없는 미식축구 선수 시절을 그리워하며 손에 땀을 쥐게 하는 경기의 극적인 흥분을 찾아 영원히 방황할 것만 같았다.

따뜻한 바람이 부는 어느 날 저녁, 나는 별로 아는 게 없는 옛 친구들을 만나러 이스트에그로 차를 몰았다. 그들의 집은 내가 예상한 것보다 훨씬 더 화려했

*시카고 근교의 상류층 주거 지역. 피츠제럴드의 첫사랑인 지네브라 킹이 살았다.

다. 활기찬 붉은색과 하얀색이 어우러진 조지 왕조의 식민지풍 저택은 만이 내려다보이는 곳에 있었다. 해변에서 시작된 잔디밭은 현관을 향해 4백 미터를 달려왔고, 해시계들과 벽돌을 깐 산책길, 불타오르는 정원을 넘어 마침내 집 앞에 이르러서는 그 추진력으로 담벼락 한 면을 기어올라가 덩굴을 이루었다. 저택 정면에는 프랑스식 창문이 한 줄로 늘어서 있었는데, 활짝 열어놓은 창들이 오후의 따뜻한 바람을 맞아들이며 황금빛으로 반짝였다. 그 현관 앞에 승마복을 입은 톰이 다리를 벌리고 서 있었다.

톰은 뉴헤이븐 시절과 많이 달라 보였다. 이제 그는 서른 살이 되었고, 담황색 머리칼에 고집 세 보이는 입매하며 거만한 태도를 보이는 건장한 남자였다. 오만하게 번뜩이는 눈빛 때문에 언제라도 달려들 것 같은 공격적인 인상을 풍겼다. 여성스러워 보이는 승마복도 힘이 넘치는 그의 몸을 가리지 못했다. 번들거리는 부츠는 꽉 끼어서 맨 위쪽 끈까지 팽팽하게 당겨진 상태였다. 어깨가 움직일 때마다 얇은 상의 속에서 근육이 꿈틀댔다. 엄청난 힘을 발휘할 것만 같은 무자비한 육체였다. 목소리까지 허스키하고 높은 데다 말투까지 퉁명스러워서 괴팍한 인상을 더했다. 톰은 좋아하는 사람들에게 말할 때조차도 아랫사람을 가르치듯 업신여기는 투였다. 사실 뉴헤이븐 시절에도 톰의 그런 태도를 싫어하는 친구가 많았다.

"이 문제들에 대한 내 의견이 절대적이라고는 생각하지 않아도 돼. 내가 너희보다 더 힘이 세고 더 남자답다고 해도 말이지." 톰은 이렇게 말하는 것 같았다.

우리는 같은 사교클럽*의 멤버였지만 친하게 지낸 적은 없었다. 물론 거칠고 도전적이긴 해도 톰이 나를 인정하며 내 호감을 사려고 하는 듯한 인상은 늘 받은 터였다.

햇살이 눈부시게 내리쬐는 현관에서 우리는 잠시 이야기를 나눴다.

"여긴 멋진 곳이지." 톰은 번득이는 눈으로 끊임없이 주위를 두리번거렸다.

톰이 한 팔로 나를 돌려세우고 눈앞에 펼쳐진 경치

---

*예일대학에는 여섯 개의 사교 클럽(비밀 클럽을 의미하기도 한다)이 있었다. 이런 클럽의 멤버가 되는 것은 사회적으로 상당한 성공이 보장되는 일이었다.

를 따라 넓적한 손을 흔들었다. 지면보다 낮은 이탈리아식 정원과 진한 향을 내뿜는 2천 제곱미터 넓이의 장미 화단 그리고 해변으로 밀려오는 파도에 흔들리는 모터보트 한 대가 보였다.

“이곳은 석유 사업을 하던 드메인 소유였어.” 톰은 정중하지만 갑작스러운 손길로 나를 다시 휙 돌려세웠다. “안으로 들어가지.”

우리는 천장이 높은 현관홀을 지나서 밝은 장밋빛 방으로 들어갔다. 방 양쪽 끝의 프랑스식 창문을 통해 건물하고 허술하게 연결된 것처럼 보이는 곳이었다. 조금 열어놓은 창문이 집 안쪽을 향해 길게 자란 새파란 잔디를 배경으로 하얗게 반짝이고 있었다. 방으로 들어온 산들바람에 커튼이 한 자락은 안으로, 다른 한 자락은 바깥으로 색 바랜 깃발처럼 펄럭이다가 웨딩케이크가 그려진 천장을 향해 뒤틀리며 날아올라갔다. 그러고는 다시 내려와 바다에 잔물결이 이는 것처럼 와인색 러그에서 살랑거리며 그림자를 드리웠다.

방 안의 가구는 엄청나게 크고 기다란 의자뿐이었는데, 젊은 여자 둘이 기구에 타고 둥실 뜬 듯이 앉아 있었다. 둘 다 하얀 드레스 차림인데, 이제 막 짧은 비행을 마치고 돌아온 것처럼 드레스 자락이 나풀거렸다. 나는 커튼이 휙휙거리는 소리와 벽에 걸린 그림이 삐걱거리는 소리를 들으며 한동안 서 있어야 했다. 그때 톰이 쾅 하고 뒤쪽 창문을 닫는 소리가 들렸다. 바람이 사라지자 커튼도 러그도 기구를 탄 두 여자도 천천히 바닥으로 내려왔다.

두 여자 중 어린 쪽은 처음 보는 얼굴이었다. 그녀는 긴 의자에 몸을 쭉 뻗고 누워서 꼼짝도 하지 않았다. 금방이라도 떨어질 것 같은 물건을 올려놓고 균형을 잡으려는 듯 턱을 조금 치켜들고 있었다. 곁눈질로 나를 본 것 같은데 전혀 내색하지 않았다. 하마터면 갑자기 들어와서 미안하다고 중얼거릴 뻔했다.

다른 여자는 데이지였다. 데이지는 의자에서 일어나려고 하다가 거북한 표정으로 몸을 살짝 숙이며 웃었다. 바보스럽지만 매력적인 웃음이었다. 나도 웃으며 방 안으로 들어갔다.

"행복해서 몸이 마비됐나 봐요."

재치 있는 말을 했다는 듯이 데이지는 다시 웃으

며 잠시 내 손을 잡았다. 그러고는 내가 세상에서 가장 만나고 싶은 사람이었다는 표정으로 내 얼굴을 빤히 쳐다보았다. 데이지는 늘 이런 식이었다. 데이지는 균형을 잡고 있는 여자의 이름이 베이커라고 속삭였다(데이지가 속삭이듯 말하는 것은 상대방을 자기 쪽으로 다가오게 하기 위해서라는 말을 들은 적이 있다. 꼭 맞는 말은 아니지만 속삭이듯 말하는 것이 매력적이기는 하다).

어쨌든 베이커 양은 입술을 살짝 움직이며 나를 향해 미세하게 고개를 끄덕이고 재빨리 고개를 뒤로 젖혔다. 균형 잡고 있던 물건이 조금 흔들려서 깜짝 놀란 모양이었다. 다시 한번 미안하다는 말이 튀어나올 뻔했다. 자부심에 찬 사람을 보면 누구에게든 찬사를 표하고 싶어진다.

나는 다시 데이지를 바라보았다. 데이지는 나직하게 떨리는 목소리로 이런저런 질문을 하기 시작했다. 한마디 한마디가 다시 연주되지 않을 음표들의 향연 같아서 귀를 기울여 따라가게 만드는 목소리였다. 얼굴에 그늘이 있었지만 반짝이는 눈망울과 생기 있는

입술이 사랑스러워 보였다. 목소리에는 데이지를 좋
아했던 남자라면 잊기 어려운 흥분이 실려 있었다. 노
래하듯 마음을 뒤흔드는 속삭임으로 '들어봐요'라고
이야기하며 방금 막 재미있고 즐거운 일이 있었고, 이
제 곧 재미있고 즐거운 일이 있을 거라고 약속하는 듯
했다.

나는 동부로 오는 길에 시카고에서 하루를 머물렀
는데, 데이지에게 안부를 전하는 사람이 많았다고 말
해주었다.

"내가 보고 싶대요?" 데이지는 기뻐 어쩔 줄 모르
며 소리쳤다.

"네가 없으니 도시 전체가 삭막하고 거리의 차들도
장례차량 같다고 하더라. 북쪽 해안에서는 밤마다 구
슬피 우는 소리도 들린대."

"어머, 정말요! 우리 돌아가요, 톰. 내일 당장이
요!" 그러고는 엉뚱한 말을 덧붙였다. "우리 아기 봐
야죠."

"봐야지."

"지금은 잠들었어요. 세 살이에요. 우리 아기 본 적

없지요?”

“본 적 없지.”

“그럼 꼭 봐야 돼요. 우리 아기는….”

그때 방 안을 서성거리던 톰이 멈춰서서 내 어깨에 손을 얹고 물었다.

“무슨 일을 하고 있나, 닉?”

“증권 일을 하고 있어.”

“어디서?”

나는 회사 이름을 말해주었다.

“들어본 적이 없는 곳인데.” 톰이 딱 잘라 말했다.

그런 말을 들으니 기분이 좋지 않았다.

“듣게 될 거야. 자네가 동부에 계속 산다면.” 나는 퉁명스럽게 대답했다.

“아, 그럼, 동부에 계속 살 거야. 걱정하지 말게.” 톰은 데이지를 흘끗 보고 나서 내게 고개를 돌렸다. 뭔가 다른 것을 경계하는 눈치였다. “다른 곳에 산다면 정말 바보 같은 짓이지.”

이때 베이커 양이 불쑥 끼어들었다. “당연하죠!” 내가 방에 들어온 이후 그녀가 처음으로 입을 연 터라 흠칫 놀랐다. 베이커 양 자신도 나만큼이나 놀란 게 틀림없었다. 하품을 하더니 재빠르게 일어서서 방 가운데로 나오며 툴툴거렸다. "소파에 너무 오래 누워 있었더니 몸이 뻣뻣하네요."

"날 보지 마. 난 오후 내내 너를 뉴욕에 데려가려고 노력했으니까." 데이지가 한마디 했다.

"난 됐어요." 방금 식품저장실에서 가져온 넉 잔의 칵테일을 쳐다보며 베이커 양이 말했다. "요즘 훈련 중이라서요."

톰은 믿을 수 없다는 듯이 베이커 양을 쳐다보았다. "그렇군!" 톰은 술이 조금밖에 남아 있지 않은 것처럼 칵테일을 단숨에 들이켰다. "당신이 어떻게 그런 걸 해내는지 상상이 안 된다니까."

베이커 양을 보면서 그녀가 '해내는 일'이 무엇일까 생각했다. 나는 베이커 양을 바라보는 게 즐거웠다. 날씬하고 가슴이 작은 여자였는데, 사관생도처럼 어깨를 뒤로 쫙 펴고 꼿꼿이 서 있어서 몸매가 더 강조되었다. 햇살에 부신 잿빛 눈을 가늘게 뜨고 호기심 어린 시선으로 나를 돌아보는 얼굴이 창백하고 불만스러운 표정이 담겨 있기는 해도 매력적이었다. 문득 전에 어딘가에서 베이커 양을 만난 적이 있거나, 아니면 그녀의 사진이라도 본 적이 있다는 생각이 들었다.

"웨스트에그에 산다죠. 내가 아는 사람도 거기 살아요." 베이커 양이 거만한 어조로 말을 꺼냈다.

"아직은 아는 사람이 하나도…."

"개츠비는 알겠죠?"

"개츠비요?"

"개츠비라고? 개츠비가 누구야?" 데이지가 따지듯 물었다.

개츠비가 이웃에 산다고 미처 대답하기 전에 저녁이 준비되었다는 소리가 들렸다. 톰이 내 겨드랑이 밑으로 근육질 팔을 밀어넣고는 장기판의 말을 옮기듯이 나를 끌고 나갔다.

데이지와 베이커 양은 엉덩이에 손을 살짝 얹고서 활기 없는 나른한 걸음으로 장밋빛 베란다를 향해 앞장서 갔다. 저녁놀이 바라다보이는 베란다 테이블에 촛불 네 개가 잔잔한 바람에 흔들리고 있었다.

"왜 촛불을 켰지?" 데이지가 얼굴을 찡그리며 손가

락으로 촛불을 눌러 껐다. "2주 후면 1년 중 낮이 가장 긴 날이에요." 그러곤 환한 얼굴로 우리를 바라보았다. "해마다 1년 중 가장 긴 날을 기다리다가 막상 그날이 오면 그냥 지나치지 않아요? 나는 항상 그날을 기다리다가 그냥 지나쳐버려요."

"우리는 뭔가 계획을 세워야 해요." 베이커 양은 잠자리에 드는 사람처럼 하품을 하며 식탁에 앉았다.

"좋아, 그런데 무슨 계획을 세우지?" 데이지가 난감한 얼굴로 나를 보았다. "사람들은 어떤 계획을 세워요?" 그녀는 내 대답을 기다리지 않고 두려운 눈초리로 자기 새끼손가락을 들여다보며 우는 소리를 했다. "이것 좀 봐! 손가락을 다쳤어."

모두 그쪽을 보았다. 손마디에 시퍼런 멍이 들어 있었다.

"당신이 이랬어, 톰." 데이지는 비난하듯 말했다. "그럴 의도가 아니었다는 건 알지만 당신이 이런 거야. 이게 다 짐승 같은 남자랑 결혼한 탓이야. 엄청나게 덩치만 큰 괴물."

"내가 괴물이라는 말 싫다고 했지. 농담이라도 하

지 말라고." 톰이 사납게 받아쳤다.

"괴물이야." 데이지는 고집스레 되풀이했다.

때때로 데이지와 베이커 양이 동시에 이야기할 때가 있었다. 적당히 조심하며 농담처럼 엉뚱한 말을 늘어놓아서 잡담이라고도 할 수 없었다. 아무런 욕망이 묻어나지 않는 그들의 새하얀 드레스와 감정 없는 눈빛처럼 썰렁했다. 그저 자리를 지키고 앉아서 톰과 나를 받아들이고, 예의상 분위기를 즐겁게 띄우고, 또 즐기려고 노력하는 것뿐이었다. 곧 식사 시간이 끝나고, 저녁 시간도 끝나고, 그렇게 모든 것이 지나간다는 걸 그들은 알고 있었다. 서부와는 완전히 달랐다. 서부의 저녁 시간은 번번이 기대에 어긋나는 예측이나, 아니면 그 순간의 긴장된 두려움 속에서 끝을 향해 한 단계 한 단계 긴박하게 돌아갔다.

"너랑 있으면 내가 야만인처럼 느껴진다, 데이지." 나는 코르크 냄새가 나긴 하지만 꽤 괜찮은 레드와인을 두 잔째 마시며 말했다. "농작물이나 뭐 다른 이야기는 없어?"

별다른 의미 없이 한 말이었는데 이야기가 예상치

못한 방향으로 흘러가고 말았다.

"문명이 산산조각 나고 있어." 갑자기 톰이 격한 어조로 말했다. "나는 매사에 지독한 비관론자가 되어버렸네. 자네 고다드라는 사람이 쓴 『유색 인종 제국의 발흥*』을 읽어 본 적 있나?"

"아니, 읽어보지 못했는데." 나는 톰의 말투에 좀 놀라며 대답했다.

"음, 아주 좋은 책인데, 모두 읽어야 할 책이야. 우리 백인종이 경계하지 않으면 완전히 몰락하게 된다는 내용이네. 전부 과학적 논리에 입각한 거야. 다 입증된 거라고."

"톰이 점점 심각해지고 있어요." 데이지가 무심결에 슬픈 표정을 지었다. "긴 단어들이 나오는 심오한 책만 읽는다니까요. 그 단어가 뭐더라, 우리…."

"글쎄, 그런 책은 다 과학적인 것이라고." 톰은 초조한 듯 데이지를 흘끗 보며 고집스럽게 말했다. "이 작가가 전부 자세히 정리해놓았어. 지배층인 우리한테 달려 있다는 거야. 우리가 경계하지 않으면 다른

* 로드롭 스토다드가 1920년대에 쓴 『유색 인종의 물결』을 암시한다.

인종들이 모든 것을 지배하게 된다고 말이야."

"그럼 그들을 타도해야겠네." 데이지가 속삭이듯 말하고는 불타는 듯한 태양을 향해 두 눈을 격렬하게 깜박거렸다.

"두 사람은 캘리포니아에서 살아야 하는데…."

베이커 양이 말을 시작했지만, 톰이 육중한 몸을 움직여 자세를 바꾸며 그녀의 말을 가로챘다. "이 책에서 말하는 건 우리가 북유럽 인종이라는 거야. 나도, 자네도 그리고 당신도 그리고…." 톰은 아주 잠깐 망설이다가 고개를 약간 끄덕여 데이지도 포함시켰다. 데이지가 나를 보고 다시 눈을 깜박거렸다. "그리고 문명을 이루는 모든 것을 우리가 만들었다는 거야…. 과학과 예술, 그 밖에 모든 것을 말이지. 무슨 말인지 알겠나?"

열중하는 톰의 모습이 좀 안쓰러워 보였다. 예전보다 더 심해진 자만심으로도 충분하지 않은 모양이었다. 바로 그때 안쪽에서 전화벨이 울렸다. 집사가 베란다를 떠나자 데이지는 이야기가 잠시 중단된 틈을 놓치지 않고 내 쪽으로 몸을 기울였다.

"우리 집 비밀 하나 알려줄게요." 데이지는 신이 나서 속삭였다. "집사의 코에 대한 이야기예요. 집사의 코에 대한 얘기 듣고 싶어요?"

"그 얘기를 들으려고 오늘 밤 여기 온 거야."

"그러니까 저 사람은 처음부터 집사가 아니었어요. 전에는 뉴욕에서 어떤 사람들의 은 식기 닦는 일을 했는데, 2백 명분의 식기였대요. 그래서 아침부터 밤까지 식기를 닦아야 했고, 결국은 코에 이상이 생겼는데…."

"상태가 점점 더 나빠졌겠죠." 베이커 양이 끼어들었다.

"맞아. 상태가 점점 나빠져서 결국 그 일을 그만둬야 했어요."

마지막 석양빛이 잠깐 동안 데이지의 환한 얼굴을 비추며 낭만적으로 보이게 했다. 이야기를 듣고 있으려니 데이지의 목소리가 숨 막힐 듯 나를 끌어당겼다. 그러다가 마지막 남은 석양빛도 희미해졌고, 해 질 무렵 즐거운 거리를 떠나야 하는 아이들처럼 데이지의 얼굴에서도 아쉬운 듯 꾸물거리다 사라졌다.

집사가 돌아와 톰의 귀에 뭔가를 소곤거렸다. 톰은 얼굴을 찌푸리더니 의자를 뒤로 밀치고 일어서서 아무 말 없이 자리를 떴다. 톰의 부재가 마음속에 뭔가를 자극했는지 데이지가 다시 몸을 숙였고, 흥분이 담긴 목소리가 노래처럼 흘러나왔다.

"오빠, 오빠가 우리 집에 와서 정말 기뻐요. 오빠를 보면… 장미꽃, 순수한 장미꽃이 생각나요, 그렇지 않니?" 데이지는 확인하려는 듯이 베이커 양 쪽으로 얼굴을 돌렸다. "순수한 장미꽃 말이야."

이 말은 사실이 아니었다. 나는 장미꽃과 전혀 닮지 않았다. 그저 즉흥적으로 꺼낸 얘기일 뿐이었지만 마음을 뒤흔드는 따스함이 있었다. 숨이 막힐 듯 황홀한 말 속에 숨어 있던 데이지의 마음이 튀어나오는 것 같았다. 갑자기 데이지가 냅킨을 테이블에 집어던지더니 잠시 실례하겠다며 자리를 떴다.

베이커 양과 나는 의미 없는 시선을 짧게 주고받았다. 내가 막 말을 꺼내려는 순간 베이커 양이 재빨리 일어서면서 조용히 하라고 주의를 주었다. 방 안쪽에서 흥분이 억제된 말소리가 들려오자 베이커 양은 부끄러운 줄도 모르고 몸을 숙이며 귀를 기울였다. 떨리는 말소리는 낮아졌다가 격앙된 어조로 높아지더니 완전히 끊어졌다.

"당신이 아까 말한 개츠비 씨가 내 이웃⋯." 내가 말을 꺼냈다.

"잠깐만요, 무슨 일이 있는 건지 들어보게요."

"무슨 일이 있는 건가요?" 나는 순진한 표정으로 물었다.

"모른단 말이에요?" 베이커 양은 정말로 놀란 얼굴이었다. "다들 아는 줄 알았는데."

"뭘 말인가요?"

"그러니까⋯." 베이커 양은 머뭇거리며 말을 이었다. "뉴욕에 톰의 여자가 있어요."

"여자가 있어요?" 나는 멍하니 되물었다.

베이커 양은 고개를 끄덕였다. "식사 시간엔 전화하지 않는 게 예의잖아요, 안 그래요?"

베이커 양이 말한 의미를 채 깨닫기도 전에 드레스 자락이 펄럭이는 소리와 가죽 부츠의 저벅거리는 소리가 들리더니 톰과 데이지가 테이블로 돌아왔다.

"어쩔 수 없었어요!" 데이지가 짐짓 쾌활한 목소리로 말했다.

데이지는 자리에 앉아서 탐색하는 눈길로 베이커 양을 슬쩍 보고 다음에는 나를 슬쩍 보더니 말을 이어갔다. "잠깐 밖을 보았더니 아주 낭만적이지 뭐예요. 잔디밭에 새 한 마리가 앉아 있는데, 커나드나 화이트 스타 기선 회사의 배를 타고 온 나이팅게일 같았어요. 그 새가 노래를 하고 있었어요." 데이지의 말소리도 노래하는 것 같았다. "낭만적이지 않아요, 톰?"

"아주 낭만적이네." 톰이 대답하고 나서 침울한 얼굴로 내게 말했다. "저녁 식사 끝나고 해가 남아 있으면 마구간을 보여주지."

거실 쪽에서 갑자기 전화벨이 울렸다. 데이지가 톰을 향해 단호히 고개를 젓는 순간, 마구간에 관한 주제를 비롯해 사실상 모든 애깃거리가 공중으로 사라졌다. 저녁 자리에서 마지막 5분 동안 일어난 단편적인 일들 중 부질없이 촛불만 다시 켰던 게 기억난다. 나는 세 사람의 얼굴을 똑바로 바라보고 싶었지만 시선을 피했다. 데이지와 톰이 무슨 생각을 하는지 짐작이 가지 않았다. 어떤 회의적인 상황도 견딜 수 있을 것 같은 베이커 양도 날카로운 전화벨을 다급하게 울려대는 다섯 번째 손님을 신경 쓰지 않을 수 없는 것 같았다. 이런 상황이 흥미로운 사람도 있겠지만, 나는 당장 경찰을 부르고 싶은 심정이었다.

말할 필요도 없이 마구간을 보러 가자는 얘기는 다시 나오지 않았다. 톰과 베이커 양은 어스름한 빛 속에서 몇 걸음 떨어져 어슬렁거리며 서재로 들어갔다. 밤새 시신 곁을 지켜야 하는 것 같은 얼굴들이었다. 한편 나는 즐거운 척, 귀가 좀 먹은 척하며 데이지를 따라서 연결된 베란다를 돌아 정면 현관으로 나갔다. 짙은 어둠 속에서 우리는 긴 고리버들 의자에 나란히 앉았다.

데이지는 자신의 예쁜 얼굴형을 느껴보려는 것처럼 두 손으로 얼굴을 감싸고 벨벳같이 부드러운 어둠 속으로 천천히 시선을 옮겼다. 나는 격앙된 감정에 사로잡힌 데이지를 보며 딸 얘기를 물어서 마음을 진정시키려고 했다.

"오빠, 우리는 서로에 대해 잘 몰라요." 데이지가

갑자기 입을 열었다. "친척인데도 말이에요. 내 결혼식에도 오지 않았잖아요."

"전쟁터에 있었으니까."

"그랬죠." 데이지는 머뭇거리며 말을 이었다. "음, 오빠, 나는 아주 힘든 시간을 보냈어요. 그래서 매사에 냉소적이 돼버렸어요."

데이지에게는 분명히 그럴 만한 이유가 있었을 것이다. 다음 말을 기다렸지만 데이지는 더 이상 말하지 않았다. 잠시 후 나는 어쩔 수 없이 데이지의 딸 얘기를 다시 꺼냈다.

"이제 말도 하고 밥도 먹고 이것저것 할 줄 아는 게 많겠다."

"그럼요." 데이지는 멍하니 나를 쳐다보았다. "오빠, 그 애가 태어났을 때 내가 뭐라고 했는지 말해줄게요. 들어볼래요?"

"그래, 말해봐."

"이 얘길 들으면 내가 어떻게 매사에 냉소적이 된 건지 알 수 있을 거예요. 아기가 태어나고 한 시간이 다 돼가는데 톰이 어디에 있는지 찾을 수 없었어요.

마취에서 깨어났을 때는 완전히 버림받은 기분이었죠. 간호사에게 태어난 아이가 아들인지 딸인지 물었어요. 간호사가 딸이라고 말하는데, 그만 고개를 돌리고 울면서 말했어요. '괜찮아. 딸이라서 다행이야. 저 아이가 커서 바보가 되면 좋겠어…. 이런 세상에서 여자는 예쁜 바보로 사는 게 최고니까.' 어쨌든 나는 세상 모든 일이 여자에게 혹독하다고 생각해요." 데이지는 확신에 찬 어조로 말을 계속했다. "모두 그렇게 생각하잖아요. 가장 진보적인 사람들도요. 나는 알아요. 여기저기 여행하면서 보고 경험했으니까요." 이번에는 톰에게 어울리는 도전적인 눈길을 번뜩이며 주위를 둘러보다가 섬뜩한 경멸의 웃음을 터뜨렸다. "닳고 닳았어. 맙소사, 나는 닳고 닳은 여자야!"

　내 관심과 신뢰를 부추기던 데이지의 목소리가 뚝 끊긴 순간, 데이지가 한 말이 근본적으로 거짓이라는 생각이 들었다. 저녁 내내 데이지가 보여준 말과 행동이 내게서 자신에게 도움이 될 만한 감정을 끌어내려는 일종의 속임수였던 것 같아 마음이 불편했다. 조용히 기다렸다. 아니나 다를까, 잠시 후 데이지는 사랑스러운 얼굴에 능글맞은 웃음을 띠고 나를 바라보았다. 자신도 톰과 함께 어떤 비밀 단체의 회원이라고 말하는 것 같았다.

안으로 들어가니 진홍색 방은 불이 환히 밝혀져 있었다. 톰과 베이커 양은 긴 의자 양쪽 끝에 앉아 있었는데, 베이커 양이 톰에게 《새터데이 이브닝 포스트》를 읽어주었다. 억양 없이 속삭이는 말들이 달래는 듯한 어조로 이어졌다. 톰의 부츠를 밝게 비추고 베이커 양의 가을 낙엽처럼 노란 머리칼에 희미한 빛을 드리운 전등 빛은 베이커 양이 가냘픈 근육질 팔을 움직여 페이지를 넘길 때마다 책장을 따라 반짝거렸다.

우리가 들어가자 베이커 양은 손을 들어 잠시 조용히 하라는 신호를 보냈다.

"다음 호에 계속." 베이커 양은 잡지를 탁자에 던지면서 말하고는 무릎을 계속 들썩이다가 자리에서 일어섰다. "10시예요." 천장을 보고 시간을 확인하며 선언하듯 말했다. "이 착한 아가씨는 자야 할 시간이에요."

"조던은 내일 웨스트체스터*에서 경기가 있어요."
데이지가 설명했다.

"아… 당신이 바로 조던 베이커**로군요."

베이커 양의 얼굴이 낯이 익었던 이유를 이제야 알 것 같았다. 애슈빌, 핫스프링스, 팜비치***의 많은 경기 사진에서 매력적이지만 거만한 표정의 그녀를 본 적이 있었다. 그녀를 둘러싼 유쾌하지 않은 소문이나 비판도 들은 적이 있는데, 자세한 내용은 오래전에 잊어버렸다.

"잘 자요." 베이커 양이 부드럽게 말했다. "8시에 깨워줘요."

"일어나기만 한다면."

"일어날 거예요. 안녕히 가세요, 캐러웨이 씨. 다음에 또 만나요."

"물론 만나야지." 데이지가 당연하다는 듯이 말했

---

*뉴욕 교외 지역.
**조던 스포츠카와 베이커 일렉트릭에서 이름을 따온 것으로 보인다. 피츠제럴드는 스크리브너출판사의 편집자 맥스웰 퍼킨스에게 조던 베이커는 골프 챔피언 이디스 커밍스를 참고해 만든 인물이라고 말했다.
***애슈빌Asheville, 핫스프링스Hot Springs, 팜비치Palm Beach. 각각 노스캐롤라이나주, 아칸소주, 플로리다주의 상류층이 즐겨 찾는 휴양지다.

다. "실은 내가 중매를 설 생각이야. 그러니 자주 놀러 와요, 오빠. 그러면 내가, 뭐랄까… 아, 두 사람을 함께 던져버릴 거예요. 두 사람을 리넨 캐비닛에 밀어 넣고 보트에 태워서 바다로 내보내거나 뭐 그런 거 있잖아요."

"잘 자요." 베이커 양이 계단에서 소리쳤다. "안 들은 걸로 할게요."

"좋은 아가씨야." 잠시 후 톰이 말했다. "이렇게 시골로 돌아다니게 해서는 안 되는데."

"누가 그렇게 한다는 거예요?" 데이지가 쌀쌀맞게 물었다.

"그야 조던의 가족이지."

"조던에게 가족이라곤 백 살은 돼 보이는 아주머니 한 분뿐이에요. 다행히 닉 오빠가 조던을 돌봐줄 거예요. 그렇죠, 오빠? 조던은 여름 내내 여기서 주말을 보낼 거예요. 가정적인 분위기가 조던에게 좋은 영향을 주겠죠."

데이지와 톰은 잠시 말없이 서로를 쳐다보았다.

"베이커 양이 뉴욕에서 왔니?" 내가 재빨리 질문을

던졌다.

"루이빌에서 왔어요. 그곳에서 순수한 소녀 시절을 함께 보냈죠. 아름답고 순수한…."

"베란다에서 닉한테 다 얘기한 거야?" 갑자기 톰이 따지듯 물었다.

"내가 그랬나요?" 데이지가 나를 쳐다보며 말을 이었다. "기억이 잘 안 나지만 북유럽 인종에 대한 이야기를 했던 것 같네요. 맞아요, 분명히 그 이야기를 나눴어요. 어느새 그 이야기를 하고 있었어요. 그런데 당신이 먼저…."

"무슨 이야기를 들었든 다 믿지 말게, 닉." 톰이 내게 충고했다.

나는 아무 얘기도 듣지 못했다고 가볍게 받아넘겼고, 몇 분 후 집으로 돌아가려고 일어섰다. 그들 부부는 문까지 따라나와서 밝은 사각형 불빛 아래 나란히 섰다.

내가 막 차의 시동을 걸었을 때, 데이지가 소리쳤다. "잠깐만요! 물어볼 게 있었는데 깜빡 잊었어요. 중요한 건데. 사실은 오빠가 서부에서 약혼했다는 애길 들었어요."

"맞아." 톰이 친절하게 거들었다. "자네가 약혼했
다는 얘기를 들었어."

"헛소문이야. 나는 아직 너무 가난해서 그럴 여유
가 없어."

"하지만 우리는 소문을 들었어요." 고집스럽게 말
하는 데이지의 얼굴이 꽃처럼 다시 환해진 것을 보고
나는 깜짝 놀랐다. "세 사람한테서나 그 얘길 들었으
니 틀림없어요."

그들이 무슨 말을 하는지 알았지만 나는 약혼 같은
건 하지 않았다. 사실 동부로 오게 된 이유도 약혼을
발표했다는 소문이 돌아서였다. 소문 때문에 오랜 친
구와 교제를 끊을 수도 없었고, 소문이 났다고 해서
결혼할 생각도 전혀 없었다.

그들의 관심에 나는 감동했고 멀게 느껴졌던 그들
이 좀 가깝게 생각됐다. 그렇기는 해도 집으로 돌아
오는 길은 마음이 좀 혼란스럽고 편치 않았다. 데이
지에게 가장 좋은 것은 아이를 껴안고 그 집을 뛰쳐나
오는 일일 테지만, 그럴 의향이 전혀 없어 보였다. 톰이 '뉴욕에 여자가 있다'는 사실보다 책 한 권 때문에 우울해한다는 사실이 더 놀라웠다. 무엇 때문인지 톰은 진부한 생각에 끌리고 있었다. 그의 건장한 육체에 대한 자부심이 더 이상 오만한 마음을 지탱할 수 없기 때문인 듯했다.

길가에 늘어선 집들의 지붕과 붉은색 새 급유 펌프가 환한 불빛을 받으며 서 있는 도로변 주유소 앞에도 이미 여름이 깊어가고 있었다. 웨스트에그의 집에 도착하여 차고에 차를 넣고 마당에 버려진 잔디 깎는 기계에 한동안 앉아 있었다. 바람이 잦아든 소란스럽고 밝은 여름밤이었다. 나무에서 새들이 날개를 푸드덕거리는 소리가 났다. 대지의 힘을 흡수해 생명력이 충만해진 개구리들은 지칠 줄 모르고 울어댔다. 마당을 지나가는 고양이의 검은 실루엣이 달빛에 흔들렸다.

고양이를 보려고 고개를 돌렸다가 나 혼자가 아니라는 것을 알아챘다. 15미터쯤 떨어진 이웃 저택의 어둠 속에 사람의 모습이 보였다. 그는 주머니에 손을 넣고 서서 은빛 가루를 뿌려놓은 듯한 별들을 보고 있었다. 여유로운 움직임과 잔디밭에 버티고 선 안정된 자세로 보아 개츠비 같았다. 이 지역의 하늘에서 자신의 몫이 어느 정도인지 알아보려는 모양이었다.

개츠비에게 말을 걸어보기로 했다. 식사 자리에서 베이커 양이 개츠비의 이름을 꺼낸 걸 핑계 삼아 내 소개를 할 생각이었다. 하지만 말을 걸지 못했다. 왠지 혼자 있고 싶어 하는 느낌을 받았기 때문이다. 기묘하게도 개츠비는 어두운 바다를 향해 두 팔을 쭉 뻗었다. 내가 멀리 떨어져 있기는 했지만 개츠비는 분명 몸을 떨고 있었다. 나는 무심결에 바다 쪽을 힐끗 보았다. 저 멀리, 아마도 부두 끄트머리에 초록 불빛 말고 눈에 띄는 것은 아무것도 없었다. 다시 개츠비를 찾아보았지만 이미 사라진 뒤였고, 나는 불안한 어둠 속에 또다시 홀로 남겨졌다.

제 2 장

＊

웨스트에그와 뉴욕 중간쯤에 갑자기 자동차길이 철길 옆으로 나란히 4백 미터 정도를 달리는 곳이 있다. 어느 황량한 지역을 피하려는 것인데, 바로 잿더미계곡*이다. 밀이 자라는 것처럼 잿더미가 산등성이가 되고 언덕이 되고 기괴한 정원이 되는 환상적인 농

*잿더미계곡은 플러싱메도에 있던 쓰레기와 소각재로 가득 찬 습지인데, 1939년 만국박람회 장소가 되었다.

장이다. 잿더미는 집과 굴뚝과 피어오르는 연기 모양으로 나타나다가 탁월한 노력을 통해 잿빛 인간의 형상으로 변하여 먼지투성이 공기 속을 무기력하게 움직이다 어느새 사라진다. 이따금 잿빛 차량 행렬이 보이지 않는 길을 따라 기어와 섬뜩하게 삐걱거리는 소리를 내고 멈춰서면, 잿빛 인간들이 납으로 만든 삽을 들고 달려들어 한 치 앞도 보이지 않는 먼지구름을 일으키고 시야에서 완전히 사라져버린다.

하지만 잠시 후면 잿빛 대지와 그 위를 끊임없이 떠도는 음울한 먼지 너머로 T.J. 에클버그 박사의 눈이 나타난다. 커다란 파란 눈은 망막의 높이가 90센티미터나 된다. 얼굴은 없고 두 눈동자만 존재하지도 않는 코에 걸린 엄청나게 큰 노란색 안경 너머로 내다보고 있다. 어느 엉뚱한 안과의사가 퀸스 지역에서 손님을 끌 셈으로 광고판을 거기에 설치해놓고는 그 자신이 눈이 보이지 않게 됐거나, 아니면 그 사실을 잊어버리고 그냥 떠난 게 분명했다. 하지만 오랜 세월 페인트칠도 하지 않고 햇빛과 비에 시달려 흐릿해지긴 했어도 박사의 두 눈동자만은 생각에 잠긴 채 장엄한 쓰레기하치장을 내려다보고 있다.

잿더미계곡 한쪽에는 더러운 작은 강이 흐르고 있다. 거룻배가 통과하기 위해 도개교가 올라갈 때면 기차에 탄 승객들은 꼼짝없이 30분가량 이 음울한 풍경을 바라볼 수밖에 없다. 열차는 언제나 최소한 1분은 그 자리에 멈춰서는데, 그 때문에 나는 톰의 여자를 만날 수 있었다.

톰에게 여자가 있다는 사실은 알 만한 사람은 다 아는 이야기였다. 톰의 지인들은 그가 여자를 데리고 사람 많은 카페에 나타나서는 테이블에 여자를 덩그러니 혼자 남겨둔 채 이리저리 어슬렁거리고 다니며 누구든 아는 사람을 만나면 잡담을 나누는 걸 못마땅해했다. 나는 그 여자가 궁금하기는 했지만 일부러 만나고 싶은 생각은 전혀 없었다. 그런데 그 여자를 만났다. 어느 날 오후 톰과 함께 기차를 타고 뉴욕에 가는 길이었다. 기차가 잿더미계곡에 잠시 멈춰서자 톰이 벌떡 일어서더니 내 팔꿈치를 잡고는 강제로 기차에서 끌어내렸다.

"여기서 내리지." 톰은 고집을 부렸다. "자네한테

내 여자를 보여주고 싶어."

점심때 과음을 한 건지 나를 끌고 가려는 톰의 행동은 폭력에 가까웠다. 일요일 오후에 내게 그보다 나은 볼일은 없을 거라고 멋대로 추측한 모양이었다.

톰을 따라 회반죽을 바른 낮은 철길 울타리를 넘었다. 우리는 에클버그 박사의 집요한 시선을 받으며 도로를 따라 90미터를 되돌아 걸어갔다. 눈에 보이는 거라고는 황무지 끝에 자리한 조그마한 노란색 벽돌 건물뿐이었다. 나름대로 중심가 역할을 하는 곳 같았다. 건물에는 가게가 셋 있었는데, 하나는 세입자를 찾고 있었고, 또 하나는 잿빛 차량 행렬이 지나가는 길가 쪽에서 밤새 영업을 하는 식당이었다. 세 번째 가게는 자동차 정비소였는데, '자동차 수리. 조지 B. 윌슨. 자동차 매매'라는 간판이 걸려 있었다. 나는 톰을 따라서 안으로 들어갔다.

장사가 잘되지 않는지 정비소는 텅 비어 있었다. 어두운 구석에 먼지를 뒤집어쓰고 놓여 있는 부서진 포드 한 대밖에 보이지 않았다. 문득 이 어두침침한 정비소는 눈속임이고 위쪽에 호화롭고 로맨틱한 아파트가 숨어 있을지도 모른다는 생각이 떠올랐다. 그때 가게 주인이 헝겊 조각으로 손을 닦으며 문 앞에 나타났다. 금발에 빈혈이 있는 사람처럼 생기 없어 보이기는 했지만 그런대로 잘생긴 남자였다. 우리를 본 남자의 연한 파란 눈에 희망의 빛이 떠올랐다.

"잘 있었나, 윌슨?" 톰이 유쾌하게 남자의 어깨를 치며 물었다. "장사는 어때?"

"불평할 정도는 아니에요." 윌슨이 힘없이 대답했다. "그런데 차는 언제 팔 거예요?"

"다음 주에. 지금 사람을 시켜 손보고 있어."

"그 사람 일손이 정말 느린가 봐요?"

"그렇지 않아." 톰이 차갑게 말했다. "하지만 자네가 그렇게 생각한다면 아무래도 다른 곳에 파는 게 낫겠어."

"그런 뜻으로 말한 게 아니에요." 윌슨이 재빨리 변명하며 말끝을 흐렸다. "다만…."

톰은 초조한 듯 정비소 안을 두리번거렸다. 그때 계단에서 발자국 소리가 났고, 잠시 후 약간 살집 있는 여자가 문에서 나오는 빛을 가로막고 섰다. 30대 중

반 정도에 살짝 뚱뚱하기는 했지만 관능적인 매력이 있었다. 짙푸른 물방울무늬 실크 드레스를 입은 여자는 아무리 봐도 예쁜 얼굴은 아니었다. 하지만 온몸의 신경이 끊임없이 타오르는 것처럼 생기가 넘쳐흘렀다. 여자의 얼굴에 천천히 미소가 번졌다. 여자는 남편이 유령인 것처럼 그냥 지나쳐 톰에게 다가와서는 그의 이글거리는 눈빛을 쳐다보며 악수했다. 그러고는 입술을 적시더니 뒤도 돌아보지 않고 남편을 향해 거친 목소리로 낮게 말했다.

"의자를 가져와야죠. 손님들이 앉아야 하잖아요."

"아, 그래야지." 윌슨은 허둥지둥 작은 사무실 쪽으로 갔다. 그의 뒷모습이 시멘트색 벽면과 자연스럽게 어우러졌다. 잿더미계곡 인근의 모든 것처럼 윌슨의 검은색 옷과 연한 머리칼도 희뿌연 먼지를 덮어쓴 탓이었다. 하지만 윌슨의 아내는 예외였다. 그녀는 톰에게 바짝 다가섰다.

"만나고 싶어." 톰이 은근히 말했다. "다음 기차를 타지."

"좋아요."

“길 아래쪽 신문 가판대에서 기다릴게.”

그녀는 고개를 끄덕였다. 그때 윌슨이 의자 두 개를 가지고 문 앞에 나타나자 여자는 톰에게서 떨어졌다.

우리는 길 아래쪽에서 사람들 눈에 띄지 않게 여자를 기다렸다. 며칠 후면 독립기념일이어서인지 납빛 얼굴색에 뼈만 앙상한 이탈리아 꼬마가 철로를 따라 한 줄로 폭죽을 늘어놓고 있었다.

“끔찍한 곳이지 않나?” 톰이 찡그린 얼굴로 에클버그 박사를 보며 말했다.

“정말 끔찍하군.”

“여기를 벗어나는 게 그 여자한테도 좋아.”

“남편이 싫어하지 않을까?”

“윌슨이? 그 작자는 마누라가 여동생을 만나러 뉴욕에 가는 줄 알아. 너무 멍청해서 자기가 살아 있는 줄도 모른다고.”

이렇게 해서 톰과 그 여자 그리고 나는 함께 뉴욕으로 갔다. 아니 조심하기 위해서 윌슨의 아내는 다른 칸에 타고 갔으니 완전히 함께는 아니었다. 톰은 열차에 타고 있을지도 모르는 이스트에그 사람들의 눈을 그만큼 신경 쓰고 있었다.

그녀는 갈색 무늬가 있는 모슬린 드레스로 갈아입고 왔는데, 뉴욕 플랫폼에서 톰의 도움을 받아 내릴 때 보니 다소 넓적한 엉덩이에 드레스가 팽팽히 감겨 있었다. 그녀는 뉴스 가판대에서 《타운 태틀*》과 영화 잡지를 한 부씩 샀고, 역 구내 약국에서 영양크림과 작은 향수 한 병을 샀다. 지상으로 올라가서는 엄청나게 울려대는 차량의 소음 속에서 택시 네 대를 그냥 보낸 뒤에 회색 의자 덮개를 씌운 라벤더빛 새 차를 골라잡았다. 우리 세 사람은 이 차에 올라타고서 혼잡한 역을 벗어나 햇빛이 눈부신 거리로 미끄러져 나갔다. 바로 그때 창밖을 보고 있던 그녀가 고개를 돌리고 몸을 기울여 앞자리 유리를 두드렸다.

"저런 강아지 한 마리 갖고 싶어요." 그녀는 간절한 어조로 말했다. "아파트에서 키우고 싶어요. 강아지를 키우기도 좋잖아요."

우리는 택시를 후진해서 황당하게도 존 D. 록펠러**

<hr>

*20세기의 스캔들 잡지
**존 D. 록펠러John D. Rockefeller, 미국의 자본가이자 자선사업가이며 록펠러 재단의 창립자.

를 닮은 백발의 노인에게 다가갔다. 노인의 목에 걸린 바구니에는 품종을 알 수 없는 갓 태어난 강아지 10여 마리가 웅크리고 있었다.

"무슨 종이에요?" 노인이 택시 쪽으로 다가오자 윌슨 부인이 궁금하다는 듯이 물었다.

"여러 종이 있어요. 부인은 어떤 종을 찾으세요?"

"나는 경찰견을 갖고 싶은데, 그런 건 없는 것 같네요."

노인은 미심쩍은 얼굴로 바구니를 들여다보다 버둥거리는 강아지 한 마리의 목덜미를 잡아 들어올렸다.

"그건 경찰견이 아닌데." 톰이 말했다.

"그게, 정확히 경찰견은 아니지요." 노인의 목소리에 실망이 담겨 있었다. "이 녀석은 에어데일***에 가깝지요." 노인은 갈색 수건 같은 강아지의 등을 쓰다듬었다. "이 털을 좀 보세요. 털이 멋지지요. 이런 녀석들은 감기에 걸려서 주인을 귀찮게 할 일도 없어요."

"귀여워라." 윌슨 부인이 관심을 보이며 말했다. "그건 얼마예요?"

***짙은 색 털에 덩치가 큰 테리어종 개.

"요 녀석요?" 노인은 자랑스러운 눈길로 강아지를 바라보았다. "10달러는 주셔야 됩니다."

그 강아지는 다리가 놀랍도록 새하얗기는 했지만 확실히 에어데일 같아 보이기는 했다. 주인이 바뀐 강아지는 이제 윌슨 부인의 무릎에 웅크리고 있었다. 그녀는 추위를 타지 않는다는 강아지의 털을 황홀한 듯 어루만졌다.

"얘는 남자앤가요, 여자앤가요?" 그녀가 품위 있게 물었다.

"그 녀석요? 수놈이에요."

"이건 암놈이야." 톰이 단호하게 말했다. "여기 돈 받아요. 이 돈이면 그런 강아지 열 마리는 살 수 있을 거요."

우리는 5번가로 향했다. 공기가 따뜻하고 부드러워서 목가적인 분위기가 풍기는 일요일 오후였다. 하얀 양 떼가 길모퉁이를 돌아가는 것을 본다고 해도 놀랍지 않았다.

"차를 세워줘." 내가 눈치껏 말했다. "나는 그냥 여기서 내릴게."

"아니, 그러면 안 되지." 톰이 재빨리 내 말을 가로막았다. "아파트까지 같이 가지 않으면 머틀이 섭섭해할 거야. 그렇지, 머틀?"

"함께 가요." 그녀도 졸랐다. "동생 캐서린한테 전화해서 오라고 할 거예요. 다들 그 애가 예쁘다고 말해요."

"글쎄, 그러고 싶기는 하지만….."

그러는 사이 택시는 계속 달렸고, 우리는 다시 센트럴파크를 지나 웨스트 100번가 쪽으로 갔다. 158번가에서 택시는 기다란 하얀 케이크 같은 아파트 단지에 멈춰섰다. 그녀는 여행에서 돌아온 여왕처럼 주변을 훑어보더니 강아지와 쇼핑한 것들을 챙겨서 거들먹거리며 안으로 들어갔다.

"맥키 부부한테 올라오라고 할래요." 엘리베이터에서 그녀가 말했다. "물론 동생도 부르고요."

그들의 집은 맨 위층에 있었다. 거실과 식당, 침실한 개와 욕실로 이루어진 작은 아파트였다. 거실에는 태피스트리로 꾸민 가구 한 세트가 입구까지 들어차 있었다. 거실에 비해 가구가 너무 커서 돌아다니다

보면 태피스트리에 그려진 베르사유 정원에서 그네를 타는 귀부인들에게 계속 걸려 넘어질 것 같았다. 벽에는 크게 확대한 사진 하나가 걸려 있었다. 윤곽이 흐릿한 바위에 앉아 있는 암탉을 찍은 사진 같았다. 하지만 조금 떨어져서 보니 암탉은 여자들이 쓰는 보닛*으로 보였고, 통통한 노부인의 얼굴이 거실을 내려다보며 환한 미소를 짓고 있었다.

테이블에는 《타운 태틀》 지난 호 몇 권과 소설책 『베드로라 불리는 시몬**』 그리고 브로드웨이의 스캔들을 다루는 싸구려 잡지 몇 권이 놓여 있었다. 윌슨 부인은 강아지부터 챙겼다. 엘리베이터 보이는 마지못해서 짚을 잔뜩 깐 상자와 우유를 사러 갔다가 시키지도 않은 크고 딱딱한 개 비스킷 깡통까지 사들고 왔다. 우유 접시에 넣어놓은 비스킷은 오후 내내 관심을 받지 못하고 다 풀어졌다. 그러는 동안 톰은 잠가놓은 서랍장에서 위스키 한 병을 꺼내 왔다.

나는 평생 술에 취한 적이 딱 두 번 있는데, 그날 오

* 아기나 여자들이 쓰던 모자로 끈을 턱 밑에서 묶게 되어 있음.
** 로버트 키블이 쓴 대중소설인데, 피츠제럴드는 이 책의 내용이 비도덕적이라고 생각해서 좋아하지 않았다.

후가 두 번째였다. 그래서 그날 일어난 모든 일이 어렴풋하고 흐릿했다. 8시가 넘도록 밝은 햇살이 아파트를 가득 채웠지만 말이다. 윌슨 부인은 톰의 무릎에 앉아서 몇 사람에게 전화를 걸었다. 때마침 담배가 떨어져서 나는 모퉁이에 있는 가게로 담배를 사러 갔다. 돌아오니 두 사람은 보이지 않았다. 나는 거실에 조용히 앉아서 『베드로라 불리는 시몬』의 첫 장을 읽었다. 내용이 형편없어서인지, 아니면 위스키에 취해서인지 책 내용이 전혀 이해되지 않았다.

톰과 머틀(같이 한잔하고 난 후 윌슨 부인과 나는 서로 이름을 부르기로 했다)이 다시 나타나자 손님들도 하나 둘 도착하기 시작했다.

머틀의 동생 캐서린은 속물로 보이는 여자였다. 서른 살쯤 되어 보이는데, 호리호리한 몸매에 붉은색 단발머리는 숱이 많고 얼굴에는 뽀얗게 분칠을 했다. 눈썹을 뽑고 멋을 내어 새로 그렸지만, 원래의 눈썹 선대로 다시 자라서 오히려 지저분해 보였다. 그녀가 움직일 때마다 양팔에 낀 수많은 도기 팔찌가 위아래로 움직이며 끊임없이 달그락거리는 소리를 냈다. 그런 모습으로 아파트에 거침없이 들어와서는 자기 물건을 대하듯 가구를 둘러보기에 혹시 그녀가 여기 사는 건 아닐까 싶었다. 혹시 여기 사느냐고 물어보자 그녀는 미친 듯이 웃어대며 내 질문을 큰 소리로 되풀이하고는 친구와 호텔에 산다고 대답했다.

아래층에 산다는 맥키 씨는 안색이 창백하고 여성스러워 보이는 남자였다. 방금 전에 면도를 했는지 뺨에 비누 거품이 묻어 있었다. 그는 방에 있는 사람들에게 아주 정중히 인사했고, 내게는 '예술업'에 종사한다고 자기 소개를 했다. 나중에 안 일이지만 맥키 씨는 사진사였고, 벽에 걸린 심령사진 같은 머틀 어머니의 흐릿한 확대 사진도 그의 작품이었다. 그의 아내는 목소리가 날카롭고 활기가 없어 보였다. 예쁘장하지만 불쾌한 여자였다. 그녀는 결혼 후 남편이 자신을 모델로 127장이나 찍어주었다고 자랑했다.

어느새 머틀은 옷을 갈아입었는데, 이번에는 공들여 지은 크림색 시폰 드레스였다. 그녀가 드레스 자락을 끌고 집 안을 돌아다닐 때마다 사각거리는 소리가 나서인지 인품마저 달라 보였다. 정비소에서 넘쳐흐르던 생기가 인상적인 거만함으로 바뀌어 있었다. 그녀의 웃음소리, 몸짓, 독단적인 말투는 시시각각 더 격렬해졌다. 그녀의 존재감이 커질수록 방은 점점 더 작아졌고, 마치 그녀가 자욱한 연기 속에서 시끄럽게 삐걱거리는 회전축 위에 앉아 빙글빙글 돌아가는 것 같았다.

그녀는 점잔을 빼며 높은 목소리로 동생에게 말했다. "애, 그런 사람들은 언제나 너를 속이려고 들 거야. 그 사람들 머릿속에는 돈 생각밖에 없어. 지난주에 발마사지를 받으려고 여기로 사람을 불렀는데, 나중에 그 여자가 내민 청구서를 보니까 무슨 맹장 수술이라도 한 것 같은 액수가 적혀 있더라니까."

"그 여자 이름이 뭐예요?" 맥키 부인이 물었다.

"에버하트 부인요. 집으로 와서 발마사지를 해주는 여자죠."

"드레스가 멋지네요." 맥키 부인이 화제를 바꿨다. "아주 매력적이에요."

머틀은 경멸하듯 눈썹을 치켜올리며 그녀의 칭찬을 무시했다. "이건 그냥 유행 지난 옷이에요. 옷차림에 신경 쓰고 싶지 않을 때 걸치는 거예요."

"하지만 부인이 입으니까 잘 어울려요. 제 말 무슨 뜻인지 알잖아요." 맥키 부인은 말을 이었다. "체스터가 당신의 그런 포즈를 찍는다면 대단한 작품이 나올 거예요."

우리는 모두 말없이 머틀을 바라보았다. 그녀는 눈가에 내려온 머리칼을 쓸어올리며 우리를 돌아보고 환하게 웃었다. 맥키 씨는 고개를 한쪽으로 기울이고 그녀를 주시하다가 얼굴 앞에서 손을 앞뒤로 천천히 움직였다.

"조명을 바꿔야겠어요." 잠시 후 그가 말했다. "얼굴의 입체감을 강조하고 싶네요. 뒤쪽 머리카락까지 다 담아내려면 말이죠."

"조명은 바꾸지 않는 게 좋을 거예요." 맥키 부인이 큰 소리로 말했다. "내 생각에는⋯."

그녀의 남편이 "쉿!" 하며 말을 끊었고, 우리는 다시 머틀을 바라보았다. 그때 톰이 큰 소리로 하품을 하며 일어섰다.

"맥키 씨 부부도 마실 것 좀 드시죠." 톰이 입을 열었다. "얼음하고 생수 좀 더 가져와, 머틀. 다들 잠들기 전에."

"엘리베이터 보이한테 얼음을 가져오라고 했는데." 머틀은 하류층의 게으름을 견딜 수 없다는 듯이 얼굴을 찌푸렸다. "하여간 이런 사람들한테는 끊임없이 잔소리를 해야 한다니까요."

그녀는 나를 보고 의미 없는 미소를 지었다. 그러고는 강아지에게 뛰어가서 정신없이 입을 맞추더니, 요리사들이 자신의 명령을 기다린다는 듯 드레스 자락을 끌며 주방으로 들어갔다.

"롱아일랜드에서 훌륭한 작품을 몇 점 건졌어요." 맥키 씨가 자랑스레 말했다.

톰은 멍하니 그를 바라보았다.

"그중 두 점을 액자에 넣어서 집에 걸어두었죠."

"뭐가 두 점이라는 거요?" 톰이 물었다.

"제 작품 말입니다. 하나는 〈몬토크 포인트*_갈매기〉, 다른 하나는 〈몬토크 포인트_바다〉라고 제목을 붙였어요."

*롱아일랜드 동쪽 끝에 있는 마을.

머틀의 동생 캐서린이 내가 앉은 긴 의자로 와서 옆에 앉았다.

"당신도 롱아일랜드에 사나요?" 캐서린이 물었다.

"나는 웨스트에그에 살아요."

"정말요? 한 달 전쯤 파티가 있어서 갔는데. 개츠비라는 사람의 집에서요. 그분을 알아요?"

"바로 옆집에 사는 사람이에요."

"그런데 그분이 빌헬름 황제의 조카인가 사촌인가 그렇대요. 그 사람이 쓰는 돈이 다 거기서 나오는 거래요."

"정말이에요?"

그녀가 고개를 끄덕였다. "난 그 사람이 무서워요. 그런 사람이 나한테 관심을 갖는 건 싫어요."

내 이웃에 관한 흥미진진한 이야기는 맥키 부인이 갑자기 캐서린을 가리키는 바람에 중단되었다.

"체스터, 캐서린을 모델로 해도 좋을 것 같아요." 그녀가 불쑥 말을 꺼냈지만 맥키 씨는 귀찮다는 듯이 고개만 끄덕이고는 다시 톰에게 관심을 돌렸다.

"할 수만 있다면 롱아일랜드에서 더 많은 일을 해

보고 싶어요. 내가 바라는 건 기회를 얻을 수 있으면 하는 겁니다."

"머틀에게 부탁해봐요." 톰은 이렇게 말하고는 머틀이 쟁반을 들고 나오자 갑자기 웃음을 터뜨렸다. "머틀이 소개장을 써줄 거요. 안 그래, 머틀?"

"내가 뭘 써준다고요?" 그녀가 깜짝 놀란 얼굴로 되물었다.

"당신 남편에게 맥키 씨를 소개하는 편지를 한 장 써주라고. 맥키 씨가 당신 남편을 모델로 작품을 할 수 있도록 말이야." 톰은 잠시 조용히 입술을 움직이다가 제목을 하나 만들어냈다. "〈급유 펌프 옆의 조지 B. 윌슨〉이나 뭐 그런 것 말이야."

캐서린은 내게 몸을 바짝 붙이며 귀에 대고 작은 소리로 말했다.

"둘 다 자기 배우자를 정말 싫어해요."

"그래요?"

"그렇다니까요." 그녀는 머틀을 쳐다보고 이어서 톰을 쳐다보았다. "내가 말하고 싶은 건 그렇게 싫어하면서 왜 계속 함께 사느냔 거예요? 나라면 당장 이

혼해버리고 재혼할 거예요."

"머틀도 남편을 싫어하나요?"

이 질문의 답은 뜻밖에도 머틀에게 직접 들을 수 있었다. 우리 얘기를 듣고 있었던 모양이다. 머틀의 대답은 공격적이고 외설적이었다.

"그것 봐요." 캐서린이 의기양양하게 소리쳤다. 그리고 다시 목소리를 낮추어 덧붙였다. "두 사람이 함께하지 못하는 것은 톰의 아내 때문이에요. 그녀가 가톨릭 신자인데, 가톨릭에서는 이혼을 인정하지 않거든요."

데이지는 가톨릭 신자가 아니었다. 나는 이 치밀한 거짓말에 충격을 받았다.

캐서린이 이어 말했다. "두 사람은 결혼하면 소문이 잠잠해질 때까지 한동안 서부에서 살 거래요."

"유럽으로 가는 게 더 나을 텐데."

"어머, 유럽을 좋아하세요?" 캐서린은 놀라며 소리쳤다. "얼마 전 몬테카를로에 다녀왔어요."

"그래요?"

"바로 작년에요. 친구와 함께 갔어요."

"오래 있었나요?"

"아뇨, 몬테카를로에만 있다가 돌아왔어요. 마르세유를 경유해서 가긴 했지만요. 여행 떠날 때 친구랑 1천 2백 달러 넘게 가져갔는데 도박장에서 이틀 만에 전부 날려버렸지 뭐예요. 돌아오는 길이 정말 힘들었어요. 그놈의 도시라면 아주 지긋지긋해요!"

늦은 오후 지중해의 푸른 바다 같은 하늘이 잠깐 동안 창문에 환히 비쳤다. 그때 맥키 부인이 날카로운 목소리로 외쳐서 나는 방 안으로 시선을 돌렸다.

"하마터면 나도 실수할 뻔했어요." 맥키 부인이 씩씩하게 말했다. "몇 년 동안 내 뒤꽁무니를 쫓아다니던 촌뜨기 같은 남자랑 결혼할 뻔했다니까요. 키도 작고 나보다 못한 남자라는 건 알고 있었죠. 다들 '루실, 저 남자는 네 발끝에도 못 미쳐!'라고 계속 말했다니까요. 체스터를 만나지 않았으면 그 남자가 나를 낚아챘을 거예요."

"그래요. 하지만 들어봐요." 머틀이 고개를 위아래로 끄덕이며 말했다. "최소한 당신은 그 남자와 결혼하지는 않았잖아요."

“맞아요, 결혼하지 않았어요.”

“그런데 나는 결혼했어요.” 머틀이 애매하게 말했다. “그러니 당신과 나는 경우가 달라요.”

“그럼 언니는 왜 결혼했어?” 캐서린이 따지듯 물었다. “아무도 형부와 결혼하라고 강요하지 않았는데.”

머틀은 잠시 생각에 잠겼다.

“내가 결혼한 건 그 사람이 신사라고 생각했기 때문이야.” 마침내 머틀이 대답했다. “어느 정도 교양 있는 사람일 거라고 생각했기 때문이지. 하지만 내 신발을 핥을 자격도 없는 인간이었어.”

“그래도 한동안 형부한테 푹 빠져 있었잖아.” 캐서린이 지적했다.

“푹 빠져 있었다고?” 머틀은 말도 안 된다는 듯이 소리쳤다. “내가 그 사람에게 푹 빠져 있었다고 누가 그래? 저기 저 사람에게 빠지지 않은 것처럼 그 사람에게도 빠진 적이 없어.”

느닷없이 머틀이 나를 지목하는 바람에 모두가 비난하는 눈초리로 나를 쳐다보았다. 나는 머틀의 사랑을 바라지 않는다는 표정을 지어 보이려고 애썼다.

"내가 그 사람에게 빠져 있었던 건 갓 결혼했을 때 뿐이었어. 실수했다는 걸 바로 알아차렸지. 그 사람은 결혼식 예복도 빌려입고는 내게 한 마디도 하지 않았어. 어느 날 그 사람이 없을 때 예복 주인이 찾아왔지. '아, 그럼 저게 댁의 예복이었나요? 전 처음 듣는 얘기예요.' 난 예복을 그에게 돌려주고 나서 바닥에 쓰러져 오후 내내 엉엉 울었어."

"언니는 형부와 헤어져야 해요." 캐서린이 내게 다시 강조했다. "두 사람은 그 정비소 위층에서 11년이나 살았어요. 그리고 톰은 언니가 처음으로 사랑한 남자예요."

이제 방 안의 모든 사람이 위스키를 찾고 있었다. 벌써 두 병째였다. '한 방울도 마시지 않고 취한 것 같은' 캐서린은 예외였다. 톰은 벨을 울려서 심부름꾼을 부르더니 저녁 식사가 될 만한 소문난 샌드위치를 사오라고 했다. 나는 밖으로 나가서 부드러운 황혼 빛을 받으며 공원 쪽으로 걷고 싶었다. 하지만 그때마다 밧줄에 묶인 것처럼 나를 끌어당기는 요란하고 격렬한 논쟁에 빠져서 번번이 주저앉았다. 도시에 높이 늘어선 불 밝힌 창문들은 어두워지는 거리에서 우연히 위를 올려다보는 사람에게 인간의 비밀을 소곤거리고 있을 것이다. 나도 호기심에 올려다보는 남자를 보았다. 나는 무한히 다채로운 인생에 매혹되기도 하고 혐오스러워하기도 하면서 집 안에 있었지만 동시에 집 밖에 있었다.

머틀이 의자를 나에게 가까이 끌고 와서 다짜고짜 더운 입김을 내뿜으며 톰과 처음 만난 이야기를 늘어놓았다.

"기차에서 항상 마지막까지 남아 있는, 서로 마주 보고 앉는 비좁은 자리였어요. 나는 동생을 만나서 자고 올 생각으로 뉴욕에 가는 길이었죠. 정장 차림에 에나멜 구두를 신은 톰이 앞에 앉았는데, 시선을 뗄 수가 없었어요. 톰이 나를 쳐다보면 얼른 톰의 머리 위쪽에 있는 광고를 보는 척했어요. 우리가 역에 도착했을 때, 톰이 내 옆에 서 있었는데 하얀 셔츠 가슴 부분으로 내 팔 쪽을 자꾸 미는 거예요. 그래서 내가 경찰을 부르겠다고 했죠. 하지만 톰은 거짓말이라는 걸 알았어요. 얼마나 흥분했는지 톰과 함께 택시에 타고 있으면서도 내가 지하철을 탄 게 아니란 걸 깨닫지 못할 정도였어요. 마음속으로 계속 되풀이했죠. '사람은 영원히 살 수 없다, 사람은 영원히 살 수 없다' 라고요."

머틀은 맥키 부인을 향해 몸을 돌렸고, 곧이어 그녀의 가식적인 웃음소리가 방 안을 가득 메웠다.

"이봐요." 머틀이 소리쳤다. "이 드레스를 벗는 즉시 당신한테 줄게요. 나는 내일 다른 걸 사야겠어요. 쇼핑 목록을 만들어야지. 마사저, 파마기, 개목걸이, 스프링이 달린 앙증맞은 재떨이 그리고 여름 내내 엄마 무덤을 장식할 검은 실크 리본을 단 화환. 잊지 않도록 모두 적어놓아야겠어."

9시였다. 시간을 확인하고 얼마 지나지 않은 것 같은데 다시 시계를 보니 10시였다. 맥키 씨는 주먹을 꽉 쥔 채 양 무릎에 올려놓은 자세로 의자에 앉아서 자고 있었다. 그 모습이 적극적인 활동가의 사진 같아 보였다. 손수건을 꺼내서 오후 내내 눈에 거슬렸던, 뺨에 말라붙은 비누 거품 자국을 닦아주었다.

강아지는 테이블에 앉아 있었는데, 희뿌연 담배연

기 사이로 잘 보이지 않는 눈을 두리번거리다가 이따금 낑낑거렸다. 사람들은 사라졌다가 다시 나타나서 어딘가로 갈 계획을 세웠다. 그러다가 서로를 잃어버리고 이리저리 헤맨 끝에 겨우 몇 센티미터 떨어진 곳에서 서로를 찾아냈다. 자정 무렵이 되자 톰과 머틀은 마주 서서 머틀이 데이지의 이름을 입에 올릴 자격이 있는가를 놓고 열띤 논쟁을 벌였다.

"데이지! 데이지! 데이지!" 머틀이 소리쳤다. "내가 말하고 싶을 때면 언제든지 말할 거예요! 데이지! 데이…."

톰의 손바닥이 재빠르고 익숙하게 그녀의 콧등을 후려쳤다.

욕실 바닥에 피 묻은 수건 뭉치가 던져지고 여자들의 비난하는 목소리와 그보다 더 높은, 고통으로 울부짖는 소리로 집 안이 완전히 혼란에 빠져버렸다. 소란에 놀라 잠을 깬 맥키 씨는 멍한 상태에서 문 쪽으로 가기 시작했다. 반쯤 가다가 돌아서서 그 광경을 빤히 쳐다보았다. 그의 아내와 캐서린은 비난과 위로를 번갈아 건네면서 꽉 들어찬 가구에 발이 걸려 휘청거리며 구급약을 가져오고 있었다. 긴 의자에 절망한 표정으로 앉아 있는 머틀은 피를 계속 흘리면서도 베르사유 풍경이 그려진 태피스트리에 피라도 묻을까 봐 《타운 태틀》을 펼쳐놓으려고 애썼다. 그때 맥키 씨가 돌아서서 문밖으로 나갔다. 나도 샹들리에에 걸어놓은 모자를 집어 들고 그를 따라나갔다.

"언제 점심이나 하러 오시죠." 엘리베이터에서 맥키 씨가 말을 꺼냈다.

"어디서요?"

"어디서든지요."

"레버에 손대지 마세요." 엘리베이터 보이가 딱딱하게 말했다.

"미안하네." 맥키 씨는 점잔을 빼며 말했다. "손이 닿은 줄 몰랐어."

"좋습니다. 기꺼이 가죠" 나는 그의 초대에 흔쾌히 응했다.

나는 맥키 씨의 침대 옆에 서 있었고, 그는 속옷 차림으로 이불을 덮고 앉아서 두 손에 커다란 포토폴리오를 들고 있었다.

미녀와 야수… 고독… 식료품점의 늙은 말… 브루
클린 다리….

어느새 나는 펜실베이니아역 지하 대합실의 차가운
바닥에 누워서 비몽사몽간에 조간신문 《트리뷴》지를
보며 4시 열차를 기다리고 있었다.

제 3 장

*

여름 내내 개츠비의 저택에서는 밤마다 음악이 흘러나왔다. 푸른 정원에서는 파티 참석자들이 반짝이는 별빛 아래서 샴페인을 들고 소곤거리며 불빛에 몰려드는 나방 떼처럼 오갔다. 오후 만조 때가 되면 부잔교 전망대에서 바다로 뛰어들거나 해변의 뜨거운 모래사장에서 일광욕을 즐겼다. 모터보트 두 대가 하얀 물보라를 일으키며 미끄러지는 수상스키를 매단 채 해협의 물살을 가르고 달리는 모습도 볼 수 있었다. 주말에는 개츠비의 롤스로이스가 셔틀버스가 되어 오전 9시부터 한밤중까지 뉴욕을 오가며 파티 참석자들을 실어 날랐다. 노란색 스테이션왜건도 재빠르게 기어가는 한 마리 벌레처럼 열차가 도착할 때마다 손님들을 맞으러 쏜살같이 달려갔다. 그리고 월요일이 되면 임시로 고용된 정원사를 포함한 여덟 명의 하인이 걸레, 솔, 망치, 정원용 가위를 들고 지난밤 손님들이 휩쓸고 간 자리를 하루 종일 쓸고 닦고 수리했다.

금요일이면 뉴욕의 과일 가게에서 오렌지와 레몬 다섯 상자가 배달되었다. 그리고 월요일이 되면 오렌지와 레몬 껍질이 뒷문 쪽에 산더미처럼 쌓였다. 주방에는 집사가 엄지손가락으로 작은 버튼을 2백 번만 누르면 30분 만에 오렌지 2백 개에서 주스를 짜내는 기계가 있었다.

적어도 2주에 한 번, 출장 연회 업체에서 나와 정원에 수백 미터길이의 천막을 치고 크리스마스트리처럼 색색의 전구로 나무들을 장식했다. 뷔페 테이블은 화려한 전채요리와 향신료를 곁들여 구운 햄, 형형색색의 샐러드, 밀가루 반죽을 씌워 튀긴 돼지고기, 윤기가 자르르한 짙은 황금빛 칠면조로 차렸다. 중앙 홀에는 청동 레일을 갖춘 바를 설치하여 진을 비롯해 다양한 술을 준비해놓았다. 오랫동안 사람들이 마시지 않아서 젊은 여성 손님은 구별하기 어려운 코디얼주도 있었다.

7시가 되면 오케스트라가 도착했다. 빈약한 5인조 밴드가 아니라 오보에, 트롬본, 색소폰, 비올라, 코넷, 피콜로 그리고 고음과 저음을 내는 드럼 등 극장 무대를 채우는 오케스트라 수준이었다. 그때쯤이면 마지막까지 수영을 즐기던 사람들도 해변에서 돌아와 2층에서 옷을 갈아입었다. 뉴욕에서 온 자동차들은 진입로 안까지 다섯 겹으로 주차돼 있었다. 이미 홀과 응접실, 베란다는 현란한 원색 옷과 최신 유행의 단발머리, 카스티야* 여인들은 꿈조차 꿀 수 없는 화려한 숄을 두른 여자들로 북적였다. 바에서는 파티가 한창이었다. 바깥 정원에서도 칵테일 쟁반이 떠다녔다. 떠

*카스티야Castile, 스페인 중부의 옛 왕국.

들썩한 말소리와 웃음소리, 가벼운 풍자에 끝없이 이어지는 소개와 인사, 서로 이름도 알지 못하는 여자들의 흥분된 목소리로 파티는 활기가 넘쳤다.

해가 떨어지면 불빛은 더욱 밝아졌다. 이제 오케스트라는 대중음악을 연주하기 시작했다. 사람들의 목소리는 한층 더 높아졌다. 시간이 흐를수록 웃음소리가 잦아졌고, 별것 아닌 말에도 넘칠 정도로 헤프게 웃음이 터져나왔다. 손님들도 빠르게 바뀌어갔다. 새로운 손님들이 도착하면서 모였다 흩어졌다를 반복했다. 자신감 넘치는 여자들은 사람들 사이를 거리낌 없이 돌아다녔다. 한 무리의 중심이 되는 순간의 짜릿한 기쁨을 즐기고 승리감에 취해서 끝없이 변하는 불빛 아래 다른 얼굴과 목소리와 개성 사이로 미끄러지듯 누비고 다녔다.

흔들거리는 오팔로 장식한 접시 같은 여자가 갑자기 용기를 과시하듯 칵테일 잔을 공중으로 쳐들었다가 단숨에 들이마시더니 조 프리스코*처럼 두 손을 흔들며 천막 무대에 올라가 혼자 춤을 추기 시작했다.

* 코미디언이자 괴짜 댄서.

일순간 주위가 조용해졌다. 오케스트라 지휘자는 그녀의 춤에 리듬을 맞췄다. 다음 순간 그녀가 〈폴리즈〉(시사풍자극)에서 길다 그레이**의 대역 배우라는 근거 없는 소문이 빠르게 번져나갔다. 비로소 파티가 시작되었다.

개츠비의 저택을 처음 찾은 날 밤, 나는 정식으로 초대받은 몇 안 되는 손님이었다. 파티에는 초대받지 않은 사람들도 있었다. 롱아일랜드로 가는 자동차를 탔는데 개츠비의 저택 앞에 내리는 식이었다. 일단 찾아오면 개츠비를 아는 누군가가 그들을 맞아주었다. 그다음은 놀이공원처럼 규범에 맞게 행동하면 되는 일이었다. 파티에 왔다가 개츠비를 만나지 못하고 돌아갈 때도 있지만, 파티를 즐기려는 마음만 갖추면 초대장을 지닌 셈이었다.

하지만 나는 정식으로 초대를 받았다. 토요일 아침 일찍 개똥지빠귀 알처럼 파란색 제복을 입은 운전기사가 놀라울 정도로 정중한 주인의 편지를 들고 우리 집 잔디밭을 건너왔다. 편지에는 그날 밤 자기 집에

** 시사풍자극의 댄싱 스타. 재즈 댄스인 '시미'라는 춤을 소개했다.

서 열리는 '소박한 파티'에 참석해준다면 더없는 영광이 될 거라고 적혀 있었다. 나를 몇 번 본 적이 있으며 전부터 한번 방문할 생각이었지만 이런저런 사정이 생겨서 그러지 못했노라고 쓴 뒤 마지막에 당당한 필체로 '제이 개츠비'라고 서명한 터였다.

7시가 조금 지났을 무렵 하얀 플란넬 정장을 차려입고 개츠비의 집으로 갔다. 나는 잔디밭을 어슬렁거렸다. 알지 못하는 사람들 틈에 끼어 있으려니 거북한 기분이 들었다. 통근열차에서 마주친 적 있는 얼굴들이 여기저기 보이긴 했다. 젊은 영국인들도 눈에 띄었다. 모두 훌륭한 차림새였지만 뭔가를 갈구하는 것처럼 허기진 표정이었다. 그들은 나직하면서 진지한 목소리로 견실하고 부유해 보이는 미국인들과 이야기하고 있었다. 주식이나 보험, 자동차 같은 것을 파는 중이라는 걸 알 수 있었다. 적어도 그들은 이 지역에 눈먼 돈이 가까이 있음을 잘 알았고, 말만 잘하면 그 돈이 자기 차지가 될 수 있다고 확신했다.

나는 도착하자마자 개츠비를 만나보려고 했다. 그런데 내 질문을 받은 두세 명이 놀란 눈으로 나를 빤히 쳐다보며 개츠비가 어디 있는지 모른다고 정색을 했다. 나는 칵테일 테이블 쪽으로 슬그머니 도망쳤다. 파트너 없이 온 남자가 혼자인 것을 드러내지 않고도 시간을 보낼 수 있는 유일한 곳이기 때문이었다.

너무 어색해서 술이라도 마시고 취해야겠다 생각하는데, 때마침 조던 베이커가 집 안에서 나와 대리석 계단 꼭대기에 서더니 상체를 뒤로 약간 젖히고 경멸과 흥미가 뒤섞인 얼굴로 정원을 내려다보는 모습이 보였다.

지나가는 사람들에게 말이라도 붙여보려면 환영을 받든 받지 못하든 누군가와 함께 붙어 있어야 한다는 생각이 들었다.

"안녕하세요!" 조던 쪽으로 다가가며 큰 소리로 외쳤다. 내 목소리가 부자연스러울 정도로 크게 정원을 울렸다.

"당신이 여기 있을지도 모른다고 생각했어요." 조던은 다가가는 나를 멍하니 쳐다보며 말했다. "옆집에 산다고 했던 말이 생각나서요."

조던은 이제 나를 보살펴주겠다고 약속하는 것처럼

아무 감정 없이 내 손을 잡고는 계단 밑에서 똑같이 노란 드레스를 입고 대화하는 두 여자의 말에 귀를 기울였다.

"안녕하세요!" 두 여자가 함께 소리쳤다. "당신이 이기지 못해서 유감이에요."

골프 시합을 말하는 것이었다. 조던은 지난주 결승에서 패했다.

"우리가 누군지 모르겠지만 우리는 한 달 전쯤 여기서 당신을 만났어요." 노란 드레스 여자 중 한 명이 말했다.

"그 후에 염색을 했네요." 조던이 설명했다.

그녀의 말에 나는 깜짝 놀랐지만, 여자들은 무심히 자리를 떠났다. 그녀의 말은 그냥 허공으로 날아가버렸다. 조던이 날씬한 구릿빛 팔을 내 팔에 끼었고, 우리는 계단을 내려가 정원을 어슬렁거렸다. 황혼 사이로 칵테일 쟁반이 우리에게 날라져 왔다. 우리는 노란 드레스 여자 둘, 남자 셋과 함께 테이블에 자리를 잡고 앉았다. 세 남자가 간단히 자기 소개를 했다.

"이런 파티에 자주 오나요?" 조던이 옆에 앉은 여

자에게 물었다.

"당신을 만난 그때가 마지막이었어요." 여자는 자신 있게 대답했다. 그러고는 친구를 돌아보았다. "너도 그렇지, 루실?"

루실이라는 여자도 그렇다고 했다.

"나는 이런 데 오는 거 좋아해요." 루실이 말을 이었다. "뭘 하든 신경 쓰지 않아도 되니까 언제나 재밌게 즐기다 가죠. 지난번 파티에서 의자에 걸려 옷이 찢어졌는데, 그 사람이 내 주소와 이름을 묻더라고요. 그 후 일주일도 안 돼 크루아리에 의상실에서 보낸 소포를 받았죠. 열어보니 새 이브닝드레스가 들어 있었어요."

"그걸 받았어요?" 조던이 물었다.

"그럼요. 오늘 밤 입고 올 생각이었는데 가슴 부분이 너무 커서 수선을 맡겨야 했어요. 연자주색 구슬이 달린 파란색 드레스예요. 무려 265달러짜리죠."

"그렇게 하는 사람에게는 뭔가 수상한 구석이 있는 거예요." 다른 여자가 진지하게 말했다. "누구와도 문제를 만들지 않으려는 거죠."

"누가 그런다는 건가요?" 내가 물었다.

"개츠비요. 누가 그러는데…." 두 여자와 조던이 은밀한 이야기를 하는 것처럼 몸을 숙였다. "누가 그러는데 그 사람이 과거에 살인을 했을 거래요."

순간 우리는 모두 오싹해졌다. 세 남자도 몸을 숙이고 열심히 귀를 기울였다.

"그건 아닌 것 같은데." 루실이 의심스럽다는 듯이 말했다. "전쟁 중에 독일 스파이였다는 말이 더 신빙성 있어."

남자 중 한 명이 그 말이 맞는 것처럼 고개를 끄덕이며 장담하듯 말했다. "그 사람과 독일에서 함께 자라나 잘 아는 사람이 그렇다고 하더군요."

"어머, 아니에요." 처음 말을 꺼낸 여자가 반박했다. "그럴 수 없어요. 그 사람은 전쟁 중에 미군에 있었으니까요." 우리가 다시 자기 말을 믿는다는 걸 확인한 여자는 흥분해서 몸을 숙였다. "아무도 보는 사람이 없다고 생각할 때 그 사람 표정을 한번 보세요. 그 사람은 살인을 한 게 틀림없어요."

여자는 눈을 가늘게 뜨고 몸을 떨었다. 루실 역시

몸을 떨었다. 우리는 모두 고개를 돌리고 개츠비를 찾아 두리번거렸다. 이 세상에는 수군거릴 일이 없다는 걸 잘 아는 사람들조차 그에 대해 수군거린다는 것은 개츠비가 낭만적인 추측을 불러일으킨다는 증거였다.

첫 번째 식사가 나오기 시작하자(자정이 지나면 식사가 한 번 더 나온다) 조던은 내게 정원의 다른 쪽 테이블에 있는 그녀의 일행과 동석하자고 청했다. 일행은 부부 세 커플과 조던의 파트너로 따라온 남자였다. 빈정거리는 투로 거칠게 말하는 고집 세 보이는 대학생인데, 머지않아 조던이 자기에게 넘어올 거라 생각하는 듯했다. 이 사람들은 이리저리 돌아다니는 대신 근엄하게 이 지역의 고상한 품위를 대표하는 것 같았다. 이스트에그 사람들은 웨스트에그 사람들에게 짐짓 친절하게 굴면서도 그들의 쾌락과 화려함을 조심스럽게 경계했다.

"일어날까요?" 어색하게 30분쯤 시간만 보내다가 조던이 작은 소리로 말했다. "내가 있기에는 너무 고상한 자리네요."

우리는 자리에서 일어섰다. 조던은 집주인을 찾으

러 갈 거라고 대학생에게 말하면서 내가 아직 그를 만나지 못했기 때문이라고 설명했는데, 그 말이 왠지 나를 불안하게 했다. 대학생은 의심스럽다는 듯이 못마땅한 얼굴로 고개를 끄덕였다.

먼저 북적거리는 바를 훑어보았지만 개츠비는 없었다. 계단 꼭대기에서도 개츠비를 찾을 수 없었다. 베란다에도 없었다. 그러다가 우리는 웅장한 문을 열고서 천장이 높은 고딕 양식의 서재로 들어갔다. 영국산 참나무를 조각해 장식한 서재는 외국의 유적을 그대로 옮겨놓은 것 같았다.

엄청나게 큰 올빼미 안경을 쓴 뚱뚱한 중년 남자가 커다란 테이블 모서리에 앉아서 술에 취해 불안한 눈빛으로 책장을 노려보고 있었다. 우리가 들어가자 그가 몸을 홱 돌리고 조던을 위아래로 훑어보았다.

"어떻게 생각해요?" 그가 조급하게 물었다.

"뭘 말인가요?"

그는 책장을 향해 손을 흔들었다. "저것 말이오. 일부러 확인해볼 필요는 없소. 내가 확인했으니까. 저것들은 진짜요."

"책들 말인가요?"

그는 고개를 끄덕였다. "완전히 진짜요. 한 장 한 장 빠짐없이 다 있는 진짜. 나는 저것들이 마분지로 만든 가짜인 줄 알았어. 그런데 완전히 진짜란 말이지. 페이지가 다 있는 진짜. 자, 내가 보여주지."

그는 우리가 믿지 못하는 게 당연하다는 듯 부리나케 책장으로 가서 『존 L. 스토다드의 강의록*』 1권을 들고 돌아왔다.

"봐요!" 그가 의기양양하게 소리쳤다. "진짜 인쇄물이지. 나도 깜빡 속을 뻔했어. 이 집 주인은 완전히 벨라스코** 같은 친구라니까. 대성공이야. 이 얼마나 완벽한가 말이오! 놀라운 리얼리즘이오! 이 집 주인은 언제 멈춰야 하는지도 알고 있어. 칼로 자른 것도 아니야. 그런데 여긴 왜 들어온 거요? 뭐 찾는 거라도 있소?"

남자는 내 손에서 책을 홱 잡아채더니 하나라도 빠

---

*존 L. 스토다드는 '존 L. 스토다드의 강의록'이라는 제목으로 삽화가 들어 있는 여행서 15권을 썼다.
**데이비드 벨라스코는 브로드웨이 프로듀서이며 사실적인 무대 장치로 유명했다.

지면 서재가 무너질 수 있다고 중얼대며 서둘러 책장에 도로 꽂아넣었다.

"누가 당신들을 데려왔소?" 그가 물었다. "아니면 그냥 온 거요? 나는 누가 데려왔는데. 대개들 그렇게 오지."

조던은 아무 대답도 없이 재미있다는 듯 남자를 바라보았다.

그는 말을 이어나갔다. "나는 루스벨트라는 여자가 데려왔는데. 클로드 루스벨트 부인. 혹시 그 부인을 아시오? 지난밤 어딘가에서 그 부인을 만났지. 지금 난 일주일째 술에 취한 상태야. 서재에 앉아 있으면 정신이 좀 맑아질 줄 알았어."

"그래서 정신이 좀 맑아졌나요?"

"그런 것 같기도 하고. 하지만 아직 뭐라고 말할 수 없어. 여기 온 지 한 시간밖에 안 됐거든. 내가 책들에 대해 말했소? 책들이 다 진짜야. 다⋯."

"이미 말했어요."

우리는 남자와 진지하게 악수를 나누고 다시 정원으로 나왔다.

천막 안에서는 댄스타임이 시작되고 있었다. 나이든 남자들이 젊은 여자들을 뒤로 밀어낸 뒤 볼품없이 빙빙 돌고 있었다. 한쪽에서는 춤을 좀 추는 커플들이 서로 끌어안고 세련되게 추었다. 파트너가 없는 여자들은 혼자서 추거나 잠시 동안 밴조나 타악기 연주자들을 대신하여 그들의 수고를 덜어주었다. 밤이 깊어지자 파티 분위기가 더욱 고조되었다. 유명한 테너 가수는 이탈리아어로 노래하고 평판이 좋지 않은 콘트랄토 가수는 재즈를 불렀다. 많은 사람이 정원 여기저기에서 '재주'를 뽐내고 있었다. 아무 의미 없이 유쾌하게 터져나오는 웃음소리가 여름 밤하늘까지 울려퍼졌다. 무대에서는 쌍둥이가 의상까지 차려입고 유치한 연극을 보여주었는데, 노란색 드레스 여자들이었다. 핑거볼보다 큰 잔에 담긴 샴페인이 서빙되었다. 달이 더 높이 떠올랐다. 해협에 떠 있는 삼각형 모양의 은빛 비늘 같은 달그림자가 잔디밭에서 울리는 밴조 소리에 맞춰 미세하게 떨렸다.

그때까지도 나는 조던 베이커와 함께 있었다. 우리는 내 또래의 남자 그리고 체구는 작지만 목소리가 큰 여자와 같은 테이블에 앉아 있었다. 여자는 사소한 말에도 웃음을 터뜨렸다. 이제 나는 그 분위기를 즐기고 있었다. 핑거볼보다 큰 잔으로 샴페인을 두 잔이나 마셨더니 눈앞의 정경이 뭔가 중요하고 깊은 의미가 있는 것처럼 보였다.

여흥이 잠시 중단되었을 때, 남자가 나를 보며 미소 지었다.

"어디서 만난 분 같습니다." 남자는 정중히 말했다. "혹시 전쟁 중에 1사단에 있지 않았습니까?"

"네, 그렇습니다. 28보병대에 있었습니다."

"나는 1918년 6월까지 16보병대에 있었습니다. 어쩐지 전에 어디선가 본 적이 있다 했습니다."

한동안 우리는 비가 내려 우중충한 프랑스의 작은 마을에 대해 이야기했다. 남자는 이 근처에 사는 것이 분명했다. 최근에 수상비행기를 샀다면서 아침에 테스트해볼 생각이라고 말했기 때문이다.

"함께하지 않겠습니까? 이 근처 바닷가에서요."

"몇 시에 말인가요?"

"언제든 좋은 시간에요."

남자의 이름을 막 물어보려고 하는데 조던이 돌아보며 웃었다. "어때요, 이제 즐거운 시간을 보내고 있는 건가요?"

"훨씬 좋아졌어요." 나는 다시 새로 만난 사람을 돌아보았다. "이런 파티는 처음입니다. 아직 집주인도 만나지 못했다니까요. 나는 저쪽에 살고 있어요…." 멀리 있어서 보이지도 않는 울타리 쪽을 손가락으로 가리키며 말했다. "그런데 개츠비라는 사람이 운전기사 편에 초대장을 보냈더군요."

남자는 내 말을 이해하지 못한 얼굴로 잠시 나를 바라보았다.

"내가 개츠비입니다." 남자가 불쑥 말했다.

"네?" 나는 소리를 지르고 말았다. "아, 실례했습니다."

"아는 줄 알았습니다. 아무래도 제가 주인 노릇을 제대로 못 한 모양이네요."

그는 이해한다는 듯이, 아니 이해하고도 남는다는 듯이 미소를 지었다. 영원한 안도감을 주는, 일생에 네댓 번 볼까 말까 한 미소였다. 일순간 그 미소가 전

세계를 향했고, 아니 향한 것처럼 보였다. 그러다가 저항할 수 없는 편애가 내게 향했다. 내가 이해받기를 원하는 대로 이해해주고, 나를 믿어주기를 바라는 만큼 믿어주고, 내가 전하고 싶은 인상을 정확히 받았다고 안심시켜주는 미소였다. 그런데 바로 다음 순간 그 미소는 사라지고, 서른한두 살쯤 된 세련됐지만 거친 젊은이가 눈앞에 있었다. 그의 격식 차린 말투는 어리석음을 간신히 면한 정도였다. 그가 자기 소개를 하기 전까지만 해도 나는 그가 말을 신중히 골라 한다는 인상을 강하게 받았다.

개츠비가 정체를 밝히자마자 그의 집사가 다급하게 다가오더니 시카고에서 전화가 왔다고 알려주었다. 개츠비는 우리에게 차례로 가볍게 고개를 숙이며 인사했다.

"뭐든 필요한 게 있으면 말씀하세요." 개츠비가 강한 어조로 말했다. "그럼 실례하겠습니다. 나중에 다시 뵙겠습니다."

개츠비가 떠나자마자 나는 바로 조던을 바라보았다. 놀란 마음을 그녀에게 알려야 할 것 같았다. 개츠

비는 혈색이 붉그레하고 뚱뚱한 중년 남자일 거라고
생각한 터였다.

"저 사람은 어떤 사람인가요?" 나는 정말로 그가
궁금해서 물었다. "당신은 알고 있습니까?"

"그냥 개츠비라는 남자일 뿐이에요."

"그러니까 어디 출신이고 무슨 일을 합니까?"

"이제 당신이 그 얘기를 시작하는 건가요?" 조던이
미소를 띠고 대답했다. "음, 옥스퍼드를 다녔다고 내
게 말한 적이 있어요."

희미하게 그의 배경이 형태를 갖춰가기 시작했다.
하지만 그녀의 다음 말에 다시 사라져버렸다.

"하지만 나는 믿지 않아요."

"왜 믿지 않는데요?"

"글쎄요, 그냥 그런 생각이 들어요." 조던이 묘하
게 대답했다.

조던의 말투에는 '그 사람이 사람을 죽인 것 같다'
고 한 여자의 말을 떠올리게 하는 뭔가가 있었다. 그
것이 나의 호기심을 자극했다. 개츠비가 루이지애나
의 습지 출신이거나 뉴욕 이스트사이드의 빈민가 출

신이라고 했다면 의심 없이 받아들였을 것이다. 그것은 이해할 수 있었다. 하지만 어디 출신인지도 모르는 젊은 남자가 흘러들어와 롱아일랜드 해협에서 궁전 같은 저택을 샀다는 것을 경험도 부족한 시골 출신인 나로서는 믿을 수가 없었다.

"어쨌든 저 사람은 성대한 파티를 열어요." 조던은 구체적인 이야기를 싫어하는 도시인답게 화제를 돌렸다. "나는 성대한 파티가 좋아요. 체면 차리며 조심할 필요도 없죠. 작은 파티는 프라이버시 보장이 안 되잖아요."

베이스 드럼이 쿵쿵 울리더니 오케스트라 지휘자의 목소리가 왁자지껄한 정원 위로 울려퍼졌다.

"신사숙녀 여러분." 지휘자가 소리쳤다. "개츠비 씨의 요청으로 블라디미르 토스토프 씨의 최신 작품을 연주하겠습니다. 지난 5월 카네기홀에서 뜨거운 관심을 받은 작품입니다. 신문을 읽은 분은 알겠지만 커다란 센세이션을 일으켰죠." 이어서 유쾌하면서도 정중한 미소를 띠며 덧붙였다. "대단한 곡입니다!" 모두가 웃음을 터뜨렸다. "곡명은 〈블라디미르 토스토프의 세계 재즈의 역사〉입니다!" 그는 활기찬 어조로 곡 소개를 마무리했다.

나는 토스토프의 곡이 귀에 들어오지 않았다. 연주가 시작된 바로 그때, 대리석 계단에 홀로 서서 만족스러운 눈길로 여기저기 모여 있는 사람들을 내려다보는 개츠비에게 시선이 쏠렸기 때문이다. 햇볕에 그을린 그의 피부는 보기 좋게 팽팽했고, 짧은 머리는 매일 다듬는 것처럼 단정해 보였다. 그에게서는 어두운 면이 전혀 보이지 않았다. 그가 술을 마시지 않아서 손님들과 어울리지 못하는 건 아닐까 하는 생각이 들었다. 다들 술에 취해 흥이 고조된 데 반해 개츠비의 태도는 갈수록 점잖아지는 것 같았기 때문이다. 〈세계 재즈의 역사〉라는 곡이 끝나자 여자들은 재롱부리는 강아지처럼 남자들의 어깨에 머리를 기대기도 하고, 장난스럽게 뒷걸음질로 남자들 팔에 쓰러지기도 하고, 누군가 잡아주겠거니 생각하고 사람들 속에 몸을 던지기도 했다. 하지만 개츠비에게 쓰러지는 여자는 아무도 없었다. 프랑스식 단발머리를 한 여자들도 개츠비의 어깨에 기대지 않았고, 노래를 부르는 무리들도 개츠비를 지휘자로 삼으려 하지 않았다.

"실례합니다." 개츠비의 집사가 갑자기 우리 옆에 서 있었다. "베이커 양이시죠? 죄송하지만, 개츠비 씨가 조용히 이야기를 나누었으면 하십니다."

"나하고요?" 조던이 놀란 얼굴로 소리쳤다.

"그렇습니다."

조던은 내게 놀라움의 표시로 눈썹을 치켜올리며 천천히 일어서서 집사를 따라 저택 쪽으로 걸어갔다. 조던은 이브닝드레스를 입었는데, 어떤 옷을 입든 운동복을 걸친 듯 보였다. 그녀의 움직임에서 상쾌하고 맑은 아침에 처음 골프 코스를 도는 사람의 경쾌함이 느껴졌다.

나는 혼자 남고 말았다. 밤 2시가 다 된 시간이었다. 아까부터 테라스 위쪽, 기다란 창문이 줄지은 방에서 소란스럽지만 흥미로운 소리가 들려왔다. 조던과 동행한 대학생은 이제 두 명의 코러스걸과 음담패설을 주고받고 있었다. 나에게도 함께 하자고 권했지만 나는 그 대학생을 피해 집 안으로 들어갔다.

커다란 방 안은 사람들로 발 디딜 틈이 없었다. 노

란색 드레스 여자 중 한 명이 피아노를 치고, 옆에서는 유명한 합창단 단원인 큰 키에 빨간 머리 여자가 노래를 불렀다. 샴페인을 과음한 여자는 세상에는 슬픈 일밖에 없다고 결론내린 것처럼 노래하며 계속 흐느꼈다. 노래를 잠깐 쉬는 동안에는 헐떡이는 숨소리와 흐느낌이 간간이 이어졌고, 그러다가 떨리는 소프라노 음색으로 다시 노래를 불렀다. 눈물이 여자의 볼을 타고 흘러내렸다. 그러나 주르륵 흐르지는 않았다. 짙게 화장한 속눈썹에 눈물이 뭉쳤다가 검은 개울을 그리며 천천히 흘러내렸다. 누군가 그녀는 얼굴에 그려진 음표대로 노래하는 모양이라고 우스갯소리를 했다. 그 순간 여자가 두 손을 들어 올리더니 그대로 의자에 털썩 주저앉아서 깊은 잠에 빠져버렸다.

"저 여자는 남편과 싸웠어요." 내 옆에 있는 여자가 말해주었다.

나는 주위를 둘러보았다. 이제까지 남아 있는 여자들 대부분이 남편과 싸우고 있었다. 심지어 이스트에그에서 조던의 일행으로 온 부부들도 서로 다투고 뿔뿔이 흩어져버렸다. 그 남편 중 한 사람이 호기심을 이기지 못하고 젊은 여배우에게 말을 걸자, 그의 아내는 그 상황을 품위 있게 무관심한 척 웃어넘기려 하다가 결국 참지 못하고 남편을 공격했다. 갑자기 남편 옆에 나타나더니 귀에 대고 최대한 억누른 목소리로 "약속했잖아요!"라고 소리쳤다.

집에 가기 싫어하는 것은 변덕스러운 남편들만이 아니었다. 술에서 깨어 정신이 멀쩡한 두 남편과 그들의 몹시 성난 아내들이 홀을 차지하고 있었다. 아내들은 격앙된 목소리로 서로를 위로했다.

"우리 남편은 내가 즐거워하는 것 같으면 집에 가자고 한다니까요."

"이렇게 이기적인 사람은 절대 없을 거예요."

"가장 먼저 돌아가는 건 항상 우리예요."

"우리도 마찬가지예요."

"그런데 오늘 밤은 우리가 거의 마지막이야." 남편 중 한 사람이 소심하게 말했다. "오케스트라도 이미 30분 전에 돌아갔다고."

이렇게 심술 맞은 사람들을 믿을 수 없다는 데 아내들의 의견이 일치했지만, 말다툼은 짧게 끝났고 두 아내는 발버둥 치며 어둠 속으로 끌려나갔다.

홀에서 내 모자를 가져다주기를 기다리고 있을 때, 서재의 문이 열리더니 조던과 개츠비가 함께 나왔다. 개츠비가 조던에게 마지막으로 뭔가 말하려는데 사람들이 작별 인사를 하러 다가오자 열성적이던 그의 태도가 갑자기 딱딱하게 바뀌었다.

조던 일행은 현관에 서서 조바심을 내며 그녀를 불러댔다. 하지만 조던은 나와 악수하느라 잠깐 꾸물거렸다.

"방금 아주 놀라운 얘길 들었어요." 조던이 작은 소리로 말했다 "내가 저기 얼마나 있었죠?"

"글쎄, 한 시간 정도."

"그 얘기는… 정말이지 놀라웠어요." 조던은 멍하니 말을 이었다. "하지만 말하지 않겠다고 맹세해서 당신을 애타게 할 수밖에 없어요." 조던은 내 얼굴에 대고 우아하게 하품을 토해냈다. "날 만나러 와요…. 전화번호부에서… 시고니 하워드 부인을 찾아요…. 우리 숙모예요…." 조던은 급히 떠나면서 덧붙이고는 볕에 그을린 손을 경쾌하게 흔들며 현관에서 기다리는 일행 속으로 사라졌다.

첫 방문에 너무 늦게까지 남은 게 좀 부끄럽다는 생각을 하면서 개츠비 주위에 모여 있는 마지막 손님들 속에 끼어들었다. 초저녁부터 그를 찾아다녔다는 사실을 말하고 정원에서 그를 알아보지 못한 걸 사과하고 싶었다.

"괜찮습니다." 개츠비는 진지하게 말했다. "그냥 잊어버리세요." 안심시키듯 어깨를 쓰다듬으며 친근한 어조로 덧붙였다. "내일 아침에 수상비행기 타기로 한 약속 잊지 마시고요. 9시입니다."

그때 집사가 개츠비 뒤에서 말했다. "필라델피아에서 전화 왔습니다."

"알았네. 곧 가겠다고 말해줘…. 그럼 조심해서 안녕히 가세요."

"안녕히 계세요."

"안녕히 가세요." 개츠비는 미소를 지었다. 마치 내가 마지막까지 남아 있기를 내내 바랐다는 듯한 미소였다. "잘 가요, 친구… 잘 가요."

계단을 내려가다가 그날 저녁이 아직 끝나지 않았

다는 걸 알아챘다. 문에서 15미터쯤 떨어진 곳에서 헤드라이트 불빛 10여 개가 떠들썩하고 놀라운 광경을 비추고 있었다. 개츠비 저택을 떠난 지 2분도 안 된 신형 쿠페가 오른쪽 차체를 위로 하고 길 옆 도랑에 처박혀 있었다. 바퀴 한 개가 무참히 빠졌는데 날카롭게 튀어나온 울타리에 걸려서 분리된 모양이었다. 호기심 많은 운전자 대여섯이 상당한 관심을 가지고 그 장면을 지켜보았다. 한편 그런 차량들이 길을 막아서는 바람에 뒤쪽에 늘어선 차량들이 신경질적으로 경적을 울려댔고, 그 때문에 가뜩이나 소란스러운 거리가 더 혼란스러워졌다.

긴 외투를 걸친 남자가 부서진 차량에서 내리더니 길 한가운데 서서 어이없다는 듯 어리둥절한 표정을 지으며 차체에서 바퀴로, 바퀴에서 구경꾼들로 시선을 옮겼다.

"이것 좀 보게!" 남자가 소리쳤다. "차가 도랑에 빠졌어."

남자는 차가 도랑에 빠졌다는 사실을 도무지 믿지 못하는 것 같았다. 이상한 사람이라고 생각하며 자세히 보니 개츠비의 서재에서 만난 그 남자였다.

"어떻게 된 겁니까?"

남자는 어깨를 으쓱하며 단호하게 말했다. "나는 기계에 대해 전혀 몰라요."

"하지만 어떻게 이런 일이 벌어진 겁니까? 울타리를 들이받았나요?"

"나한테 묻지 말아요." 올빼미 안경을 쓴 남자가 자신은 아무 책임 없다는 듯이 말했다. "나는 운전에 대해 잘 몰라요. 생판 초보나 마찬가지요. 사고가 났고, 그게 내가 아는 전부요."

"아니, 운전이 서투르면 밤 운전을 하지 말아야죠."

"하지만 나는 운전하지 않았소." 남자가 화난 목소리로 말했다. "운전할 생각도 없었고."

구경꾼들은 어처구니가 없어서 입을 다물었다.

"자살이라도 할 셈이었어요?"

"바퀴 하나 빠져나가는 것으로 끝난 게 다행인 줄 아세요! 운전을 못하면 애초부터 운전할 생각을 하지 말아야죠!"

"모르면 가만히 있어요." 남자가 당당하게 소리쳤

다. "나는 운전을 하지 않았소. 차 안에 다른 사람이 있단 말이오."

이 말에 구경꾼들은 깜짝 놀랐다. 그때 쿠페 문이 천천히 열리면서 "아아!" 하는 신음소리가 새어나왔다. 구경꾼들(이제 수많은 사람으로 북적였다)은 무의식적으로 물러섰다. 차문이 활짝 열리자 사람들은 유령이라도 본 것처럼 조용해졌다. 낯빛이 창백한 남자가 부서진 차에서 아주 천천히 비틀거리며 나오더니 무도화처럼 큼지막한 구두로 감싼 발을 땅에 디뎠다.

헤드라이트 불빛 때문에 눈이 부시고 쉴 새 없이 울려대는 경적 소리에 어리둥절해진 그 유령 같은 남자는 휘청거리며 잠시 그렇게 서 있다가 긴 외투를 입은 남자를 알아보았다.

"어떻게 된 거죠?" 남자가 침착하게 물었다. "기름이 떨어졌나요?"

"저기를 봐요!"

여섯 개의 손가락이 바퀴를 가리켰다. 남자는 한동안 뚫어지게 바라보다 바퀴가 하늘에서 떨어지기라도 했다는 듯이 위를 올려다보았다.

"바퀴가 빠졌어요." 누군가 설명했다.

남자는 고개를 끄덕였다. "처음엔 우리가 멈춰섰는지도 몰랐어요." 잠시 침묵이 흘렀다. 남자는 깊게 숨을 들이마시고 어깨를 바로 펴며 단호한 목소리로 물었다. "주유소가 어디 있는지 아는 사람 있습니까?"

최소한 10여 명이, 그중에는 그 남자보다 나아 보이지 않는 사람들도 있었는데, 어떤 물리적 힘으로도 차체에 바퀴를 연결할 수 없다고 설명해주었다.

"차를 뒤로 빼야겠어요." 잠시 후 남자가 말을 꺼냈다. "후진시켜서요."

"하지만 바퀴가 없어요!"

남자는 머뭇거리다 입을 열었다. "시도해본다고 나쁠 건 없겠죠."

날카로운 경적 소리가 점점 더 높아졌다. 나는 돌아서서 잔디밭을 가로질러 집으로 향했다. 가다가 뒤를 한 번 돌아보았다. 웨이퍼*만큼 얇은 달이 개츠비의 저택 위로 은은한 빛을 드리우며 이 밤을 아름답게 물들이고 있었다. 웃음소리와 말소리는 사라졌지만 여

* 얇고 바삭하게 구운 과자.

전히 휘황찬란한 정원에도 달빛이 내려앉았다. 갑자기 수많은 창문과 커다란 문에서 공허감이 밀려오는 것 같았다. 현관에서 손을 흔들며 형식적으로 작별 인사를 건네는 집주인의 모습마저 쓸쓸해 보였다.

지금까지 써놓은 것을 다시 읽어보면 내가 지난 몇 주일 동안 그 사흘 밤의 일에만 완전히 빠져 있었다는 인상을 줄지도 모른다. 하지만 그 일들은 그저 많은 일이 있었던 그 여름에 일어난 평범한 사건에 지나지 않았다. 시간이 꽤 지날 때까지 나는 개인적인 일에 더 관심이 쏠렸다.

나는 대부분의 시간을 일을 하며 보냈다. 이른 아침에 태양이 내 그림자를 서쪽으로 던질 때면 뉴욕 남쪽 흰 건물들 사이에 들어선 프로비티트러스트사를 향해 걸음을 재촉했다. 다른 사무원이나 젊은 증권 세일즈맨과는 서로 이름을 부를 정도로 친해졌고, 그들과 함께 어둡고 붐비는 식당에서 작은 돼지고기 소시지와 으깬 감자 그리고 커피로 점심을 먹었다. 저지시티에 사는 회계과 직원과 짧은 연애를 하기도 했다. 하지만 그녀의 오빠가 나를 탐탁해하지 않아서 7월에 그녀가 휴가 떠난 걸 계기로 조용히 관계를 마무리했다.

보통 예일 클럽에서 저녁을 먹었는데, 웬일인지 나는 이때가 하루 중 가장 우울한 시간이었다. 식사를 마치면 위층 도서실에 올라가서 투자와 유가증권에 관한 공부를 한 시간 정도 열심히 했다. 클럽에는 소란을 떠는 사람이 있기 마련인데, 그런 사람들은 도서실 근처에 얼씬도 하지 않았다. 그래서 도서실은 공부하기에 더없이 좋은 장소였다. 공부를 마치고 밤공기가 부드러우면 매디슨가를 따라 천천히 내려가서 오래된 머리힐 호텔과 33번가를 지나 펜실베이니아역까지 걸었다.

뉴욕이 좋아지기 시작했다. 활기차고 모험적인 밤 분위기, 끊임없이 오가는 사람들과 자동차들이 불안한 눈동자에 주는 만족감이 좋았다. 5번가를 걸으며 많은 사람들 속에서 매혹적인 여자를 찾아내 몇 분 후 그녀의 삶 속으로 들어가는 공상을 즐기기도 했다. 아무도 알지 못하고 누구도 비난할 수 없는 일이었다. 공상 속에서 외진 길모퉁이에 자리한 그녀의 아파트까지 뒤따라갈 때도 있었다. 그녀는 문 앞에서 나를 뒤돌아보고는 미소를 띠며 부드러운 어둠 속으로 사라졌다. 마법에 걸린 듯한 대도시의 황혼 무렵이면 적막감에 사로잡히기도 했다. 그런 감성은 다른 사람들에게서도 느껴졌다. 혼자 식사하러 갈 시간을 기다리며 쇼윈도 앞에서 어슬렁거리는 가난한 젊은 직장인들이 그랬다. 그들은 어스름 속에 묻힌 채 밤과 인생에서 가장 열정적인 순간을 허비하고 있었다.

그리고 저녁 8시가 되어 40번가의 어두운 거리에 극장가로 향하는 택시들이 엔진 소리를 내며 겹겹이 늘어선 모습을 보면 가슴이 쿵 내려앉는 기분이 들었다. 사람들은 서로 몸을 기댄 채 택시가 움직이기를 기다렸다. 노래도 부르고, 재미있는 농담이라도 하는지 웃음도 터뜨리고, 담배연기에 차 안이 흐릿해지기도 했다. 그럴 때면 나도 즐거운 곳을 향해 서둘러 가고 있으며 그들의 은밀한 흥분을 함께 나눈다는 상상을 하며 그들의 행운을 빌어주었다.

한동안 조던 베이커를 만나지 못하다가 한여름에 다시 만났다. 처음에는 그녀와 함께 다니면 어깨가 으쓱해지는 게 좋았다. 골프 챔피언인 그녀를 모르는 사람이 없기 때문이었다. 사실 그것 말고도 다른 이유가 있었다. 그녀에게 사랑의 감정이 생긴 건 아니고, 애정이 담긴 호기심 같은 거였다. 그녀는 세상 사람들을 향한 권태로운 듯 오만한 얼굴 뒤에 뭔가를 숨기고 있었다. 처음에는 그렇지 않더라도 결국은 뭔가를 감추고 가장했다. 어느 날 나는 그 실체를 알아챘다. 워릭*의 하우스 파티에 동행했을 때였다. 그녀가 빌려 타고 온 자동차를 지붕을 열어둔 채 빗속에 세워놓고는 나중에 거짓말을 하는 것이었다.

문득 데이지의 집에서는 기억나지 않았던 그녀에 관한 소문이 떠올랐다. 그녀가 처음으로 큰 골프 대회에 참가했을 때, 신문에 날 뻔한 소동이 있었다. 준결승전에서 그녀가 치기 힘든 곳에 떨어진 공을 옮겨놓았다는 뒷말이 있었던 것이다. 하지만 그 소동은 스캔들로 번질 위기에서 흐지부지 끝나버렸다. 캐디

* 오렌지카운티에 있는 뉴욕 근교 마을.

가 앞서 한 말을 번복했고, 다른 유일한 목격자 역시 잘못 봤을지도 모르겠다며 한발 물러섰다. 그 사건과 두 사람의 이름이 내 기억에 남아 있었다.

조던 베이커는 본능적으로 영리하고 약삭빠른 사람들을 피했는데, 이제야 그 이유를 알 것 같았다. 그녀는 규범을 어기는 것이 불가능한 상황을 안전하다고 느꼈다. 자신의 부정직한 면을 고칠 수 없었던 것이다. 그녀는 불리한 상황을 견디지 못했고, 그런 상황이 주어지면 건강하고 활기찬 육체의 욕구를 충족하기 위하여 세상 사람들을 향해 냉정하고 오만한 미소를 지어 보이며 아주 어릴 때부터 속임수를 써온 것 같았다.

그렇다고 해서 내 마음이 달라지지는 않았다. 여자가 정직하지 못한 것이 크게 비난받을 일은 아니다. 그때는 좀 언짢았지만 곧 잊어버렸다. 우리가 자동차 운전에 대해 묘한 이야기를 나눈 것도 그 파티였다. 이야기는 그녀가 지나가는 노동자들 옆으로 바짝 차를 모는 바람에 자동차 흙받이에 걸려 남자의 코트 단추 하나가 떨어지면서 시작되었다.

"운전을 그렇게 하면 어떻게 해요." 내가 쓴소리를 했다. "좀 더 조심해서 운전하든지, 아니면 운전을 하지 말아요."

"조심하고 있어요."

"아니, 그렇지 않아요."

"그럼 다른 사람들이 조심하면 되겠네요." 조던은 대수롭지 않다는 투로 말했다.

"그게 무슨 말이에요?"

"다른 사람들이 피해 갈 거예요." 그녀는 억지를 부렸다. "사고는 혼자 내는 게 아니잖아요."

"혹시나 당신처럼 조심성 없는 사람을 만난다고 생각해봐요."

"그러지 않기를 바라야죠." 그녀가 지지 않고 대답했다. "나는 부주의한 사람이 싫어요. 그래서 내가 당신을 좋아하는 거예요."

햇살에 부신 잿빛 눈을 가늘게 뜨고 똑바로 앞을 응시했지만, 그녀는 의도적으로 우리 관계를 바꿔놓았다. 잠깐 동안 내가 그녀를 사랑한다고 생각했다. 그런데 나는 생각이 느리고 내 욕망에 제동을 거는 많은 내면의 규칙을 가진 사람이었다. 먼저 고향에 얽혀 있는 관계에서 확실히 벗어나야 한다는 것을 알고 있었다. 나는 일주일에 한 번 '사랑하는 닉'라는 서명을 붙여서 편지를 보내주는 상대가 있었다. 하지만 그녀에 대해 생각나는 건 테니스 칠 때 윗입술에 희미한 콧수염처럼 땀이 맺힌다는 정도였다. 그렇더라도 내가 자유로워지려면 현명하게 관계를 정리해야 했다.

모든 사람에게는 적어도 한 가지씩 중요한 미덕이 있다고 생각한다. 나의 미덕은 몇 안 되는 정직한 사람이라는 것이다.

제 4 장

*

　일요일 아침, 해안가 마을에서 교회 종소리가 울릴 때면 유명 인사와 부인들이 개츠비의 저택 잔디밭에 모여들어 유쾌하게 웃고 떠들었다.

　"저 사람은 주류 밀매업자래요." 젊은 여자들이 칵테일 바와 정원 사이를 걸어다니며 수군거렸다. "언젠가 사람을 죽인 일도 있대요. 자기가 폰 힌덴부르크*의 조카이자 악마(빌헬름 황제)의 육촌이라는 사실을 알아낸 사람을 죽였다고 하더군요. 여보, 나한테 장미 한 송이만 가져다주세요. 그리고 저기 크리스털 잔에 술을 가득 따라 줘요."

한번은 기차시간표의 빈 공간에 그해 여름 개츠비의 저택을 방문한 사람들의 이름을 적어본 일이 있었다. 이제는 오래돼서 접힌 부분도 찢어졌는데, 맨 앞쪽에 '이 기차시간표는 1922년 7월 5일까지 유효함'이라고 적혀 있다. 적어놓은 이름들이 흐릿해지긴 했어도 아직 알아볼 만했다. 개츠비의 환대를 받고서 그가 어떤 사람인지 전혀 모른다는 교묘한 찬사를 보낸 사람들의 면면을 개괄적으로 말하는 것보다 그들의 이름을 말하는 게 더 확실한 인상을 심어줄 것이다.

이스트에그에서는 체스터 베커 부부, 리츠 부부, 예일 시절에 만난 번슨이라는 남자와 웹스터 시비트 박사가 왔다. 시비트 박사는 지난여름 메인에서 익사했다. 혼빔 부부, 윌리 볼테르 부부 그리고 항상 한구석에 모여앉아서 누구든 다가오면 염소처럼 코를 치켜

---

*제1차 세계대전 당시 독일의 장군. 이후 독일의 대통령이 되었다.

들던 블랙벅 일가도 있었다. 이즈메이 부부, 크리스티 부부(더 정확히는 휴버트 아우어바흐와 크리스티 씨의 아내), 에드거 비버도 보였다. 에드거 비버는 어느 겨울 오후에 이렇다 할 이유도 없이 머리가 솜처럼 하얗게 세어버렸다고 한다.

내 기억에 이스트에그에서 온 사람 중에는 클래런스 엔다이브도 있었다. 그는 무릎 아래서 졸라매는 헐렁한 흰 바지를 입고 딱 한 번 왔는데, 에티라는 부랑인과 정원에서 한바탕 싸움을 벌였다. 롱아일랜드에서 좀 먼 곳에서는 치들 부부와 O.R.P. 슈레이더 부부, 조지아의 스톤월 잭슨 에이브럼 부부, 피시가드 부부, 리플리 스넬 부부가 왔다. 스넬은 교도소에 들어가기 전에 와서 3일 동안 머물다 갔는데, 고주망태가 되어서 자갈 깔린 진입로에 누워 있다가 율리시즈 스웨트 부인의 차에 오른손이 깔리는 부상을 당했다. 댄시 부부를 비롯해 예순을 훌쩍 넘은 S.B. 화이트베이트와 모리스 A. 플링크, 해머헤드 부부 그리고 담배 수입업자인 벨루가와 그의 딸들도 있었다.

웨스트에그에서는 폴 부부, 멀 레디 부부, 세실 로

벅, 세실 숀, 주 상원의원인 굴릭, 필름즈 파 엑설런스를 운영하는 뉴톤 오키드, 에크호스트, 클라이드 코헨, 돈 S. 슈워츠(아들), 아서 맥카티가 왔다. 모두 어떤 형태로든 영화와 관계있는 사람들이었다. 캐틀립 부부, 벰버그 부부, 훗날 아내를 목 졸라 죽인 바로 그 멀둔의 형인 G. 얼 멀둔도 보였다. 프로모터인 다 폰타노도 왔고, 에드 리그로스, 제임스 B.(일명 '썩은 창자') 페리트, 드종 부부, 어니스트 릴리도 있었다. 이들은 도박을 하러 오곤 했는데, 페리트가 정원을 어슬렁거리면 그가 돈을 다 잃었으며, 다음 날 연합철도의 주가가 올라야 한다는 의미였다.

클립스프링어라는 남자는 너무 자주 와서 '하숙생'으로 통했다. 자기 집이 있긴 한 건지 의심스러울 정도였다. 연극계 인사들 중에는 거스 웨이즈, 호레이스 오도너반, 레스터 마이어, 조지 덕위드, 프랜시스 불이 왔다. 그리고 뉴욕에서 온 크롬 부부, 배키슨 부부, 데니커 부부, 러셀 베티, 코리건 부부, 켈러허 부부, 듀어 부부, 스컬리 부부, S.W. 벨처, 스머크 부부, 지금은 이혼한 젊은 퀸 부부, 타임스퀘어역에서 열차에 뛰어들어 자살한 헨리 L. 팔메토가 있었다.

베니 맥클리너핸은 항상 여자를 네 명씩 데리고 왔다. 절대 같은 여자들을 데려오지는 않았지만 다들 비슷하게 생겨서 전에 본 적이 있는 것 같았다. 이름이 잘 기억나지는 않지만 재클린, 콘수엘라, 글로리아, 주디, 준, 뭐 이런 이름들이었다. 꽃이나 달의 이름처럼 듣기 좋은 성씨거나 미국의 대자본가처럼 딱딱한 성씨였는데, 굳이 캐물었다면 그들의 친척이라고 고백했을지도 모른다.

그 외에도 파우스티나 오브라이언이 적어도 한 번 그곳에 왔고, 베데커 집안의 딸들, 전쟁터에서 총에 맞아 코가 날아간 청년 브루어, 올브룩스버거 씨와 그의 약혼녀 하그 양, 아디타 피츠피터즈, 미국재향군인회 회장인 P. 주이트 씨, 운전기사와 함께 온 클라우디아 히프 양 그리고 우리가 공작이라고 부르던 어딘가의 왕자라는 사람도 함께 했다. 당시엔 그의 이름을 알았지만 지금은 잊어버렸다.

이들 모두가 그해 여름 개츠비의 저택을 다녀갔다.

7월 하순의 어느 날 오전 9시, 개츠비의 호화로운 자동차가 울퉁불퉁한 진입로를 비틀거리며 올라와 우리 집 문 앞에 멈춰서더니 요란하게 경적을 울렸다. 개츠비가 우리 집을 찾은 것은 처음이었다. 나는 두 차례나 그의 파티에 참석했고, 수상비행기도 함께 탄 적이 있으며, 강력한 요청을 받아들여 그의 해변을 이용한 적도 여러 번이지만 말이다.

"잘 지냈습니까, 친구? 오늘 함께 점심이나 합시다. 내 차로 함께 가지요."

개츠비는 미국인 특유의 몸짓으로 자동차 발판에서 재치 있게 균형을 잡고 있었다. 내 생각에 그러한 동작은 어린 시절에 무거운 물건을 들어본 적이 없거나, 우리가 산발적으로 벌이는 우아하지만 긴장된 게임 속에서 생겨난 습관인 것 같았다. 이런 특성이 그의 격식을 차리는 태도 사이사이에 안절부절못하는 행동으로 계속 드러났다. 개츠비는 잠시도 가만히 있지 못했다. 항상 발로 무언가를 치거나 초조한 듯 손을 쥐었다 폈다 했다.

개츠비는 감탄하며 차를 바라보는 나를 보았다.

"정말 멋지지 않습니까?" 개츠비는 내가 더 잘 볼 수 있도록 차에서 뛰어내렸다. "이런 차를 본 적이 있습니까?"

물론 본 적이 있었다. 누구나 본 적이 있을 것이다. 니켈 장식이 반짝이는 진한 크림색 차는 엄청나게 긴 차체 여기저기에 모자 상자, 음식 상자, 도구 상자가 뽐내듯이 튀어나왔고, 미로처럼 층층이 만들어진 앞 유리에 햇빛이 여러 갈래로 반사되고 있었다. 여러 겹의 유리 뒤에 있는 온실 같은 초록빛 가죽 의자에 앉아서 우리는 뉴욕으로 출발했다.

지난달 나는 개츠비와 여섯 번 정도 이야기를 나누었는데, 실망스럽게도 그는 애깃거리가 별로 없는 사람이었다. 개츠비가 중요한 인물일 거라는 막연한 첫인상은 점차 사라졌고, 그저 옆집에 사는 호화로운 여관 주인쯤으로 생각되었다.

그러던 차에 당황스럽게도 개츠비와 동승한 것이다. 이스트웨그 마을에 도착할 때쯤 개츠비는 말을 하다 말고 뭔가 망설이는 듯 엷은 황갈색 정장에 싸인 무릎을 탁탁 치기 시작했다.

"이봐요, 친구." 개츠비가 불쑥 말을 꺼냈다. "나를 어떻게 생각합니까?"

당황스러운 질문에 나는 대충 얼버무리기 시작했다.

그는 내 말을 가로막았다. "그럼, 내 얘기를 하죠. 이미 나에 대해 많은 얘기를 들었을 테지만, 그런 걸로 당신한테 오해받고 싶지는 않군요."

자기 집 파티에서 오가는 터무니없는 소문에 대해 그도 아는 모양이었다.

"진실만 이야기하죠." 그는 약속을 지키지 않으면 신의 응징을 받겠다는 듯 갑자기 오른손을 들었다. "나는 중서부의 부유한 집안 출신이에요. 이제 가족들은 모두 세상을 떠났어요. 미국에서 자랐지만 교육은 옥스퍼드에서 받았죠. 집안 대대로 그곳에서 교육을 받았어요. 우리 집안의 전통이죠."

개츠비는 곁눈질로 나를 보았다. 조던 베이커가 그의 말이 거짓이라고 한 이유를 알 것 같았다. 그 말이 전에도 자신을 괴롭힌 적이 있는 것처럼 '교육은 옥스퍼드에서 받았다'는 대목에서 급하게 얘기했는데 목이 멘 것처럼 말을 삼켜버렸다. 이런 의심을 하다 보니 그가 해온 모든 말을 믿을 수가 없었다. 결국 그에게 뭔가 음흉한 면이 있는 건 아닐까 의심하기 시작했다.

"중서부 어디쯤입니까?" 나는 무심하게 물었다.

"샌프란시스코입니다."

"그렇군요."

"가족이 다 죽는 바람에 많은 유산을 물려받았죠."

가족들의 갑작스런 죽음에 대한 기억이 여전히 그를 괴롭히는지 침울한 목소리였다. 한순간 날 놀리는 건 아닐까 의심했지만 그를 힐끔 쳐다보니 그렇지 않다는 확신이 들었다.

"그 뒤로 젊은 인도 왕처럼 살았어요. 파리, 베니스, 로마 등 유럽의 도시를 돌아다니며 보석, 주로 루비를 수집하고, 맹수 사냥도 하고, 소일거리로 그림도 좀 그리면서 말이죠. 그러면서 오래전에 일어난 슬픈 일들을 잊으려고 했어요."

너무나 황당한 이야기에 나는 웃음이 나오려는 것을 간신히 참았다. 너무나 뻔하고 진부한 이야기라 터번을 쓴 '등장인물'이 불로뉴숲*에서 땀을 흘리며 호랑

*파리 서쪽의 대공원.

이를 쫓아다니는 장면밖에 떠오르지 않았다.

"그러다가 전쟁이 일어났어요. 나에게는 구원과도 같은 일이었죠. 어떻게든 죽으려고 했습니다만, 마법에 걸린 것처럼 죽지도 않더군요. 전쟁 초에 대위로 임명받았어요. 아르곤숲*에서 기관총 대대의 남은 병사들을 이끌고 너무 멀리 전진하는 바람에 보병 부대와 0.8킬로미터쯤 떨어지고 말았죠. 130명의 병사와 루이스 기관총 16자루만으로 그곳에서 이틀 밤낮을 보내야 했어요. 마침내 보병 부대가 도착했고, 그들은 산더미같이 쌓인 시체 더미에서 독일군 세 개 사단의 휘장을 발견해냈죠. 그 전투로 나는 소령 진급을 했고, 연합군 정부들은 앞 다퉈 훈장을 수여했어요. 심지어 몬테네그로에서도요. 아드리아 해안에 있는 그 작은 몬테네그로에서도 말이에요!"

작은 몬테네그로! 그는 이렇게 소리치고 고개를 끄덕이며 미소 지었다. 몬테네그로의 고난에 찬 역사를 이해하고 그 나라 국민들의 용감한 투쟁에 공감한다는 미소였다. 작지만 따뜻한 마음으로 훈장을 준 나라

---

*프랑스 동북부 삼림 지대로 양차 세계대전 때의 격전지.

의 정치 상황을 잘 알고 있다는 미소였다. 이제 내 의심은 그 매력의 수면 아래로 가라앉았다. 여러 권의 잡지를 급하게 훑어본 느낌이 들었다.

개츠비는 주머니에서 리본을 단 금속 조각을 꺼내 내 손바닥에 떨어뜨렸다.

"그게 몬테네그로에서 받은 훈장이에요."

놀랍게도 진짜처럼 보였다. '다닐로 훈장, 몬테네그로 니콜라스 국왕'이라고 둥글게 새겨져 있었다.

"뒤집어봐요."

"제이 개츠비 소령의 무공을 기리며." 나는 소리 내어 읽었다.

"여기 내가 항상 가지고 다니는 게 또 하나 있어요. 옥스퍼드 시절의 기념품이죠. 트리니티 칼리지**에서 찍은 사진이에요. 내 왼쪽에 있는 남자가 현재 동커스터 백작입니다."

사진에는 블레이저 코트를 입은 청년 여섯이 아치형 통로 아래 모여 있었고, 그 통로 너머로 많은 첨탑이 보였다. 지금보다 약간 더 젊어 보이는 개츠비가

**옥스퍼드대학의 단과대학.

손에 크리켓 배트를 들고 그 청년들 속에 서 있었다.

그렇다면 모든 것이 진실이었다. 베니스의 대운하 위에 있는 개츠비의 궁전 같은 대저택을 장식한 화려한 호랑이 가죽들이 눈에 보이는 듯했다. 커다란 상자를 열고서 진홍색 루비를 바라보며 상처받은 마음을 달래는 개츠비의 모습도 보이는 것 같았다.

"오늘 당신한테 큰 부탁을 할 게 있어요." 개츠비는 만족스러운 얼굴로 기념품들을 주머니에 다시 집어넣으며 말했다. "그래서 나에 대해 어느 정도 알아두는 게 좋을 거라고 생각한 겁니다. 나를 그저 보잘것없는 사람으로 보지 않았으면 해서 말이지요. 알다시피 나는 여기저기 떠돌며 낯선 사람들 속에서 살고 있어요. 내게 일어난 슬픈 일들을 잊으려는 몸부림이라고 할 수 있지요." 그는 머뭇거리다가 말을 이었다. "그 이야기는 오늘 오후에 듣게 될 겁니다."

"점심을 하면서 말인가요?"

"아니, 오늘 오후에요. 실은 당신과 베이커 양이 차를 마시기로 약속한 걸 우연히 알았어요."

"당신이 베이커 양을 사랑한다는 말인가요?"

"그건 아닙니다, 친구, 아니에요. 하지만 베이커 양이 친절하게도 그 문제에 대해 당신과 이야기해보 겠다고 해주었답니다."

'그 문제'가 무엇인지 나는 짐작도 가지 않았다. 하 지만 호기심이 생기기보다는 짜증이 났다. 개츠비에 대한 이야기를 나누려고 조던을 만나는 게 아니기 때 문이었다. 그 부탁이라는 것이 아주 터무니없는 일일 거란 확신이 들었다. 그 순간 사람들이 우글거리는 그의 정원에 발을 들여놓은 일이 후회되었다.

그러나 개츠비는 더 이상 다른 말을 하지 않았다. 뉴욕이 가까워지자 그의 태도는 더욱 단정해졌다. 루 스벨트항구를 지나갈 때 붉은 띠를 두른 외항선들 이 잠깐 보였다. 우리는 여전히 사람들이 드나드는 1900년대의 퇴색한 술집들이 늘어선 자갈길 깔린 빈민가를 빠르게 달려갔다. 그러자 우리 양쪽으로 잿 더미계곡이 펼쳐졌다. 윌슨 부인이 숨을 헐떡거리며 기운차게 주유소 펌프를 잡아당기는 모습이 언뜻 보 였다.

바퀴덮개를 날개처럼 펴고서 햇살을 가르며 아스토

리아를 절반쯤, 오직 절반쯤 달려갔을 때였다. 우리가 고가 기둥들 사이로 방향을 바꿀 때 귀에 익은 오토바이 소리가 들리더니 화가 난 교통경찰이 우리와 나란히 달리기 시작했다.

"알겠어요, 친구." 개츠비가 소리쳤다. 우리는 속도를 줄였다. 개츠비는 지갑에서 하얀색 카드를 꺼내 교통경찰의 눈앞에 흔들었다.

"됐습니다." 교통경찰이 모자를 살짝 건드리며 말했다. "다음부터는 조심하겠습니다, 개츠비 씨. 실례했습니다!"

"그게 뭐죠?" 내가 물었다. "옥스퍼드 사진인가요?"

"언젠가 경찰국장의 청을 들어준 일이 있는데 그 뒤로 매년 크리스마스 카드를 보내오고 있어요."

거대한 다리 위 들보 사이로 비치는 햇살이 달리는 자동차 위로 끊임없이 반짝였고, 강 건너에는 깨끗한 돈으로 세워졌기를 바라며 각설탕을 쌓아놓은 듯한 새하얀 건물들이 솟아 있었다. 퀸즈버러다리에서 바라보는 뉴욕은 세상의 모든 신비와 아름다움을 간직해서인지 언제나 처음 보는 도시 같았다.

꽃으로 뒤덮인 영구차가 우리 옆을 지나갔다. 그 뒤를 따라서 차양을 내린 마차 두 대와 좀 더 밝은 분위기의 친구들이 탄 마차 몇 대가 지나갔다. 두 눈 가득 슬픔을 담은 친구들이 우리를 내려다보았다. 윗입술이 짧은 것으로 보아 남동 유럽인 같았다. 나는 그들이 우울한 휴일에 개츠비의 멋진 차를 본 것이 기뻤다. 블랙웰스섬*을 건너갈 때, 백인 기사가 운전하는 리무진이 우리 옆을 지나갔다. 차 안에는 최신 유행으로 빼입은 흑인 셋이 타고 있었는데, 남자 둘과 여자 하나였다. 그들이 오만한 경쟁심에 사로잡혀 달걀노른자 같은 눈동자를 굴리며 우리를 쳐다보는 모습에 나는 그만 너털웃음을 터뜨렸다.

'이 다리를 건넜으니 이제 무슨 일이든 일어날 수 있지.' 나는 담담하게 생각했다. '무슨 일이든….'

개츠비 같은 사람이 있는 것도 별로 놀랄 일이 아니었다.

한낮의 거리는 소란스러웠다. 개츠비와 만나 점심

* 블랙웰스섬Blackwell's Island, 정신병원, 천연두 환자 전문 병원, 감옥 등이 있던 곳.

을 먹기 위해 선풍기가 잘 돌아가는 42번가의 지하 레스토랑으로 들어갔다. 밝은 거리에 있다가 들어온 탓에 잘 보이지 않는 눈을 깜빡거리다가 대기실에서 낯선 남자와 애기를 나누는 개츠비를 찾아냈다.

"캐러웨이 씨, 이쪽은 내 친구 울프심 씨입니다."

코가 작고 납작한 유대인이 커다란 머리를 들고 나를 쳐다보았는데, 양쪽 콧구멍에 코털이 무성했다. 잠시 후 어둠에 좀 익숙해지자 그의 작은 눈이 보였다.

"그래서 내가 그 사람을 한 번 쳐다봤지." 울프심 씨는 내 손을 열심히 흔들면서 말했다. "다음엔 내가 어떻게 했을 것 같나?"

"뭘 말인가요?" 나는 정중히 물었다.

하지만 그건 내게 한 말이 아니었다. 그는 내 손을 놓고서 그 인상적인 코를 개츠비에게 들이댔다.

"캐츠포한테 돈을 건네고 나서 말했지. '좋아, 캐츠포. 그 녀석이 입을 다물 때까지 한 푼도 주면 안 돼'라고 말이야. 그랬더니 그 자리에서 바로 입을 다물어 버리더군."

개츠비는 우리 두 사람의 팔을 잡고 레스토랑 안으

로 들어갔다. 울프심 씨는 하려던 말을 삼키고 몽유병 환자처럼 멍하니 끌려들어갔다.

"하이볼로 드릴까요?" 수석 웨이터가 물었다.

"근사한 곳이네." 요정들을 그려넣은 천장을 쳐다보며 울프심 씨가 말했다. "그래도 나는 거리 반대편에 있는 곳이 더 좋군!"

"그래요, 하이볼로 하죠." 개츠비가 웨이터에게 주문하고 나서 울프심 씨를 향해 말했다. "거기는 너무 덥잖아요."

"덥고 좁지. 그렇긴 하지." 울프심 씨가 미련을 보이며 덧붙였다. "하지만 추억이 가득한 곳이지."

"거기가 어딥니까?" 내가 물었다.

"옛 메트로폴을 말하는 거예요."

"옛 메트로폴이라." 울프심 씨는 울적한 얼굴로 곱씹어 말했다. "죽은 이들의 얼굴이 가득한 곳이지. 이제는 영영 떠나버린 친구들의 얼굴 말이야. 로지 로젠탈이 그곳에서 총에 맞은 날 밤을 평생 잊을 수 없다네. 그 테이블에는 우리 여섯 명이 앉아 있었지. 로지는 밤새 잔뜩 먹고 마셨어. 아침 나절에 웨이터가 수

상쩍은 얼굴로 다가오더니 밖에서 누가 로지와 얘기하고 싶어 한다더군. 로지가 '그러지 뭐' 하고 일어서려는 것을 내가 잡아당겨 의자에 도로 주저앉히고 말했어. '할 얘기가 있으면 그 자식들한테 이리로 들어오라고 해, 로지. 넌 이 방에서 나가면 안 돼'라고. 그때가 새벽 4시경이었어. 블라인드를 올렸다면 새벽빛을 볼 수 있었을 거야."

"그 사람이 나갔나요?" 나는 순진하게 물었다.

"물론 나갔지." 화가 나는 듯 울프심 씨의 코가 나를 향했다. "로지가 문가에서 돌아서며 말했어. '웨이터가 내 커피를 치우지 못하게 해!' 그러고 나서 보도로 나갔고, 그놈들은 로지의 불룩한 배에다 세 발을 쏘고 그대로 차를 몰아 달아났어."

"그들 중 넷이 전기의자에서 처형되었죠." 내가 기억을 떠올리며 말했다.

"베커까지 다섯이었지." 울프심 씨는 내게 관심이 생긴 듯 바라보았다. "당신이 거래선을 찾는 중이라고 하던데."

이 두 말이 어떻게 연결되는 건지 당황스러워하는

데 개츠비가 나 대신 소리쳤다. "아니에요, 이 친구는 그 사람이 아니에요."

"아니라고?" 울프심 씨는 실망한 눈치였다.

"이 사람은 그냥 친구예요. 그 얘기는 나중에 다시 하자고 했잖습니까?"

"아, 미안하군요." 울프심 씨가 사과했다. "내가 사람을 잘못 본 모양이네요."

육즙이 풍부한 잘게 썬 고기 요리가 나오자 울프심 씨는 옛 메트로폴을 그리워하던 마음도 다 잊은 듯 맹렬한 기세로 먹어치우기 시작했다. 그러면서도 눈으로는 아주 천천히 레스토랑 안을 둘러보고 있었다. 마지막으로 바로 뒤에 앉은 사람들까지 살펴보았다. 내가 없었다면 우리가 앉은 테이블 밑도 슬쩍 들여다볼 기세였다.

"이봐요, 친구." 개츠비가 내 쪽으로 몸을 기울이며 말을 꺼냈다. "오늘 아침에 차 안에서 당신 기분을 좀 상하게 한 건 아닌지 모르겠네요."

개츠비는 특유의 그 미소를 다시 지었지만, 이번에는 나도 가만히 있지 않았다.

"나는 비밀을 좋아하지 않아요." 내가 단호하게 말했다. "나한테 뭘 원하는지 솔직하게 말하지 않는 이유를 이해할 수 없군요. 대체 왜 베이커 양을 통해야 되는 겁니까?"

"아, 비밀 같은 건 없습니다." 개츠비는 나를 안심시켰다. "알다시피 베이커 양은 훌륭한 운동선수잖습니까? 그런 사람이 옳지 않은 일을 하겠습니까?"

그는 갑자기 시계를 보더니 벌떡 일어서서 나와 울프심 씨만 테이블에 남겨둔 채 서둘러 밖으로 나가버렸다.

"전화를 걸러 간 거요." 울프심 씨가 눈으로 개츠비를 쫓으며 말했다. "괜찮은 친구예요. 얼굴도 잘생긴 데다 완벽한 신사죠."

"그렇지요."

"그는 옥스퍼드 출신이오."

"아아!"

"영국의 옥스퍼드대학을 다녔지. 옥스퍼드대학 들어봤소?"

"네, 들어봤습니다."

"세계에서 가장 유명한 대학이오."

"개츠비를 알고 지낸 지 오래됐습니까?"

"여러 해 됐어요." 울프심 씨는 그 사실이 만족스러운 듯이 대답했다. "처음 만난 건 전쟁 직후였소. 한 시간쯤 그와 얘기를 나누고 보니 교양 있는 사람이라는 것을 알겠더군요. '집에 데려가서 어머니와 누이동생한테 소개해도 괜찮겠는데'라고 생각할 정도로 말이오." 그는 잠시 말을 멈췄다가 덧붙였다. "내 커프스단추를 보고 있군요."

나는 단추를 보지 않았는데 그의 말에 시선이 갔다. 상아로 만든 단추가 이상하게 낯이 익어 보였다.

"사람의 어금니로 만든 거요. 최상의 거로." 그가 알려주었다.

"그렇군요!" 나는 단추들을 살펴보았다. "정말 희한한 생각을 했네요."

"그럴 수도." 울프심 씨는 정장 상의 밑으로 소매를 밀어넣었다. "아, 개츠비는 여자 문제에 신중해요. 친구의 여자에겐 눈길조차 주지 않는 사람이오."

그때 본능적으로 신뢰하는 상대가 테이블로 돌아오

자 울프심 씨는 커피를 단숨에 마시고 자리에서 일어났다.

"점심 잘 먹었네." 울프심 씨가 개츠비를 보며 말했다. "엉덩이가 무겁다고 눈치 주기 전에 이만 물러나야겠군."

"서두를 필요 없어요, 메이어(메이어 울프심)." 개츠비는 건성으로 말했다.

울프심 씨는 축복이라도 하듯이 한 손을 들어 올렸다. "친절한 말은 고맙지만 나는 당신들하고는 세대가 달라서." 그는 침통하게 말했다. "젊은 사람들끼리 앉아서 스포츠 얘기도 하고 아가씨들 얘기도 하고, 그리고 당신들…." 다음 말은 상상에 맡긴다는 듯이 다른 손을 흔들었다. "나는 쉰 살이오. 더 이상 당신들한테 폐를 끼치고 싶지는 않군."

악수를 하고 돌아서는데 그의 코가 애처롭게 떨리고 있었다. 내가 기분 상하는 말이라도 한 건 아닌지 걱정되었다.

"저 사람은 가끔 아주 감상적이 될 때가 있어요." 개츠비가 설명했다. "오늘이 바로 그날인가 보네요.

뉴욕 근방에서 괴짜로 통하는 사람이죠. 브로드웨이에 살아요."

"도대체 뭐 하는 사람이죠? 배우인가요?"

"아니에요."

"그럼 치과의사?"

"메이어 울프심요? 그 사람은 도박꾼이에요." 개츠비는 망설이다가 차분하게 덧붙였다. "1919년 월드 시리즈 승부를 조작한 장본인이죠."

"월드 시리즈 승부를 조작했다고요?"

순간 머리를 한 대 맞은 느낌이었다. 물론 1919년의 월드 시리즈 승부 조작 사건은 알고 있었다. 하지만 깊이 생각해본 적도 없고, 생각해봤다 하더라도 그저 우연히 불가피하게 벌어진 일이라고 넘긴 터였다. 금고를 터는 단 하나의 목적을 가진 도둑처럼 한 사람이 5천만 명의 신뢰를 가지고 장난칠 수 있다는 생각은 하지 못했다.

"그 사람이 도대체 어떻게 그런 일을 한 거죠?" 잠시 후 내가 물었다.

"기회를 포착했겠죠."

"그런데 왜 감옥에 안 갔나요?"

"그 사람을 잡을 수는 없어요, 친구. 영리한 사람이 거든요."

내가 점심값을 내겠다고 우겼다. 웨이터가 거스름 돈을 가져왔을 때, 사람들로 붐비는 식당 맞은편에서 톰 뷰캐넌이 언뜻 보였다.

"잠깐 같이 갑시다. 인사할 사람이 있어서요." 내가 부추겼다.

톰은 우리를 보자 자리에서 벌떡 일어서더니 몇 걸음 다가왔다.

"어디 갔다 온 거야?" 톰이 반가워하며 물었다. "자네가 연락하지 않아서 데이지가 이만저만 화난 게 아니야."

"이쪽은 개츠비 씨 그리고 뷰캐넌 씨."

두 사람은 간단히 악수를 나누었다. 갑작스런 만남이 당황스러운지 개츠비의 얼굴에 그동안 보지 못한 긴장감이 떠올랐다.

"도대체 어떻게 지낸 건가?" 톰이 따지듯 물었다. "어떻게 이렇게 멀리까지 점심을 하러 온 거야?"

"개츠비 씨랑 점심을 먹으러 왔어."

그리고 돌아보았지만 개츠비는 이미 사라진 뒤였다.

1917년 10월 어느 날이었지요.

(그날 오후 조던 베이커는 플라자 호텔 정원이 딸린 카페의 딱딱한 의자에 등을 곧게 펴고 앉아서 이야기를 시작했다)

나는 이리저리 걸어다니고 있었어요. 보도를 걷다 잔디밭을 걷다 하면서요. 영국제 신발을 신었는데, 올록볼록한 고무 밑창이 부드러운 바닥에 닿는 느낌 때문에 잔디밭을 걷는 게 더 좋았어요. 새로 산 체크무늬 스커트가 바람에 살랑거렸죠. 그때마다 집집이 걸려 있는 빨갛고 하얗고 파란 깃발들이 팽팽하게 펼쳐지면서 못마땅하다는 듯 탁탁탁 소리를 냈어요.

가장 큰 깃발과 가장 넓은 잔디밭이 있는 집에 데이지 페이가 살았어요. 데이지는 나보다 두 살 많은 열여덟 살이고, 루이빌의 젊은 여자들 중에서 가장 인기 있었어요. 하얀색 옷을 즐겨 입었고 하얀색 소형 로드스터*

* 지붕이 없고 앞 좌석만 있는 자동차.

를 탔죠. 그리고 데이지의 집에서는 하루 종일 전화가 울려댔어요. 테일러 기지*에 주둔하는 젊은 장교들이 단 한 시간이라도 좋다며 그날 밤 데이지를 독점하는 영광을 얻으려고 걸어대는 전화였어요.

그날 아침 데이지의 집 맞은편을 지날 때 보니 그녀의 하얀색 로드스터가 도로경계석에 서 있는 거예요. 데이지는 처음 보는 중위하고 차 안에 있었어요. 두 사람은 서로에게 너무 정신이 팔려서 내가 150센티미터 거리까지 다가가도록 알아채지 못하더군요.

그런데 갑자기 데이지가 나를 부르는 거예요. "안녕, 조던. 이리 와봐" 하고요.

데이지가 나와 이야기하고 싶어 하는 것 같아서 너무 기뻤어요. 나보다 나이 많은 여자들 중에서 데이지를 가장 좋아했거든요. 데이지는 적십자에 붕대를 만들러 갈 건지 물었어요. 내가 간다고 하니까, 자기는 오늘 갈 수 없으니 그렇게 전해달라고 하더군요. 데이지가 내게 이야기하는 동안 그 장교는 데이지의 얼굴

---

*켄터키주 루이빌 근교에 있으며, 피츠제럴드도 한때 그곳에서 복무했다. 젤다 세이어도 그곳에서 만났다.

만 바라보고 있었어요. 젊은 여성이라면 언젠가 한번쯤 받아보고 싶은 그런 눈길로요. 너무나 로맨틱한 일이어서 아직도 생생히 기억해요. 그 장교가 바로 제이 개츠비죠. 그 뒤로 4년이 지나도록 그 사람을 다시 보지 못했어요. 롱아일랜드에서 만났을 때도 개츠비가 그때 그 장교였다는 건 꿈에도 몰랐어요.

그게 1917년의 일이었어요. 이듬해에는 나도 남자친구가 몇 명 생겼고 골프 대회도 출전하기 시작했어요. 그래서 데이지를 자주 만나지 못했죠. 데이지는 언제나 자기보다 나이가 약간 많은 남자들과 어울렸어요. 그런데 데이지에 대해 이상한 소문이 돌았어요. 어느 겨울밤 데이지가 해외로 파견되는 군인을 배웅하러 뉴욕에 가려고 가방을 꾸리다가 어머니한테 들켰다는 거예요. 결국 데이지는 뉴욕에 가지 못했고, 그 일로 몇 주 동안 가족들과 말도 하지 않았대요. 그 후로 더는 군인들과 어울리지 않았고, 군대에는 절대 갈 수 없을 것 같은 평발에 근시인 몇몇 마을 청년만 만났죠.

다음 해 가을이 되면서 데이지는 전처럼 다시 명랑

해졌어요. 전쟁이 끝나자 사교계에 데뷔했고, 아마 2월에 뉴올리언스에서 약혼을 했을 거예요. 그리고 6월에 시카고의 톰 뷰캐넌과 결혼했어요. 루이빌에서 보지 못한 아주 성대한 결혼식이었죠. 톰은 차 네 대에 손님을 백 명이나 태우고 내려와서 멀바크 호텔 한 층을 통째로 빌렸어요. 결혼식 전날엔 신부에게 35만 달러짜리 진주 목걸이를 선물했고요.

나는 신부 들러리였어요. 결혼 피로연 30분 전에 데이지의 방에 들어가보니 꽃무늬 드레스를 입고 6월의 밤처럼 아름답게 침대에 누워 있는 거예요. 얼굴이 벌겋게 달아오른 채 한 손에는 백포도주 병을, 다른 손에는 편지 한 통을 쥐고 있었어요.

"축하해줘." 데이지가 중얼거렸어요. "술을 마셔본 적이 없는데, 아아, 정말 즐겁네."

"무슨 일이에요, 데이지?"

나는 겁이 났어요. 그렇게 취한 여자를 본 적이 없었거든요.

"자, 여기." 데이지는 침대에 올려놓은 휴지통을 더듬거리더니 진주 목걸이를 꺼냈어요. "아래층에 가져가서 신랑 쪽 누구에게든 돌려줘. 그리고 데이지의 마음이 바뀌었다고 말해줘. 데이지의 마음이 바뀌었다고 말이야!"

그러더니 울기 시작하더군요. 울음이 그치질 않았어요. 나는 달려나가서 데이지 어머니의 하녀를 데려왔죠. 우리는 방문을 잠그고 데이지를 차가운 물이 담긴 욕조에 집어넣었어요. 데이지는 편지를 꼭 쥐고 놓지 않았어요. 편지를 쥔 채 욕조에 들어갔어요. 물에 젖어 공처럼 뭉쳐진 편지가 눈처럼 흩어지는 것을 보고 나서야 그것을 비누받침에 놓을 수 있게 해주더군요.

하지만 데이지는 한 마디도 하지 않았어요. 우리는 데이지가 정신을 차릴 수 있도록 암모니아 냄새를 맡게 하고 이마에 얼음을 얹고 나서야 다시 옷을 입혔죠. 30분 뒤 우리가 방을 나설 때는 진주 목걸이가 데이지의 목에 걸려 있었고, 그 사건은 그렇게 끝이 났어요. 다음 날 5시에 데이지는 조금도 떨지 않고 톰 뷰캐넌과 결혼식을 올린 뒤 남태평양으로 석 달간의 신혼여행을 떠났죠.

두 사람이 신혼여행에서 돌아온 후 산타바버라에서 그들을 만났어요. 그토록 남편한테 빠져 있는 여자는 처음 봤어요. 톰이 잠깐이라도 자리를 비우면 불안해하면서 "톰이 어디로 가버렸지?"라고 계속 중얼거리더군요. 톰이 다시 나타날 때까지 아주 멍한 표정으로 말이에요. 모래사장에서는 톰의 머리를 무릎에 올려놓고 앉아서 한 시간이나 그의 눈가를 문지르며 형언할 수 없는 기쁨이 담긴 눈빛으로 바라봤어요. 두 사람이 함께 있는 모습을 바라보노라면 감동이 밀려오면서 어느새 미소가 지어졌죠. 그때가 8월이었어요. 일주일 뒤 나는 산타바버라를 떠났어요. 그리고 어느 날 밤, 톰은 벤투라거리에서 마차와 충돌해 앞바퀴가 빠지는 사고를 당했죠. 그 사고로 차에 함께 탄 여자의 팔이 부러졌고, 신문 기사까지 났어요. 여자는 산타바버라 호텔의 객실 담당 메이드였어요.

이듬해 4월 데이지는 딸을 낳았고, 두 사람은 1년 동안 프랑스에서 지냈어요. 어느 봄날 칸에서 그들을 만났고, 나중에 도빌에서도 한 번 봤어요. 그 후 두 사람은 시카고로 돌아와 정착했죠. 알고 있겠지만 시카고에서 데이지는 인기가 많았어요. 두 사람이 부유하고 방탕한 젊은이들과 어울려 다니기는 했어도 데이지에 대한 나쁜 소문은 전혀 없었죠. 아마도 데이지가 술을 안 마시기 때문일 거예요. 술꾼들 사이에서 술을 마시지 않으면 유리한 점이 많잖아요. 말실수도 적을 테고, 또 약간 정도를 벗어나는 행동을 하더라도 다른 사람들은 술에 취해서 신경 쓰지 않을 테니까요. 데이지는 절대 바람 같은 걸 피우지는 않았을 거예요. 하지만 데이지의 목소리에 뭔가가 있었어요….

그러니까 6주 전쯤, 데이지는 몇 년 만에 처음으로 개츠비라는 이름을 들은 거예요. 혹시 기억해요? 내가 웨스트에그에 사는 개츠비를 아는지 당신에게 물었잖아요. 당신이 집으로 돌아가고 나서 데이지가 내 방으로 들어와 흔들어 깨우더니 "개츠비가 어떤 사람이야?"라고 물었어요. 나는 잠결에 설명했고요. 그랬더니 자기가 전에 알던 사람이 틀림없다고 묘한 목소리로 말하는 거예요. 그제야 나는 데이지의 하얀

색 차에 함께 타고 있던 그 장교와 이 개츠비를 연결
지을 수 있었어요.

　조던 베이커가 이 모든 이야기를 끝마쳤을 때, 우리
는 이미 플라자 호텔을 나온 지 30분이 지난 뒤였고,
2인승 마차를 타고서 센트럴파크를 달리고 있었다.
이미 해는 웨스트 50번가의 영화배우들이 사는 고층
아파트 뒤로 넘어갔고, 풀밭에 모여든 귀뚜라미처럼
아이들의 맑은 목소리가 아직 뜨거운 황혼 속에서 울
려퍼졌다.

　"나는 아라비아의 족장.
그대의 사랑은 나만의 것.
밤에 그대가 잠들면
그대의 천막 안으로 기어들어가리…."

　"참으로 이상한 우연의 일치네요." 내가 조심스럽
게 말했다.
　"이건 단순한 우연의 일치가 아니에요."

"왜죠?"

"개츠비가 그 집을 산 건 데이지가 바로 만 건너편에 있기 때문이에요."

그 6월의 밤에 개츠비가 열망하듯 쳐다본 것은 단지 별이 아니었던 것이다. 이제 그는 의미 없는 화려함의 자궁에서 벗어나 내게 살아 있는 존재로 생생하게 다가왔다.

"그 사람은 알고 싶어 해요." 조던은 이어서 말했다. "당신이 어느 날 오후에 데이지를 집으로 초대하고 자신도 불러줄 수 있는지를 말이에요."

이런 겸손한 요청에 마음이 흔들렸다. 그는 5년을 기다렸고, 날아드는 나방들에게 별빛을 베풀어줄 저택을 샀다. 그게 다 어느 날 오후 남의 집 뜰에 '건너가기' 위한 것이었다니.

"그런 사소한 부탁을 하려고 이 얘기를 전부 한 건가요?"

"그 사람은 두려워하고 있어요. 너무 오래 기다렸으니까요. 당신 기분이 상할까 봐 걱정하기도 하고요. 하지만 집요한 구석이 있는 사람이에요."

어쩐지 꺼림칙해서 물었다. "왜 당신한테 데이지와 만나게 해달라고 부탁하지 않는 거죠?"

"그 사람은 데이지에게 자기 집을 보여주고 싶어 해요." 그녀가 설명했다. "그런데 당신 집이 바로 옆집이잖아요."

"아아!"

"그 사람은 언제든 데이지가 자기 집 파티에 나타날 줄 알았나 봐요." 조던은 말을 계속했다. "하지만 데이지는 오지 않았죠. 그래서 개츠비는 사람들에게 데이지를 아는지 지나가듯 묻기 시작했고, 바로 내가 그렇게 찾아낸 첫 번째였던 거예요. 댄스 파티에서 나를 따로 부른 날 밤이 그날이에요. 그 사람이 얼마나 공들여 일을 처리했는지 당신도 들었어야 하는데. 당연히 뉴욕에서 점심을 먹자고 제안했는데 그 말에 화가 난 듯 보였어요. 계속 이렇게 말하는 거예요. '다른 건 필요 없어요. 옆집에서 데이지를 만나기만 하면 됩니다'라고요. 하지만 당신이 톰과 각별한 친구라고 했더니 모든 계획을 포기하려고 했죠. 데이지의 이름이라도 볼 수 있을까 해서 몇 년 동안이나 시카고 신문을 읽었다고 했는데, 톰에 대해서는 잘 모르더군요."

이제 날이 어두워졌다. 마차가 작은 다리 아랫길로 접어들었을 때, 조던의 금빛 어깨에 팔을 두르고 내 쪽으로 끌어당기며 저녁 식사를 같이 하자고 청했다. 이제 더 이상 데이지와 개츠비에게 마음 쓰이지 않았다. 세상에 대해 회의적인 태도로 일관하며, 내 팔에 안겨 유쾌하게 몸을 기댄 이 깔끔하고 냉정한 여성만 생각했다. 흥분감에 취한 내 귓가에 계속 울려대는 문구가 있었다. '세상에는 쫓기는 자와 쫓는 자, 바쁜 자와 피로한 자만 있다.'

"그리고 데이지에게도 자기 삶이 있어야 하잖아요." 조던이 나직하게 말했다.

"데이지도 개츠비를 만나고 싶어 하나요?"

"데이지는 그 일을 몰라야 해요. 개츠비는 그녀가 모르길 바라죠. 당신은 그냥 차를 마시러 오라고 데이지를 초대하면 돼요."

장벽처럼 둘러선 어둠에 싸인 나무들을 지나서 59번가 앞으로 나가자 희미한 불빛이 은은하게 공원을 비추고 있었다. 개츠비나 톰 뷰캐넌과 달리 내게는 어두운 처마 끝이나 눈부신 네온 간판을 따라 떠오르는 여자의 얼굴이 없었다. 그래서 내 옆에 있는 여자를 힘껏 끌어당겨 안았다. 그녀의 입가에 희미하게 조소하는 듯한 미소가 번지는 것을 보고 이번에는 내 얼굴 쪽으로 그녀를 더 바짝 끌어당겼다.

제 5 장

*

　그날 밤 웨스트에그에 돌아왔을 때, 한순간 우리 집이 불타고 있는 줄 알았다. 새벽 2시가 다 된 시간인데도 반도의 모퉁이 부분 전체가 환히 빛나고 있었다. 그 빛을 받아서 관목숲은 환상적으로 보였고, 길가의 가느다란 전선들도 선명하게 반짝였다. 모퉁이를 돌고 나서야 탑부터 지하실까지 불을 밝혀놓은 개츠비의 저택 때문이라는 것을 알아챘다.

처음에는 또 파티가 벌어진 줄 알았다. 광란의 파티를 즐기던 사람들이 '숨바꼭질'이나 '밀어내기' 같은 놀이를 하느라 집 전체가 놀이터로 바뀐 거라고 생각했다. 하지만 개츠비의 집에서는 아무 소리도 들리지 않았다. 나무 사이로 부는 바람 소리뿐이었다. 바람에 전선이 흔들릴 때마다 집 전체가 어둠을 향해 눈을 깜박이는 것 같았다. 내가 타고 온 택시가 요란한 소리를 내고 사라지자 개츠비가 잔디밭을 건너서 내게 걸어왔다.

"집이 꼭 만국박람회장 같군요." 내가 먼저 말을 건넸다

"그런가요?" 개츠비는 멍하니 자기 집 쪽으로 시선을 돌렸다. "방들을 좀 살펴보고 있었어요. 코니아일랜드*에 가지 않을래요? 내 차로 가죠."

"시간이 너무 늦었어요."

"그럼 수영장에 뛰어드는 건 어때요? 여름 내내 수영장을 쓰지 못했는데."

"나는 그만 자야겠어요."

*브루클린에 있는 유원지.

“아, 알겠어요.”

개츠비는 돌아가는 대신 물어보고 싶은 걸 참는 듯한 얼굴로 나를 바라보았다.

“베이커 양에게 얘기 들었어요.” 잠시 후 내가 말을 꺼냈다. “내일 데이지에게 전화해서 차를 마시러 오라고 초대할 생각이에요.”

“아, 괜찮아요.” 개츠비는 무심하게 말했다. “당신에게 폐를 끼치고 싶지는 않아요.”

“언제가 좋습니까?”

“당신은 언제가 좋습니까?” 개츠비는 재빨리 바로잡았다. “정말이지 폐를 끼치고 싶지는 않아서요.”

“모레가 어떻습니까?”

그는 잠시 곰곰이 생각하다 마지못한 듯 말을 꺼냈다. “잔디를 좀 깎았으면 하는데.”

우리는 동시에 잔디를 내려다보았다. 웃자란 풀로 뒤덮인 우리 집 잔디밭이 끝나고 관리가 잘된 개츠비 저택의 짙은 초록빛 잔디밭이 시작되는 경계가 뚜렷하게 보였다. 아무래도 우리 집 잔디밭을 말하는 모양이었다.

"한 가지 더 말할 게 있는데…." 개츠비는 망설이다가 머뭇거리며 말했다.

"약속을 며칠 뒤로 미루는 게 좋겠습니까?" 내가 물었다.

"아니, 그런 게 아닙니다. 어쨌든…." 그는 좀처럼 말을 꺼내지 못했다. "음, 내 생각에는… 이봐요, 친구, 당신은 수입이 많은 편은 아니지요, 그렇죠?"

"많은 편은 아니지요."

이 대답에 안심이 됐는지 그는 좀 더 자신감 있게 말을 이었다. "그럴 거라 생각했어요. 실례가 될지 모르지만… 아시겠지만 나는 작은 사업을 하나 하고 있어요. 일종의 부업으로 말이죠. 그래서 말인데 수입이 많지 않다면… 지금 채권 판매 일을 하고 있지요?"

"아, 네."

"그럼 당신도 이 일에 흥미가 있을 거예요. 시간을 많이 뺏기지 않으면서 상당히 큰돈을 벌 수도 있어요. 다소 비밀스러운 일이기는 하지만요."

지금 생각해보니 다른 상황이라면 내 인생의 전환점이 될지도 모르는 얘기였다. 하지만 요령 없이 던지는 그 제안은 내 도움에 대한 보답 차원에서 나온 게 분명한 만큼 거절할 수밖에 없었다.

"지금 일만으로도 정신이 없어서요. 정말 감사하지만 더 이상의 일은 할 수 없어요."

"울프심과 거래하는 게 아니에요."

아까 점심 자리에서 나온 '거래선'이라는 말 때문에 내가 지레 겁을 먹었다고 생각하는 것 같았다. 나는 그런 게 아니라고 확실하게 말했다. 개츠비는 내가 다음 말을 꺼내기를 좀 더 기다렸지만, 나는 이미 다른 생각에 빠져서 아무런 반응도 하지 않았다. 하는 수 없이 그는 집으로 돌아갔다.

그날 밤 약간 어지럽기는 했지만 행복한 기분이들었다. 현관에 들어섰을 때, 깊은 잠에 빠져드는 느낌이었다. 그래서 개츠비가 코니아일랜드에 갔는지, 불을 환하게 밝혀놓고서 몇 시간 동안이나 '방들을 살펴보았는지' 알지 못한다. 다음 날 아침 사무실에서 데이지에게 전화해 차를 마시러 오라고 초대했다.

"톰은 데려오지 마." 내가 주의를 주었다.

"뭐라고요?"

"톰은 데려오지 말라고."

"'톰'이 누구예요?" 데이지는 능청을 떨며 물었다.

데이지가 오기로 한 날은 비가 세차게 쏟아졌다. 11시 정각에 비옷을 입은 남자가 잔디 깎는 기계를 끌고 와서 우리 집 현관문을 두드리고는 개츠비 씨가 잔디를 깎으러 보냈다고 말했다. 그때 핀란드인 가정부에게 다시 와달라는 말을 깜빡 잊었다는 것이 떠올랐다. 결국 차를 몰고 웨스트에그 마을로 가서 비에 젖은 하얀 골목길을 돌아다니며 가정부를 찾아낸 뒤 찻잔 몇 개와 레몬, 꽃을 샀다.

하지만 꽃은 필요 없어졌다. 2시가 되자 개츠비가 온실을 통째로 옮겨 온 것처럼 많은 꽃과 꽃병을 보내왔기 때문이다. 한 시간 뒤 현관문이 벌컥 열리더니 은색 셔츠에 금빛 넥타이를 매고 하얀색 플란넬 정장을 차려입은 개츠비가 급하게 들어왔다. 안색도 창백하고 잠을 설쳤는지 눈 밑이 검게 그늘져 있었다.

"준비는 잘되어 갑니까?" 그가 득달같이 물었다.

"잔디를 말하는 거라면 괜찮아 보이네요."

"잔디라니요?" 그가 멍하니 물었다. "아, 마당의

잔디요.” 그러곤 창밖의 잔디를 내다보았지만 아무것도 응시하지 않는 표정이었다.

“아주 훌륭해 보이네요.” 그는 건성으로 대답했다. “신문을 보니 오후 4시경에나 비가 그치겠더군요. 《저널The Journal*》에서 본 것 같은데. 필요한 건 다 준비됐습니까? 차 마시는 데 필요한 것들요.”

나는 개츠비를 식품저장실로 데려갔다. 개츠비는 그곳에 있는 핀란드인 가정부를 책망하는 듯한 표정으로 쳐다보았다. 우리는 식품점에서 사온 레몬 케이크 열두 개를 꼼꼼히 살펴보았다.

“이 정도면 되겠습니까?” 내가 물었다.

“아, 그럼요! 훌륭합니다!” 그러고는 공허하게 덧붙였다. “…친구.”

3시 30분쯤 되자 비가 그치면서 축축한 안개가 내려앉았고, 그 안개 속에서 간간이 가는 빗방울이 이슬처럼 흩뿌렸다. 개츠비는 멍한 눈으로 클레이의 『경제학』을 훑어보다가 핀란드인 가정부가 주방을 쿵쿵 울리며 돌아다니는 발소리에 흠칫 놀라기도 하고, 이

<hr>

*윌리엄 랜돌프 허스트 소유의 뉴욕에서 발행되는 신문.

따금 눈에 보이지는 않지만 바깥에서 놀라운 일이라도 일어난 것처럼 흐릿한 창문을 뚫어질 듯 바라보곤 했다. 그러다 마침내 일어서더니 불안정한 목소리로 집에 가야겠다고 말했다.

"왜 그럽니까?"

"아무도 차를 마시러 오지 않을 겁니다. 너무 늦었어요!" 개츠비는 다른 긴급한 약속이라도 있는 것처럼 손목시계를 들여다보며 말했다. "하루 종일 기다리고만 있을 수는 없어요."

"바보같이 굴지 말아요. 아직 4시 2분 전이에요."

내가 밀치기라도 한 것처럼 개츠비는 처량한 얼굴로 주저앉았다. 그때 우리 집 앞 작은 길로 들어서는 자동차 소리가 들렸다. 우리 둘 다 벌떡 일어섰고 나는 조금 불안해하며 마당으로 나갔다.

물방울이 떨어지는 앙상한 라일락나무들 아래를 지나서 커다란 오픈카가 진입로를 올라오고 있었다. 차가 멈춰섰다. 라벤더색 삼각 모자 아래로 비스듬히 기울인 데이지의 얼굴이 황홀하리만치 환한 미소를 지으며 나를 쳐다보았다.

"여기가 정말로 오빠가 사는 집이에요?"

빗속에서 유쾌한 물결을 일으키는 데이지의 목소리가 기분을 돋워주었다. 나는 잠시 그 목소리를 따라 귀를 기울였다. 비에 젖은 머리카락 한 가닥이 파란색 물감으로 그려놓은 것처럼 데이지의 뺨에 달라붙어 있었다. 차에서 내리는 것을 도와주려고 잡은 데이지의 손에서도 물방울이 반짝였다.

"날 사랑하게 된 거예요, 오빠?" 데이지가 내 귀에 대고 작은 소리로 말했다. "그게 아니라면 왜 나 혼자 오라고 한 거예요?"

"그건 『래크렌트 성*』의 비밀이야. 운전기사한테 멀리 가서 한 시간쯤 있다 오라고 해."

"한 시간 뒤에 와요, 퍼디." 그러고는 정색을 하고 속삭였다. "저 사람 이름이 퍼디예요."

"저 사람 코도 기름 때문에 문제가 있니?"

"그런 것 같지는 않아요." 데이지는 천진하게 말했다. "그런데 그건 왜요?"

*마리아 에지워스가 쓴 19세기 소설. 아일랜드 래크렌트 가문의 4대에 걸친 인물들과 그들의 영지에 대한 네 편의 이야기로 구성되어 있다. 2대부터 래크렌트 가문에서 집사로 일해온 태디 쿼크가 들려주는 형식이다.

우리는 안으로 들어갔다. 정말 놀랍게도 거실이 텅 비어 있었다.

"어, 이상하네." 나는 큰 소리로 말했다.

"뭐가 이상해요?"

그때 점잖게 현관문을 두드리는 소리가 났고 데이지는 그쪽으로 고개를 돌렸다. 재빨리 나가서 문을 열었다. 몹시 창백한 얼굴의 개츠비가 정장 주머니에 무거운 물건을 집어넣은 것처럼 두 손을 깊숙이 찔러넣고는 애처로운 눈빛으로 내 눈을 보며 물웅덩이에 서 있었다.

개츠비는 정장 주머니에 손을 찔러넣은 채 내 옆을 성큼성큼 지나 현관으로 들어와서는 줄에 매달린 인형처럼 휙 돌아서서 거실로 사라졌다. 그런 모습이 조금도 우스워 보이지 않았다. 나는 심장이 세차게 뛰는 것을 의식하면서 다시 거세지는 빗줄기를 막기 위해 문을 닫았다.

잠깐 동안 아무 소리도 나지 않았다. 그러다가 거실에서 목이 멘 듯한 속삭임과 가벼운 웃음소리가 흘러나왔고, 데이지의 부자연스러울 정도로 청아한 목소리가 이어졌다.

"다시 만나서 정말 기뻐요."

다시 아무 소리도 들리지 않았다. 견디기 힘든 침묵이었다. 복도에 계속 서 있을 수 없어 나도 거실로 들어갔다.

개츠비는 여전히 주머니에 두 손을 찔러넣은 채로 벽난로에 기대서서 아주 편안하고, 심지어 지루한 척 애써 행동하고 있었다. 그는 고개를 한껏 뒤로 젖히고 벽난로의 멈춰선 시계 숫자판에 기대어 있었다. 그 자세로 조금 놀란 듯하지만 우아하게 딱딱한 의자 가장자리에 걸터앉은 데이지를 심란한 눈으로 내려다보고 있었다.

"우리는 예전에 만난 적이 있어요." 개츠비가 중얼거렸다. 그는 잠시 나를 힐끗 보고서 웃으려다 만 것처럼 입을 조금 벌렸다. 이때 그의 머리에 눌린 시계가 위태롭게 기우뚱거렸고, 그는 돌아서서 떨리는 손으로 시계를 잡아 바로 놓았다. 그러고는 굳은 자세로 소파에 앉아 팔걸이에 팔꿈치를 올려놓고 손바닥으로 턱을 괴었다.

"시계를 건드려 미안합니다." 개츠비가 어색하게 사과했다.

이번엔 내 얼굴이 화끈 달아올랐다. 머릿속에 수많은 생각이 맴돌고 있었는데도 평범한 말조차 떠오르지 않았다.

"낡은 시계인걸요." 나는 아주 바보 같은 대답을 해버렸다.

그 순간 우리 세 사람은 시계가 바닥에 떨어져서 산산조각이라도 났다고 여기는 것 같았다.

"우리는 여러 해 동안 만나지 못했어요." 데이지가 담담한 목소리로 말했다.

"11월이면 꼭 5년이 되죠."

개츠비의 기계적인 대답에 우리는 다시 침묵에 빠졌다. 내가 먼저 두 사람에게 주방에 가서 차 준비하는 일을 도와달라고 말을 꺼냈다. 두 사람이 겨우 일어섰는데, 그때 눈치 없는 가정부가 쟁반에 차를 받쳐 들고 나타나버렸다.

차를 마시고 케이크를 먹는 동안 우리는 자연스레 예의를 지켰다. 데이지와 내가 이야기하고 있으면 개츠비는 뒤로 물러나서 절박함이 깃든 슬픈 눈으로 우리를 번갈아 쳐다보았다. 그러나 이 자리의 목적이 이런 것이 아니었기 때문에 나는 적당한 순간에 핑계를 대고 자리에서 일어났다.

"어딜 가는 겁니까?" 개츠비가 깜짝 놀라서 나를 보며 물었다.

"금방 올 겁니다."

"그 전에 할 얘기가 있어요."

개츠비는 허둥대며 나를 쫓아 주방으로 들어와서는 문을 닫고 소곤거렸다. "오, 이런!" 매우 절망적인 어조였다.

"왜 그럽니까?"

"끔찍한 실수를 저질렀어요." 개츠비는 고개를 좌우로 흔들며 말했다. "끔찍한 실수를 저질렀단 말입니다."

"당신은 그저 당황한 것뿐이에요." 다행히도 나는 이렇게 덧붙였다. "데이지도 당황하고 있어요."

"데이지가 당황하고 있다고요?" 개츠비는 믿을 수 없다는 듯이 되풀이했다.

“그래요, 당신만큼이나요.”

“그렇게 큰 소리로 말하지 말아요.”

“당신은 지금 어린애처럼 굴고 있어요.” 갑자기 짜증이 났다. “게다가 무례하기까지 하네요. 데이지가 저기 혼자 앉아 있잖아요.”

개츠비는 한 손을 들어 내 말을 막고는 잊을 수 없는 원망의 눈초리로 나를 쳐다보다가 조심스레 문을 열고 거실로 돌아갔다.

나는 뒷문으로 나왔다. 30분 전 초조해하며 집을 한 바퀴 돌았을 개츠비와 같은 심정이었다. 나는 옹이가 많은 아름드리 검은 나무 아래로 뛰어갔다. 무성한 나뭇잎이 비를 막아주었다. 또다시 비가 세차게 쏟아졌다. 개츠비의 정원사가 잘 깎아놓기는 했지만 바닥이 고르지 않은 우리 집 잔디밭에는 여기저기 크고 작은 물구덩이가 생겨나고 있었다. 그 나무 아래에서는 개츠비의 거대한 저택 외에는 달리 볼 것이 없었다. 그래서 교회의 첨탑을 바라보던 칸트*처럼 30분 동안 개츠비의 집을 바라보았다.

* 임마누엘 칸트는 사유하는 동안 교회의 첨탑을 바라보는 습관이 있었다고 한다.

10년 전 양조업자가 당시 유행하던 양식대로 지은 집인데, 이웃의 집주인들에게 짚으로 지붕을 엮으면 자신이 5년간 세금을 대신 내겠다고 했다는 이야기가 전해졌다. 그러나 이웃들이 거절하자 양조업자는 그곳에서 일가를 이루려던 계획을 포기해야 했다. 결국 그 양조업자는 몰락하고 말았다. 그가 죽자 자식들은 검은 리본으로 장식한 화환을 문에서 떼기도 전에 집을 팔아버렸다. 미국인들은 어쩌다 자진해서 농노가 되려고 할 때는 있었지만 소작농이 되는 것은 언제나 완강히 거부해왔다.

30분 정도 지나고 다시 햇살이 비치기 시작했다. 식료품점 자동차가 하인들이 먹을 저녁거리를 싣고 개츠비 저택의 진입로를 도는 것이 보였다. 문득 개츠비는 아무것도 먹고 싶지 않을 거라는 생각이 들었다. 하녀가 위층 창문들을 열기 시작했다. 창마다 잠깐씩 얼굴을 내밀다가 중앙의 커다란 여닫이창에서 몸을 내밀고 생각에 잠긴 얼굴로 정원을 향해 침을 뱉었다. 이제 나도 집으로 돌아가야 할 시간이었다. 계속 내리는 빗소리가 두 사람이 속삭이는 소리처럼 들렸는데

이따금 감정이 폭발한 듯 격해지기도 했다. 하지만 비가 그치고 조용해지자 집 안에도 침묵이 흐르는 것 같았다.

나는 집 안으로 들어갔다. 들어가기 전에 난로를 밀어 쓰러뜨리는 것만 빼고 가능한 소리를 다 냈다. 하지만 두 사람은 아무 소리도 듣지 못한 것 같았다. 그들은 긴 의자 양쪽 끝에 앉아 있었는데, 어떤 질문을 받았거나 아니면 질문이 허공에 떠 있는 것처럼 서로를 바라보았다. 좀 전의 어색한 분위기는 사라지고 없었다. 내가 들어가자 데이지가 벌떡 일어나 거울을 보고는 손수건으로 눈물을 닦기 시작했다. 개츠비에게는 정말로 놀라운 변화가 있었다. 그에게서 말 그대로 빛이 났다. 환희의 말이나 몸짓 하나 없이도 그에게서 새로운 행복이 쏟아져나왔고, 그것이 작은 방을 가득 채우고 있었다.

"아, 안녕하시오, 친구." 개츠비는 마치 오랜만에 만나는 것처럼 말했다. 곧이어 악수를 하자고 손을 내밀 것만 같았다.

"비가 그쳤어요."

"그래요?" 개츠비는 내 말의 의미를 깨달은 듯 방 안에서 햇빛이 반짝이는 것을 보고는 다시 나타난 햇살에 열광하는 기상통보관처럼 미소 지으며 데이지에게도 그 소식을 전했다. "어때요? 비가 그쳤어요."

"기뻐요, 제이." 데이지는 슬픔과 아픔이 가득한 목소리로 예기치 못한 기쁨을 전했다.

"당신과 데이지를 우리 집에 초대하고 싶습니다. 데이지에게 우리 집을 보여주고 싶거든요." 개츠비가 제안했다.

"정말로 내가 같이 가도 되겠어요?"

"물론입니다, 친구."

데이지는 얼굴을 씻으러 위층으로 올라갔다. 나는 깨끗하지 않은 욕실 수건이 생각나서 창피한 마음이 들었지만 이미 늦은 터였다. 개츠비와 나는 잔디밭에서 데이지를 기다렸다.

"우리 집은 정말 근사하지 않습니까?" 개츠비가 물었다. "집 앞 가득 햇볕이 드는 것 좀 보세요."

나는 집이 정말 훌륭하다는 데 동의했다.

"그래요." 그의 눈은 아치 모양의 문과 네모난 탑

을 하나하나 살펴보고 있었다. "저 집 살 돈을 모으는
데 꼬박 3년이 걸렸죠."

"나는 당신이 유산을 물려받은 줄 알았는데요."

"아, 그랬지요." 그는 기계적으로 말했다. "하지만
공황 상태에서 돈을 다 잃었어요. 전쟁 통에 말이죠."

개츠비는 자기가 지금 무슨 말을 하는지 모르는 것
같았다. 내가 어떤 사업을 했느냐고 묻자 "그런 건 당
신이 상관할 일이 아니에요"라고 대답했던 것이다.
하지만 곧 적절한 대답이 아니라는 것을 알아챈 모양
이었다.

"아, 여러 가지 일을 했어요." 그는 재빨리 고쳐 말
했다. "제약 사업도 하고 정유 사업에도 손을 댔죠.
하지만 지금은 둘 다 하지 않아요." 그러곤 나를 유심
히 바라보았다. "요 전날 밤에 내가 한 제안을 생각하
는 건가요?"

내가 미처 대답하기 전에 데이지가 현관을 나왔다.
그녀의 옷에 두 줄로 달린 놋쇠 단추가 햇빛에 반짝거
렸다.

"저기 저 저택인가요?" 데이지가 손가락으로 가리

키며 소리쳤다.

"맘에 들어요?"

"네, 정말 훌륭하네요. 하지만 당신이 어떻게 저기서 혼자 지내는지 모르겠어요."

"밤낮 없이 언제나 재미난 사람들로 북적거리죠. 흥미로운 일을 하는 사람들, 유명인들로 말이에요."

우리는 해협을 따라가는 지름길 대신 큰길을 내려가서 커다란 뒷문으로 들어갔다. 데이지는 넋을 잃은 채 하늘을 배경으로 치솟은 봉건 시대의 건물 같은 검은 윤곽을 감탄하며 바라보았고, 정원에 들어서서는 노란 수선화의 톡 쏘는 향기, 산사나무와 자두꽃의 가벼운 향기 그리고 삼색제비꽃의 연한 금빛 향기에 황홀해했다. 대리석 계단까지 이르렀는데도 화려한 드레스 자락을 살랑거리며 왔다 갔다 하는 사람들도 보이지 않고, 나무에서 지저귀는 새소리 외에는 아무 소리도 들리지 않으니 이상한 기분이 들었다.

집 안으로 들어가 마리 앙투아네트 양식의 음악실과 영국 왕정복고 시대풍의 응접실을 어슬렁거리며 둘러보는 동안, 손님들이 우리가 지나갈 때까지 숨소리조차 내지 말고 조용히 숨어 있으라는 명령을 받고서 긴 의자나 테이블 뒤에 숨어 있는 건 아닐까 하는 생각이 들었다. 개츠비가 '머튼대학*' 도서실을 옮겨 온 듯한 서재의 문을 닫는 순간 나는 올빼미 눈 안경을 쓴 남자의 유령 같은 웃음소리를 분명히 들은 것 같았다.

우리는 2층으로 가서 장밋빛과 라벤더빛 실크로 둘러싸고 싱싱한 꽃들로 화려하게 장식한 고풍스러운 침실과 화장실, 당구장, 속이 깊은 욕조를 갖춘 욕실들을 차례로 둘러보았다. 그러다가 어떤 방문을 열어 보니 부스스한 머리의 남자가 잠옷 차림으로 바닥에서 운동을 하고 있었다. '하숙생'으로 불리는 클립스프링어였다. 그날 아침 허기진 얼굴로 해변을 어슬렁거리는 그를 본 기억이 났다.

마지막으로 우리는 개츠비의 방에 들어갔다. 침실과 욕실, 애덤 양식으로 꾸민 서재**로 이루어져 있었다. 우리는 서재에 앉아 개츠비가 벽장에서 꺼내 온

* 옥스퍼드에서 가장 오래된 대학.
** 스코틀랜드 출신의 건축가이자 디자이너인 로버트 애덤과 제임스 애덤 형제의 고전 양식.

샤르트뢰즈***를 한 잔씩 마셨다.

개츠비는 데이지에게서 한순간도 눈을 떼지 않았다. 데이지의 사랑스러운 눈에서 나오는 반응의 정도에 따라 자기 집의 모든 걸 재평가하는 것 같았다. 데이지라는 깜짝 놀랄 만한 존재 앞에서는 더 이상 아무것도 실재하지 않는 것처럼 자신의 소유물들을 멍하니 둘러보기도 했다. 그러다가 계단에서 넘어질 뻔한 적도 있었다.

그의 침실은 다른 어느 방보다 소박했는데, 순금 화장 도구 세트를 갖춘 화장대만은 예외였다. 그 앞에서 데이지가 즐거운 얼굴로 머리빗을 집어 들고 머리를 매만졌다. 그 모습을 바라보던 개츠비가 자리에 앉아서 두 눈을 가리고 웃기 시작했다.

"정말 재미있는 건 말이에요, 친구." 개츠비가 들뜬 목소리로 말했다. "나는 할 수 없다는 겁니다…. 아무리 애를 써도 말이죠…."

개츠비는 두 번째 상태를 지나서 세 번째 상태로 들어서는 게 분명했다. 당황하다가 무턱대고 기뻐하던

***브랜디와 약초를 섞어 만든 연초록색 또는 황색 술.

감정 상태를 차례로 거친 뒤 데이지가 눈앞에 있는 놀라운 상황에 제정신을 잃고 있었다. 오랫동안 이 생각을 해왔고, 마지막까지 이 순간을 꿈꾸며 상상할 수 없는 긴장 속에서 이를 악물고 기다렸던 것이다. 이제 그 반작용으로 시계태엽이 풀리는 것처럼 지나치게 억눌러 온 그 자신도 풀어지고 있었다.

곧 냉정을 되찾은 개츠비는 특별 제작한 큼지막한 옷장 두 개를 열어서 보여주었다. 옷장에는 정장, 실내복, 넥타이가 가득 걸려 있고, 벽돌을 쌓은 듯 셔츠가 차곡차곡 산더미처럼 쌓여 있었다.

"영국에서 내 옷을 구입해 보내주는 사람이 있어요. 그 사람이 봄가을로 옷을 골라서 보내주죠."

개츠비는 차곡차곡 쌓인 와이셔츠 더미 하나를 꺼내서 한 장씩 우리 앞에 던지기 시작했다. 얇은 리넨 셔츠, 두꺼운 실크 셔츠, 올이 고운 플란넬 셔츠가 펼쳐지면서 테이블이 다양한 색깔로 뒤덮였다. 우리가 감탄하자 개츠비는 더 많은 셔츠를 꺼내 왔고, 부드럽고 값비싼 셔츠가 점점 더 높이 쌓여갔다. 산호색과 밝은 황록색, 라벤더색, 연한 오렌지색 줄무늬와 소용

돌이무늬, 격자무늬가 들어간 셔츠였는데, 남색으로 그의 머리글자를 새겨넣었다. 데이지가 이상한 소리를 내더니 별안간 셔츠에 고개를 묻고 큰 소리로 울기 시작했다.

"너무 아름다운 셔츠예요." 데이지가 흐느끼며 감탄했다. 두툼한 셔츠 더미에 덮여서 말소리가 잘 들리지 않았다. "셔츠를 보니 슬퍼졌어요. 여태껏 이토록… 이토록 아름다운 셔츠를 본 적이 없거든요."

· · · · · ·

집 안을 다 구경한 뒤 밖에 나가서 수영장과 수상비행기 그리고 여름 꽃들을 둘러볼 계획이었다. 하지만 창문에서 보니 다시 비가 내리고 있었다. 우리는 나란히 서서 물결이 이는 해협을 바라보았다.

"안개만 아니면 만 건너편의 당신 집까지 볼 수 있어요. 당신 집 부두 끝에는 언제나 밤새도록 초록색 불빛이 반짝이더군요." 개츠비가 털어놓았다.

갑자기 데이지가 그의 팔짱을 꼈다. 하지만 개츠비

는 방금 자신이 한 말에 빠져 있는 것 같았다. 그 불빛이 가지고 있던 깊은 의미가 이제 영원히 사라졌다는 생각을 떠올리는지도 모른다. 자신과 데이지를 갈라놓는 먼 거리와 비교하면 그 불빛은 데이지와 가까이, 거의 닿을 만큼 가까이 있는 듯했을 것이다. 그러나 이제 그 불빛은 잔교 끝을 밝히는 초록 불빛일 뿐이었다. 개츠비를 설레게 하는 대상이 하나 줄어든 셈이었다.

나는 어둑해진 방 안을 이리저리 돌아다니면서 다양한 물건을 살펴보았다. 개츠비의 책상 위 벽에 커다랗게 걸려 있는 요트복 차림의 노인 사진이 시선을 끌었다.

"이 사람은 누군가요?"

"그 사람이요? 댄 코디 씨입니다, 친구."

이름이 좀 친숙하게 들렸다.

"지금은 돌아가시고 안 계시죠. 여러 해 전에는 나와 가장 가깝게 지낸 분이지요."

요트복을 입은 개츠비의 작은 사진도 책상에 놓여 있었다. 반항적으로 고개를 젖혔는데, 열여덟 살쯤 되어 보였다.

"이 사진, 정말 마음에 들어요." 데이지가 큰 소리로 말했다. "퐁파두르*를 하고 있네요! 나한테 저런 머리를 한 적이 있단 말 안 했잖아요. 요트 얘기도 그렇고."

"이것 좀 봐요." 개츠비가 재빨리 화제를 돌렸다. "그동안 기사를 많이 모아놨어요. 모두 당신에 관한 거예요."

그들은 나란히 서서 스크랩해놓은 것을 살펴보았다. 내가 루비 상자를 보여달라고 부탁하려는 참에 전화벨이 울렸고, 개츠비는 수화기를 집어 들었다.

"그래요… 그런데 지금은 통화하기가 좀 곤란해서요…. 지금은 곤란하다니까요…. 내가 작은 도시라고 했잖습니까…. 그 사람도 작은 도시가 어딘지는 알고 있어요…. 그 사람이 디트로이트가 작은 도시라고 생각한다면 우리에겐 쓸모가 없어요…."

개츠비는 전화를 끊었다.

---

*앞머리를 뒤로 둥글게 말아 올리고 양쪽 옆머리는 위로 빗어 올려 앞머리와 합쳐지는 머리 모양.

"빨리 이리 와봐요." 데이지가 창가에서 소리쳤다.

비는 아직도 내렸지만, 서쪽 하늘에는 비구름이 걷히고 바다 위로 분홍빛과 황금빛이 뒤섞인 거품 같은 구름이 피어오르고 있었다.

"저것 좀 봐요." 데이지가 속삭였다. 잠시 후 말을 이었다. "저 분홍빛 구름 하나를 붙잡아 당신을 태워서 빙글빙글 돌려주고 싶어요."

그때쯤 나는 집에 가려고 했지만, 그들은 날 보내주려고 하지 않았다. 아마도 내 존재가 단둘이 있다는 느낌을 더 만족시켜주는 것 같았다.

"이렇게 하면 어떨까요? 클립스프링어에게 피아노를 쳐달라고 하는 겁니다." 개츠비가 제안했다.

개츠비는 방을 나가면서 "유잉!" 하고 소리쳤다. 잠시 뒤 숱이 적은 금발머리에 뿔테 안경을 쓰고 당황한 얼굴에 좀 피곤해 보이는 젊은이를 데리고 돌아왔다. 그는 목 부분을 풀어헤친 스포츠 셔츠와 흐릿한 빛깔의 면바지에 스니커즈를 신고 있었다.

"운동하는데 방해한 건 아닌가요?" 데이지가 공손히 물었다.

"저는 자고 있었어요. 그러니까 저는 자고 있었다고요. 자다가 일어나서….” 클립스프링어가 몹시 당황하여 큰 소리로 대답했다.

"클립스프링어는 피아노를 잘 칩니다.” 개츠비가 그의 말을 잘랐다. “그렇지, 유잉?”

"잘 치진 못해요. 거의 친다고도 할 수 없어요. 게다가 연습도 전혀 못 해서….”

"아래층으로 갈까요?” 개츠비가 그의 말을 가로막고는 스위치를 켰다. 어스름한 창들이 사라지고 온 집 안이 불빛으로 가득 찼다.

음악실에서 개츠비는 피아노 옆에 있는 등 한 개만 켰다. 그러고는 떨리는 손으로 데이지의 담배에 불을 붙여준 뒤 저 건너편에 있는 기다란 소파에 가서 함께 앉았다. 앞쪽 복도에서 들어오는 불빛이 바닥에 희미하게 반사되는 것 말고 다른 불빛은 없었다.

클립스프링어는 〈사랑의 보금자리〉를 연주하다가 의자에 앉은 채 몸을 돌리더니 의기소침한 얼굴로 어둠 속에서 개츠비를 찾았다.

"알다시피 연습을 전혀 안 했어요. 치지 못한다고

말했잖아요. 연습을 전혀 안 해서….”

“말 좀 그만 하라고, 친구. 어서 치기나 해!” 개츠비가 명령조로 말했다.

아침에도
저녁에도
즐겁지 않은가요….

밖에서는 바람 소리가 커져갔고 해협을 따라 희미하게 천둥소리가 울려퍼졌다. 이제 온 웨스트에그가 불을 밝혔다. 사람들을 실은 전차가 뉴욕에서 집을 향해 빗속을 헤치고 달려갔다. 사람들의 일상에 중요한 변화가 일어나는 시간이었다. 공기 속에서 흥분감이 번지고 있었다.

한 가지 분명한 건, 무엇보다 분명한 건
부자에게는 돈이 더 생기고
가난한 이에게는 아이가 더 생기는 거라네.
그러는 동안

그러는 사이….

작별 인사를 하러 다가갔을 때, 개츠비의 얼굴에 다시 떠오른 혼란스러운 표정을 보았다. 현재 자신이 느끼는 행복의 본질에 대한 의심이 어렴풋이 생겨난 듯했다. 5년이 흘렀다! 그날 오후만 해도 데이지가 그의 꿈을 무너뜨리는 순간이 몇 번이나 있었을 것이다. 물론 데이지 잘못이 아니라 어마어마하게 커져버린 개츠비의 환상 때문이었다. 그런 환상이 데이지뿐만 아니라 모든 것을 뛰어넘었다. 개츠비는 창조적 열정을 가지고 그 환상에 뛰어들어서 그동안 줄곧 그 환상을 키우며 자기 앞을 떠도는 눈부신 깃털로 장식해온 것이다. 아무리 열정과 신선함이 있더라도 한 남자가 가슴에 품어온 환상에 도전할 수는 없는 일이었다.

내가 지켜보는 동안 개츠비는 눈에 띄게 그 분위기에 적응해가는 것 같았다. 데이지의 손을 잡고 앉아서 데이지가 귓가에 뭔가를 나지막이 소곤거리자 감정이 북받치는 듯 그녀를 향해 몸을 돌렸다. 데이지의 흥분이 실린 떨리는 목소리가 그를 사로잡은 것 같았다.

데이지의 목소리는 그의 꿈을 깨지 않는, 영원히 사라지지 않을 노래였기 때문이다.

그들은 내 존재를 잊은 듯 보였는데, 그래도 데이지는 나를 힐끗 올려다보고 손을 내밀었다. 개츠비는 나를 전혀 의식하지 않았다. 나는 다시 그들을 바라보았고, 두 사람은 강렬한 기운에 사로잡힌 시선으로 아득하게 나를 돌아보았다. 마침내 나는 두 사람만 그곳에 남겨두고 방을 나와 대리석 계단을 내려가서 빗속으로 걸어갔다.

제 6 장

*

이 무렵 어느 날 아침, 뉴욕의 야심만만한 기자가 개츠비의 집을 찾아와서 다짜고짜 할 말이 있는지 되물었다.

"무엇에 대한 얘기 말입니까?" 개츠비가 정중하게 되물었다.

"글쎄요… 어떤 말씀이라도 좋습니다."

5분 동안 애매한 대화가 오갔다. 알고 보니 그 기자

는 그가 밝힐 수 없는, 아니면 그도 정확히 알지 못하는 어떤 일과 관련하여 신문사 주변에서 개츠비의 이름을 들은 모양이었다. 직업 정신을 발휘하여 쉬는 날인데도 '취재를 위해' 서둘러 찾아온 터였다.

넘겨짚은 데 불과했지만 그 기자의 직감은 정확했다. 개츠비의 환대를 받은 수백 명이 그의 과거에 대한 권위자가 되어 악의에 찬 소문을 퍼뜨렸고, 이는 여름 내내 눈덩이처럼 커져서 마침내 기삿거리가 될 정도에 이른 것이었다. 이를테면 '캐나다로 통하는 지하 수송관*' 같은 소문들이 그에게 붙어다녔다. 이런 소문들 중에는 개츠비가 집이 아니라 집처럼 보이는 배에 살면서 롱아일랜드 해안을 비밀리에 오간다는 것도 있었다. 이런 날조된 이야기들이 노스다코타의 제임스 개츠에게 만족을 주는 이유를 말하기는 쉽지 않다.

제임스 개츠. 그의 진짜 이름, 적어도 법적인 이름이었다. 그는 열일곱 살에 이름을 바꿨다. 인생이 시

---

*금주법 시기에 캐나다에서 미국으로 파이프를 통해 술을 밀수했다는 소문이 있었다.

작된 그 순간, 댄 코디의 요트가 슈피리어호의 가장 위험한 여울에 닻을 내리는 걸 목격한 때였다. 그날 오후 찢어진 초록색 셔츠에 캔버스 천으로 만든 바지를 입고 해변을 어슬렁거린 사람은 제임스 개츠였다. 하지만 노 젓는 배를 빌려 '투올로미호'까지 저어가서 30분 후면 배가 바람에 휩쓸려 난파될 수 있다고 코디에게 알린 사람은 이미 제이 개츠비였다.

내 생각에 그는 오래전부터 그 이름을 준비해둔 것 같다. 그의 부모님은 무능하고 불운한 농사꾼이었다. 그의 상상력은 그런 부모를 인정할 수 없었다. 롱아일랜드 웨스트에그의 제이 개츠비는 그 자신의 생각에서 나온 이상적인 모습이었던 것이다. 그는 신의 아들이었다. 이 말에 무언가 의미가 있다면, 그는 신의 아들이기 때문에 거대하고 통속적이며 겉만 번지르르한 아름다움을 돌보는 일을 해야 했다. 그래서 열일곱 살 소년이 만들어낼 법한 제이 개츠비라는 인물을 창조했고, 끝까지 이 역할에 충실했다.

그는 1년이 넘도록 슈피리어호 남쪽 해안을 따라 떠돌면서 조개잡이와 연어 낚시를 비롯해 숙식을 해

결할 수 있는 것이면 어떤 일이든 마다하지 않았다.
볕에 그을린 단련된 육체가 거칠고 무익한 일들을 자
연스럽게 견디어냈다. 일찍 여자를 알았지만 자신에
게 해가 된다는 이유로 경멸했다. 젊은 여성은 무지한
터, 다른 여자들은 그가 자신의 운명에만 열중하는 것
에 대해 예민하게 반응했기 때문이다.

그러나 개츠비의 마음은 끊임없이 요동치고 있었
다. 밤에 잠자리에 누워서도 기괴하고 몽환적인 공상
들이 머릿속을 떠나지 않았다. 세면대 위의 시계가 똑
딱거리고 젖은 달빛이 바닥에 아무렇게나 벗어놓은
옷들을 적시는 동안 머릿속에서는 형언할 수 없이 현
란한 세계가 실을 잣듯이 엮어져 나왔다. 매일 밤 졸
음이 몰려와 생생한 장면이 망각의 포옹에 덮일 때까
지 환상의 세계에 새로운 환상을 더해갔다. 한동안 이
런 몽상들이 상상력의 배출구가 되어주었다. 현실의
비현실성에 대한 만족스런 암시였고, 세상의 토대가
요정의 날개 위에서 안전하게 자리 잡을 수 있다는 희
망이었다.

코디를 만나기 몇 달 전, 미래의 영광을 직감한 개

츠비는 미네소타 남부에 위치한 루터교 재단의 세인트올라프대학에 들어갔다. 하지만 2주밖에 머물지 않았다. 대학이 운명의 북소리, 아니 그의 운명 자체에 지독히도 무관심하단 사실에 실망한 데다 학비 때문에 시작한 수위 일도 경멸스러웠던 것이다. 그는 다시 슈피리어호를 떠돌았고, 댄 코디의 요트가 얕은 해안가에 닻을 내리던 그날도 뭔가 할 일을 찾아내는 중이었다.

당시 쉰 살이던 코디는 네바다주의 은광과 유콘강, 1875년 이후의 광산 열풍이 낳은 인물이었다. 몬태나주의 구리 광산 거래로 엄청난 부를 손에 쥔 그는 몸은 강건했지만, 마음은 점점 나약해지고 있었다. 이를 눈치 챈 여자들이 돈을 뜯어내려고 그에게 달려들었다. 그들 중 엘라 케이라는 기자는 맹트농 부인*처럼 나약해진 그의 마음을 이용해 그를 요트에 태워서 바다로 내보냈다. 그 사건은 1902년 과장을 좋아하던 언론계에 큰 기삿거리를 제공했다. 코디는 5년 동안 아주 쾌적한 해안을 따라서 항해하다가, 그날 리

*맹트농 후작부인은 루이 14세의 두 번째 부인이자 막후 실력자였다.

틀걸만에서 운명처럼 제임스 개츠의 눈앞에 나타났던 것이다.

노 젓던 손을 쉬며 난간을 둘러친 갑판을 쳐다보는 젊은 개츠비에게 그 요트는 세상의 모든 아름다움과 화려함을 대표하는 듯 보였다. 그는 코디를 보고 미소 지었을 것이다. 십중팔구 사람들이 자신의 미소를 좋아한다는 걸 알고 있었을 것이다. 어쨌든 코디는 그에게 몇 가지 질문을 던졌다(그 질문들 가운데 하나 때문에 그의 새로운 이름이 나왔다). 코디는 개츠비가 눈치 빠르고 야망이 큰 젊은이라는 것을 알아챘다. 며칠 뒤에는 개츠비를 데리고 덜루스로 가서 파란색 상의 한 벌과 흰 면바지 여섯 벌 그리고 요트 모자 한 개를 사주었다. '투올로미호'가 서인도제도와 바르바리 해안을 향해 떠날 때 개츠비도 함께였다.

개츠비는 분명하게 정해진 역할 없이 고용되었다. 코디와 함께 항해하는 동안 집사이자 친구, 선장, 비서였고, 심지어 경비원 노릇까지 했다. 댄 코디는 자신이 술에 취하면 돈을 물 쓰듯 하고 분별없이 행동한다는 것을 아는 터라 점점 더 신뢰가 쌓이는 개츠비를 통해 만일의 사태에 대비하려고 했던 것이다. 이런 방식은 5년간 계속되었고, 그러는 동안 북미 대륙을 세 번이나 돌았다. 어느 날 밤 보스턴에서 엘라 케이가 요트에 올라탔고, 그 일주일 뒤 댄 코디가 야속하게 세상을 떠나는 일만 없었다면 언제까지나 계속되었을지도 모른다.

나는 개츠비의 침실에 걸려 있던 희끗희끗한 머리에 혈색이 좋으면서 냉정하고 공허해 보이는 남자의 사진을 기억하고 있었다. 코디는 미국 역사의 한 시기에 서부 개척지의 야만적이고 폭력적인 매춘굴과 술집을 동부 연안에 앞장서 들여온 난봉꾼이었다. 개츠비가 술을 마시지 않는 것은 코디의 영향이었다. 떠들썩한 파티에서 여자들이 개츠비의 머리에 샴페인을 붓기도 했지만, 그는 자기 자신을 위해 술을 마시지 않았다.

그리고 개츠비는 코디에게 유산을 물려받았다. 2만 5천 달러였다. 하지만 개츠비에게는 한 푼도 오지 않았다. 그는 자신에게 불리하게 적용된 법률 장치를 이해하지 못했다. 나머지 수백만 달러의 유산은 모두 엘

라 케이에게 갔다. 개츠비에게는 남다르게 받은 교육
만 남았다. 그 교육으로 모호했던 제이 개츠비의 윤곽
이 실재적인 한 인간으로 채워진 것이다.

개츠비가 이 모든 얘기를 들려준 것은 훨씬 뒤의
일이지만, 내가 여기서 기록하는 이유는 그의 과거를
둘러싼 터무니없는 소문을 밝히고 싶기 때문이다. 더
욱이 그가 내게 이 이야기를 고백한 것은 그에 대한
소문을 믿어야 할지 말아야 할지 혼란스러워하던 때
였다. 그래서 개츠비가 숨을 돌리는 이 짧은 휴식을
이용해 사람들 사이에 떠도는 오해를 모두 풀려는 것
이다.

내가 개츠비의 일에 관여하는 것도 휴식기였다. 몇
주 동안 개츠비를 만나지도 않았고 전화 통화를 하지
도 않았다. 나는 뉴욕에서 지내며 조던을 데리고 돌아
다니거나 그녀의 연로한 숙모를 만나 비위를 맞추려
고 애쓸 뿐이었다. 그러다가 어느 일요일 오후, 개츠
비의 집으로 건너갔다. 그 집에 도착한 지 2분도 되지
않아서 누군가 톰 뷰캐넌을 데리고 한잔하러 왔다. 나
는 당연히 깜짝 놀랐지만 정말로 놀라운 것은 지금까

지 한 번도 이런 일이 없었다는 사실이었다.

세 사람은 말을 타고 왔다. 톰과 슬론이라는 남자 그리고 갈색 승마복을 입은 예쁜 여자였다. 여자는 전에 개츠비의 파티에 온 적이 있었다.

"만나서 반갑습니다." 개츠비가 현관에서 맞았다. "이렇게 들러주셔서 정말 기쁩니다."

마치 그들이 신경이라도 쓰는 것처럼 말이다!

"앉으세요. 담배나 시가 한대 피우시죠." 개츠비는 수선스럽게 방 안을 돌아다니다 하인을 부르기 위해 벨을 울렸다. "곧 마실 것을 준비해드리죠."

개츠비는 톰이 그곳에 있다는 사실에 몹시 당황했다. 막연히 술을 마시러 왔다고 알아서인지 어떻게든 그들에게 뭔가를 주지 않으면 불안한 것 같았다. 슬론 씨는 아무것도 마실 생각이 없다고 했다. 레모네이드 라도 한잔하시죠? 아뇨, 괜찮습니다. 그럼 샴페인이 라도 좀 하시죠? 아니, 정말 괜찮습니다….

"승마는 즐거우셨습니까?"

"이 근처 길이 말을 타기에 아주 좋더군요."

"아마 자동차 때문에…."

“그렇죠.”

개츠비는 억누를 수 없는 충동에 이끌려 초면인 듯 자기 소개를 주고받은 톰 쪽으로 얼굴을 돌렸다. “전에 어디선가 만난 적이 있는 것 같군요, 뷰캐넌 씨.”

“아, 네.” 톰은 퉁명스럽지만 정중하게 말했는데, 분명히 생각나는 것 같지는 않았다. “전에 만났지요. 똑똑히 기억하고 있습니다.”

“2주 전쯤이었죠.”

“아, 그랬지요. 여기 닉하고 함께 있었죠.”

“당신 부인을 알고 있습니다.” 개츠비는 공격적인 어조로 말을 이었다.

“그렇습니까?”

톰이 나를 돌아보았다.

“이 근처에 산다고 했지, 닉?”

“바로 옆집이야.”

“그래?”

슬론 씨는 의자에 거만하게 기대앉아서 대화에 끼어들지 않았다. 여자도 잠자코 있다가 하이볼 두 잔을 마시더니 갑자기 상냥해졌다.

“개츠비 씨, 다음 번 파티에 우리 모두 참석하려고 하는데 어떻게 생각해요?” 여자가 넌지시 물었다.

“좋습니다. 모두 오신다면 정말 영광이지요.”

“고맙군요.” 슬론 씨는 인사치레로 말했다. “음… 이제 그만 가봐야지.”

“그렇게 서두르지 마세요.” 개츠비가 그들을 붙들었다. 이제 자제력을 되찾은 터라 톰을 좀 더 살펴보고 싶은 모양이었다. “괜찮다면… 저녁을 함께 하시죠? 뉴욕에서 다른 손님이 더 올 수도 있을 겁니다.”

“그럼 우리하고 같이 저녁 먹으러 가요.” 여자가 신이 나서 제안했다. “두 분 다요.”

나까지 포함해서였다. 슬론 씨가 일어섰다.

“자, 갑시다.” 슬론 씨가 부추겼다. 하지만 여자에게만 하는 말이었다.

“진심이에요.” 여자가 고집을 부렸다. “두 분 모두 오셨으면 좋겠어요. 자리도 많이 있어요.”

개츠비는 의향을 묻는 듯한 눈길로 나를 바라보았다. 슬론 씨는 그가 오지 말았으면 한다는 것을 알아채지 못했는지 가고 싶은 모양이었다.

"미안하지만 저는 갈 수가 없네요." 내가 정중히 거절했다.

"그럼 당신이라도 오세요." 여자는 개츠비에게 집중하며 재촉했다.

그때 슬론 씨가 여자의 귀에 대고 무슨 말인가 중얼거렸다.

"지금 출발하지 않으면 늦을 거예요." 여자가 큰 소리로 몰아쳤다.

"저는 말이 없습니다만." 개츠비가 제안을 받아들였다. "군대에서 말을 타긴 했지만 말을 구입한 적은 없어서요. 그럼 저는 제 차로 따라가죠. 죄송하지만 잠시 기다려주세요."

나머지 사람들은 현관으로 나왔다. 슬론과 여자는 조금 떨어진 곳으로 가서 격앙된 어조로 이야기를 나누기 시작했다.

"맙소사, 그 친구 정말 따라올 생각인가 보네." 톰이 난처한 듯 내게 말했다. "저 여자가 같이 가고 싶어 하지 않는다는 걸 모르는 모양이야."

"저 여자가 함께 가자고 했잖나?"

"저 여자가 여는 디너 파티이긴 하지만 그 친구가 아는 사람은 하나도 없을 거야." 톰은 얼굴을 찡그렸다. "그런데 도대체 어디서 데이지를 만난 걸까? 내 사고방식이 구식인지는 모르겠지만, 요즘 여자들이 밖으로 너무 나돌아다니는 게 마음에 들지 않는다니까. 온갖 정신 나간 놈들이나 만나고 다니니 말이야."

갑자기 슬론 씨와 여자가 계단을 내려가 말에 올라탔다.

"빨리 오게." 슬론 씨가 톰에게 말했다. "이러다 늦겠어. 어서 가야 한다고." 그러고는 내게 부탁했다. "그 사람한테 기다릴 수 없어서 먼저 갔다고 전해주겠소?"

톰과 나는 악수를 했고, 나머지 사람들과는 냉랭하게 눈인사를 주고받았다. 그들은 재빨리 진입로를 달려내려가 8월의 무성한 나뭇잎 아래로 사라졌다. 그때 개츠비가 모자와 가벼운 외투를 손에 들고 현관에서 나왔다.

톰은 데이지가 혼자 나돌아다니는 것을 불안하게 느낀 게 분명했다. 다음 토요일 밤에 열린 개츠비의 파티에 톰은 데이지와 함께 왔다. 아마도 그의 존재가 그날 밤 파티 분위기를 숨 막힐 듯 답답하게 만들었을 것이다. 그해 여름 개츠비의 저택에서 열린 파티 중에서도 그날의 파티가 유난히 생생하게 내 기억에 남아 있다. 같은 사람들, 아니 적어도 같은 부류의 사람들이 참석했고, 똑같이 샴페인이 넘쳐흐르고 여러 목소리와 다양한 음악이 어우러진 시끌벅적한 소란도 똑같았지만, 전에는 느끼지 못한 불쾌한 기운이 감돌았다. 어쩌면 내가 개츠비의 파티 분위기에 익숙해져서 그 파티 고유의 기준과 그곳에 오는 유명인들을 보며 웨스트에그를 완전하고 무엇에도 뒤지지 않는 하나의 세계로 받아들였기 때문인지도 모른다.

그런데 이제 데이지의 눈으로 다시 바라보고 있었던 것이다. 스스로 익숙해진 것을 새로운 시선을 통해 바라봐야 한다면 당황스러울 수밖에 없다.

그들 부부는 해 질 무렵에 도착했다. 우리가 활기 넘치는 수백 명의 파티 참가자 사이를 어슬렁거리고 있을 때, 데이지가 다가왔다.

"와, 너무 흥분돼요." 데이지가 특유의 목소리로

속삭이듯 말했다 "오늘 저녁 언제든 내게 키스하고 싶으면 말해요, 오빠. 기꺼이 받아줄 테니까. 그냥 내 이름만 불러요. 아니면 초록색 카드를 보여줘요. 여기 초록색…."

"좀 둘러봐요." 개츠비가 제안했다.

"지금 둘러보고 있는 중이에요. 난 지금 아주 멋진 시간을…."

"이름만 들어본 사람들 얼굴이 많이 보일 겁니다."

톰의 거만한 두 눈이 사람들을 이리저리 훑었다.

"우리는 잘 돌아다니지 않아서요." 톰이 무뚝뚝하게 말했다. "사실 여기에는 아는 사람이 하나도 없다고 생각하는 중이었지요."

"아마 저 여자는 알 테죠." 개츠비가 하얀 꽃이 핀 자두나무 아래 앉아 있는, 사람이라기보다는 한 떨기 난초 같은 우아한 여자를 가리켰다. 톰과 데이지는 지금까지 영상으로 보기만 하던 영화계 유명 인사를 알아봤을 때 뒤따르는 비현실적인 느낌을 가지고 뚫어질 듯 여자를 바라보았다.

"정말 아름다워요." 데이지가 감탄했다.

"여자 쪽으로 몸을 굽히고 있는 남자가 그녀가 출연한 영화의 감독이에요."

개츠비는 사람들 사이로 그들 부부를 데리고 다니며 정중하게 소개했다.

"이쪽은 뷰캐넌 부인… 그리고 이쪽은 뷰캐넌 씨…." 개츠비는 잠시 머뭇거리다 덧붙였다. "폴로선수시죠."

"아닙니다." 톰이 재빨리 부인했다. "저는 폴로선수가 아니에요."

톰의 반응이 개츠비를 즐겁게 한 모양이었다. 그 이후 톰은 '폴로선수'로 통했다.

"이렇게 많은 유명 인사는 처음 만나봐요." 데이지가 소리쳤다. "나는 저 남자가 마음에 들어요. 이름이 뭐였죠? 코가 우울해 보이는 저 남자요."

개츠비는 그 남자의 이름을 알려주고 나서 시시한 제작자라고 덧붙였다.

"그래도 나는 마음에 들어요."

"나는 이제 폴로선수를 그만두면 좋겠군." 톰이 유쾌하게 말했다. "그보다는 잊어진 상태에서 이 유명인들을 바라보고 싶단 말이지."

데이지와 개츠비는 춤을 추었다. 개츠비가 우아하고 진지하게 폭스트롯을 추는 모습에 놀란 기억이 난다. 전에는 그가 춤추는 것을 본 적이 없었다. 개츠비와 데이지는 춤을 추고 나서 우리 집 쪽으로 걸어가더니 계단에 30분쯤 앉아 있었다. 그동안 나는 데이지의 부탁으로 정원에 남아서 망을 보았다.

"불이 나거나 홍수가 나거나 뭐 불가항력적인 일이 일어날 경우를 대비하려는 거예요." 데이지는 변명조로 말했다.

우리가 저녁을 먹으려고 앉아 있는데 잊어진 상태에 있던 톰이 나타났다. "내가 저쪽에 있는 사람들하고 같이 식사해도 될까? 어떤 친구가 웃기는 소리를 하고 있어서 말이야."

"그렇게 해요." 데이지는 기분 좋게 대답했다. "혹시 주소를 적고 싶으면 여기 내 금색 연필을 써요."

그녀는 잠시 주위를 둘러본 뒤 내게 "저 여자는 평범하지만 예쁘네요"라고 말했다. 그 순간 데이지가 개츠비와 단둘이 있었던 그 30분을 제외하고는 파티를 즐기지 않는다는 걸 깨달았다.

우리 테이블에는 유난히 술에 취한 사람이 많았다. 내 실수였다. 개츠비는 전화를 받으러 가고 없었고, 나는 불과 2주 전에 함께 했던 사람들과 시간을 보내고 있었다. 하지만 그때는 즐거웠던 일이 지금은 불쾌했다.

"괜찮습니까, 베데커 양?"

이름이 불린 여자는 내 어깨에 기대려고 애쓰다가 똑바로 앉더니 눈을 동그랗게 뜨고 되물었다. "뭐라고요?"

데이지에게 내일 골프를 치자고 조르던 몸집이 크고 미련해 보이는 여자가 베데커 양을 변호했다. "아, 지금 괜찮은 거예요. 칵테일을 대여섯 잔 마시면 늘 저렇게 소리를 질러대죠. 그만 좀 마시라고 말리기는 하는데."

"난 마시지 않았어." 베데커 양이 힘없이 말했다.

"다들 네가 소리 지르는 거 들었어. 그래서 내가 시비트 선생님한테 이리 와달라고 한 거야. '선생님의 도움이 필요한 사람이 있어요'라고 말이야."

“베데커도 분명 고마워하긴 하겠지.” 또 다른 친구가 별로 고마울 것도 없다는 투로 말했다. “하지만 너는 베데커의 머리를 수영장에 처넣으면서 재 옷까지 몽땅 젖게 했어.”

“내가 싫어하는 일이 수영장에 머리를 처박는 거야.” 베데커 양이 입속말로 웅얼거렸다. “한번은 뉴저지에서 사람들 때문에 익사할 뻔한 적도 있어.”

“그러면 이제 그만 술을 끊어야지요.” 시비트 박사가 받아쳤다.

“나는 아니에요. 당신이나 잘해요!” 베데커 양이 격렬하게 소리쳤다. “당신은 손을 떨잖아요. 당신한테는 절대 수술받지 않을 거예요!”

그런 식이었다. 내가 마지막으로 기억하는 일은 데이지와 함께 서서 영화감독과 그의 여배우를 지켜보는 장면이었다. 그때까지도 그들은 하얀 꽃이 핀 자두나무 아래 있었는데 어슴푸레한 달빛을 사이에 두고 얼굴이 맞닿았다. 문득 그가 저렇게 가까이 다가가기 위해서 저녁 내내 그녀를 향해 아주 천천히 몸을 굽히고 있었다는 생각이 들었다. 내가 지켜보는 동안에도 그는 마지막으로 몸을 살짝 기울여서 여자의 볼에 입을 맞췄다.

"저 여자가 마음에 들어요." 데이지가 황홀해하며 말했다. "정말 사랑스러워요."

하지만 나머지 사람들은 데이지의 기분을 상하게 했다. 몸짓이 아니라 감정이 문제였던 게 분명하다. 데이지는 브로드웨이가 롱아일랜드의 어촌에 나타난 것 같은 이 이례적인 웨스트에그의 '저택'에 적잖이 충격을 받았다. 완곡한 표현을 진부한 것으로 만드는 꿈틀대는 생명들로 넘치는 활기와 아무것도 없이 간단히 사람들을 불러모은 과분한 행운에 놀라고 있었다. 자신이 이해할 수 없는 그 단순함에서 어떤 두려움을 느꼈던 것이다.

톰과 데이지의 차를 기다리는 동안 나는 그들과 함께 정면 계단에 앉아 있었다. 앞쪽은 어둠에 싸여 있었다. 3제곱미터의 문에서만 새벽녘의 부드러운 어둠 속으로 환한 빛을 쏟아내고 있었다. 때때로 위층 화장실 블라인드에 그림자가 어른거렸다. 한 그림자가 다른 그림자에게 자리를 내주었는데, 보이지 않는 창유리 안에서 립스틱을 바르고 파운데이션을 두드리며 그림자의 행렬이 끝없이 이어졌다.

"대체 저 개츠비라는 작자는 뭔가?" 갑자기 톰이 물었다. "밀주업계의 거물이라도 되나?"

"어디서 그런 얘길 들었나?" 내가 물었다.

"들은 건 아니야. 그저 내 생각이지. 이런 벼락부자야말로 밀주업계 거물 아닌가."

"개츠비는 아닐세." 내가 퉁명스럽게 대답했다.

그는 잠시 말이 없었다. 발밑에서는 차바퀴에 자갈 밟히는 소리만 났다.

"어쨌거나 이렇게 구경거리가 될 만한 인간들을 함께 모아놓느라 상당히 무리했을 거야."

산들바람에 데이지의 목에 두른 잿빛 모피가 미세하게 흔들렸다.

"적어도 우리가 아는 사람들보다는 더 재미나잖아요." 데이지가 애써 긍정했다.

"당신은 별로 재미있어 보이지 않던데."

"아니, 재미있었어요."

톰은 웃다가 나를 돌아보았다.

"그 여자가 냉수 샤워를 시켜달라고 했을 때 데이지의 얼굴을 봤나?"

데이지는 음악에 맞춰 허스키한 목소리로 작게 노래하기 시작했다. 가사 하나하나에 의미를 담아 부르고 있었다. 음이 높아지자 콘트랄토 가수처럼 감미로운 가성으로 바뀌었다. 음의 흐름이 바뀔 때마다 그녀의 따뜻한 매력이 흘러나왔다.

"많은 사람이 초대받지 않고 그냥 왔어요." 문득 데이지가 말했다. "그 여자도 초대받지 않았어요. 개츠비가 너무 예의 바른 사람이다 보니 무작정 몰려드는 사람들을 거절하지 못하는 것뿐이에요."

"그자가 어떤 사람이고 무슨 일을 하는지 알고 싶어지는군." 톰이 짓궂게 말했다. "내가 반드시 알아내고 말겠어."

"내가 지금 당장 말해줄 수 있어요." 데이지가 나섰다. "그 사람은 약국을 여러 개 갖고 있어요. 혼자 힘으로 다 이뤄낸 거예요."

리무진이 차도를 천천히 올라왔다.

"잘 있어요, 오빠." 데이지가 작별 인사를 건넸다.

데이지의 시선이 나를 떠나서 불빛을 환하게 밝힌 계단 꼭대기로 옮겨가 무언가를 찾았다. 계단 꼭대기의 열어놓은 문 사이로 당시 유행하던 〈새벽 3시〉라는 깔끔하고 애절한 왈츠곡이 흘러나오고 있었다. 결국 데이지는 자유로운 개츠비의 파티에서 자기 세계에는 전혀 없는 낭만을 찾아내고 말았다. 그 노래에 들어 있는 무엇이 그녀를 안으로 다시 불러들인 걸까? 이제 어둠에 잠긴 무한한 시간 속에서 어떤 일이 일어날까? 어쩌면 상상도 할 수 없는 손님이, 대단히 귀하고 깜짝 놀랄 만한 인물이 도착할지도 모른다. 눈부시게 아름다운 젊은 여자가 나타나서 개츠비를 힐끗 보는 것만으로 마법처럼 지난 5년간 간직해온 개츠비의 한결같은 헌신적 애정을 지워버릴지도 모르는 일이었다.

나는 그날 밤 늦게까지 남아 있었다. 개츠비가 기다려달라고 부탁했기 때문이다. 쌀쌀한 날씨에도 신나게 수영을 즐기던 사람들이 어두운 해변에서 달려올라오고, 위쪽 손님방의 불이 하나 둘 꺼질 때까지도 나는 정원에서 서성거리고 있었다. 마침내 개츠비가 대리석 계단을 내려왔다. 햇볕에 그을린 얼굴은 유난히 핼쑥한 데다 눈빛이 반짝거리기는 해도 피곤해 보였다.

"데이지가 파티를 좋아하지 않았어요." 개츠비는 나를 보자마자 말했다.

"아니, 그렇지 않아요."

"좋아하지 않았어요." 개츠비는 억지를 부렸다. "즐거워하지 않았어요." 그러곤 입을 닫았다. 매우 의기소침해 보였다.

"데이지가 내게서 너무 멀어진 느낌이에요. 나를 이해시키기가 힘들어요."

"춤 애기를 하는 건가요?"

"춤요?" 개츠비는 그날 밤 자기가 춘 몇 번의 춤은 전혀 신경 쓰지 않는다는 듯 손가락을 튕겼다. "그런 건 중요하지 않아요, 친구."

개츠비는 데이지가 톰에게 가서 "나는 당신을 사랑한 적이 없어요"라고 말해주기를 바라고 있었다. 데이지가 4년의 흔적을 지우고 나야 두 사람이 더 실제적인 계획을 결정할 수 있다는 것이었다. 그런 계획

중 하나가 자유의 몸이 된 데이지와 루이빌로 돌아가 그녀의 집에서 결혼식을 올리는 거였다. 마치 5년 전으로 돌아간 것처럼.

"그런데 데이지는 내 생각을 이해하지 못해요." 개츠비가 안타까운 듯 말했다. "예전에는 잘 알아주었는데. 우리는 몇 시간이나 앉아서…."

개츠비는 갑자기 말을 끊고 과일 껍질이며 버려진 선물과 짓밟힌 꽃들이 어지럽게 널려 있는 쓸쓸한 길을 왔다 갔다 하기 시작했다.

"나라면 데이지에게 너무 많은 것을 기대하지는 않을 겁니다." 나는 냉정하게 조언했다. "당신은 과거를 되돌릴 수 없어요."

"과거를 되돌릴 수 없다고요?" 개츠비는 믿을 수 없다는 듯이 소리쳤다. "아니, 되돌릴 수 있어요!"

개츠비는 그의 집 어둠 속 어딘가, 손이 닿지 않는 곳에 과거가 숨어 있기라도 한 것처럼 미친 듯이 주위를 두리번거렸다.

"나는 모든 것을 예전처럼 바로잡을 겁니다." 개츠비는 결연한 표정으로 고개를 끄덕였다. "데이지도 알게 될 겁니다."

개츠비는 과거에 대해 많은 이야기를 들려주었다. 얘기를 들으며 그가 데이지를 사랑했던 무언가를, 어쩌면 자기 자신을 되찾고 싶어 한다는 생각이 들었다. 그때 이후로 그의 인생은 혼란과 무질서에 빠졌다. 일단 출발점으로 돌아가서 모든 걸 천천히 되풀이할 수 있다면, 그게 무엇인지 찾을 수도 있을 것이다.

5년 전 어느 가을밤 그들은 낙엽이 떨어지는 거리를 걷고 있었다. 그러다가 나무 한 그루 없이 하얀 달빛만 쏟아지는 거리로 오게 되었다. 두 사람은 걸음을 멈추고 서로를 마주보았다. 1년에 두 번 계절이 바뀔 때 느낄 수 있는 신비로운 흥분이 감도는 서늘한 밤이었다. 집 안에서 나오는 온화한 불빛이 어둠 속에서 흥얼거리고, 별들 사이에서 부산스러운 술렁거림이 일었다. 개츠비는 곁눈질로 보도블록이 사다리가 되어 나무 위 비밀의 장소로 이어지는 것을 보았다. 혼자라면 그것을 타고 올라갈 수 있었다. 일단 그곳에 올라가면 생명의 젖을 빨고 비길 데 없이 황홀한 맛의 우유를 마실 수 있었다.

데이지의 하얀 얼굴이 가까이 다가오자 그의 가슴이 점점 더 빠르게 뛰었다. 이 여자에게 입을 맞추고 말로 표현할 수 없는 자신의 꿈이 덧없는 그녀의 숨결과 영원히 결합하면, 자신의 마음이 신의 마음처럼 다시는 뛰놀지 않으리라는 것을 알았다. 그래서 별에 부딪치는 소리굽쇠 소리를 들으며 좀 더 기다렸다. 그러고 나서 입을 맞췄다. 개츠비의 입술이 닿자 그녀는 그를 위해 꽃처럼 피어났고 화신이 완성되었다.

개츠비의 이야기는, 그의 지독한 감상에서 나오기는 했지만, 오래전 어디선가 들어본 적이 있는 종잡을 수 없는 리듬, 잃어버린 말의 파편 같은 것이 떠올랐다. 한순간 어떤 구절이 입에서 형태를 갖추려고 하며 말 못하는 사람이 힘들게 말하는 듯 간신히 입술이 벌어졌다. 하지만 아무 소리도 내지 못했고, 내가 가까스로 떠올린 그 구절은 영원히 전할 수 없어졌다.

제 7 장

*

개츠비에 대한 호기심이 최고조에 달한 것은 그때쯤이었다. 토요일 밤인데도 개츠비의 저택이 끝내 불을 밝히지 않았던 것이다. 트리말키오*로서 그의 경력은 시작처럼 애매모호하게 끝나버렸다. 나는 기대에 부풀어 그의 저택 진입로에 들어온 차들이 잠시 머물다가 부루퉁해서 돌아간다는 것을 차츰 깨달았다.

* 로마 시대의 풍자소설 『사티리콘』의 등장인물로 노예에서 벼락부자가 됨.

개츠비가 아픈 건 아닌지 알아보려고 저택으로 건너 갔다. 험악한 얼굴의 처음 보는 집사가 나와서 눈을 가늘게 뜨고 의심의 눈초리로 나를 보았다.

"개츠비 씨가 어디 아픈가요?"

"아니오." 그는 잠시 미적거리다가 마지못해 '선생님'을 덧붙였다.

"요즘 개츠비 씨를 통 보지 못한 터라 걱정돼서 왔어요. 캐러웨이가 다녀갔다고 전해주세요."

"누구요?" 그가 무례하게 되물었다.

"캐러웨이."

"캐러웨이. 알겠어요, 전해드리죠."

그는 지체 없이 문을 탕 닫았다.

우리 집 핀란드인 가정부가 저택의 소식을 들려주었다. 개츠비가 일주일 전에 하인을 전부 해고하고 새로 여섯 명을 고용했는데, 그들이 상인들에게 뒷돈을 받지 않도록 웨스트에그 마을에 나가지 않고 전화로만 적당히 식료품을 주문한다는 것이었다. 식료품점 직원이 전해준 말에 의하면 주방은 돼지우리 같고, 동네에서는 새로 온 사람들이 하인이 아니라는 소문이 돌고 있었다.

다음 날 개츠비가 전화를 걸어왔다.

"어디로 떠날 계획인가요?" 내가 물었다.

"아닙니다, 친구."

"당신이 하인을 전부 해고해버렸다는 얘기를 들었어요."

"입방아를 찧지 않는 사람들이 필요해서요. 데이지가 오후에 자주 들르거든요."

그러니까 데이지의 못마땅한 시선 때문에 저택 전체가 카드로 만든 집처럼 무너져버린 것이었다.

"새로 온 하인들은 울프심이 돌봐주고 싶어 하는 사람들이에요. 모두 형제자매죠. 예전에 작은 호텔을 경영한 사람들이에요."

"그렇군요."

그는 데이지의 부탁으로 전화했으며, 내일 데이지의 집으로 점심을 먹으러 가자고 했다. 베이커 양도 함께 할 거라고 덧붙였다. 30분 뒤 데이지가 직접 전화를 걸어왔는데, 내가 초대를 받아들여서 안도하는 것 같았다. 무슨 일이 있는 모양이었다. 그래도 어떤 소동을, 특히 개츠비가 정원에서 대강 말해준 무서운 일을 벌일 것 같지는 않았다.

다음 날은 타는 듯이 무더웠다. 올여름 마지막 더위일 텐데도 가장 더운 날이었다. 내가 탄 열차가 터널을 지나 쏟아지는 햇빛 속으로 나왔을 때, 내셔널 비스킷컴퍼니에서 나오는 요란한 사이렌 소리만이 펄펄 끓는 정오의 정적을 깨뜨렸다. 열차 좌석에 깐 밀짚 시트는 불이 붙기 직전이었다. 옆자리에 앉은 여자는 하얀 블라우스 안으로 땀이 줄줄 흐르는데도 자세를 흩뜨리지 않다가 손에 쥔 신문마저 땀에 젖어버리자 더 이상 참지 못하고 외마디 소리를 질렀다. 그러는 중에 여자의 지갑이 바닥에 툭 떨어졌다.

"어머나!" 그녀는 숨을 헐떡거렸다.

나는 무더위에 녹초가 된 몸을 구부리고 지갑을 집어서 여자에게 건네주었다. 어떤 의도가 없다는 것을 보여주려고 지갑의 끄트머리를 잡고 팔을 쭉 뻗어서 돌려주었지만, 그 여자를 포함해 가까이 앉은 사람들 모두 나를 의심하는 눈치였다.

"아이고, 더워라!" 차장이 낯익은 승객들에게 말을

건넸다. "대단한 날씨죠! 더워요! 더워! 덥지요! 정말 덥지 않습니까? 덥지요?"

차장이 돌려준 내 정기승차권에는 그의 손에서 묻은 검은 자국이 남아 있었다. 이런 열기라면 차장이 누군가의 달아오른 입술에 키스하거나, 누군가의 머리가 차장의 상의 가슴 주머니를 적신다 해도 누구 하나 신경 쓰지 않을 터였다.

개츠비와 내가 문에서 기다리고 있을 때, 톰의 집 홀을 지나가는 미풍에 실려 전화벨 소리가 들려왔다.

"주인님의 시체라고요?" 집사가 수화기에 대고 소리쳤다. "죄송하지만 부인, 그것을 내드릴 수는 없습니다. 오늘은 너무 더워서 손을 댈 수가 없다니까요!" 하지만 그는 결국 뜻을 굽히고 말았다. "네, 네, 알겠습니다."

그는 수화기를 내려놓고 약간 번들거리는 얼굴로 우리에게 다가와서 뻣뻣한 밀짚모자를 받아 들었다.

"부인께서는 응접실에서 기다리고 계십니다!" 그는 쓸데없이 그 방향을 가리키며 소리쳤다. 이런 열기 속에서는 불필요한 동작 하나도 삶에 대한 모독처럼 느껴졌다.

차양을 쳐서 그늘진 방 안은 어둡고 시원했다. 데이지와 조던은 선풍기가 일으키는 산들바람에 날리는 하얀 드레스 자락을 내리누르며 크고 긴 의자에 누워 있었다. 그 모습이 은으로 만든 우상 같았다.

"꼼짝도 못 하겠어요." 두 사람이 동시에 말했다.

그을린 곳에 하얀 파운데이션을 바른 조던의 손이 잠시 내 손에 놓였다.

"그런데 우리 토머스 뷰캐넌 선수는 어디 계시지?" 내가 물었다.

그와 동시에 홀에서 수화기에 대고 소리를 죽여 말하는 그의 퉁명스럽고 쉰 목소리가 들려왔다.

개츠비는 심홍색 카펫 한가운데 넋을 빼고 서서 두리번거리고 있었다. 데이지는 그를 지켜보다가 감미롭고 가슴 설레는 웃음을 지었다. 그녀의 가슴에서 분가루가 날아올랐다.

"소문에 따르면 저 전화 상대는 톰의 애인이래요." 조던이 속삭였다.

우리는 아무 말도 하지 않았다. 홀에서 나는 목소

리가 짜증스럽게 높아졌다. "아, 그래, 그럼 자네한테 차를 팔지 않겠네…. 내가 자네에게 팔아야 할 의무가 있는 것도 아니고… 그런 일로 점심시간에 나를 성가시게 한 일은 절대 참지 않을 걸세!"

"수화기를 막고 저러는 거예요." 데이지가 빈정거렸다.

"아니, 그렇지 않아." 나는 데이지에게 분명히 말했다. "진짜 거래 얘기야. 나도 우연히 알았어."

톰이 문을 활짝 열고 그 건장한 몸으로 잠시 문가를 막고 섰다가 서둘러 안으로 들어왔다.

"아, 개츠비 씨!" 톰은 싫은 내색을 잘 감춘 채 넓적하고 평평한 손을 내밀었다. "잘 오셨습니다…. 그리고 닉도…."

"찬 음료 좀 만들어줘요." 데이지가 소리쳤다.

톰이 다시 방을 나가자 데이지는 일어나서 개츠비에게 다가가더니 그의 얼굴을 끌어당기고 입에 키스했다.

"내가 사랑하는 거 알죠?" 데이지가 속삭였다.

"숙녀가 있다는 걸 잊었나 봐요." 조던이 경고하듯

말했다.

데이지는 의심스럽다는 듯이 둘러보았다. "너도 닉 오빠한테 키스하렴."

"이런, 품위 없게!"

"뭐 어때." 데이지가 큰 소리로 말하고는 벽돌로 만든 벽난로 가에서 나막신 춤을 추듯 구둣발로 바닥을 치며 움직이기 시작했다. 그러다가 덥다는 것이 생각났는지 후회스러운 표정으로 다시 의자에 앉았다. 그때 방금 세탁한 듯한 옷을 입은 유모가 작은 여자아이의 손을 잡고 방으로 들어왔다.

"나의 귀염둥이." 데이지는 노래하듯 중얼거리며 두 팔을 벌렸다. "너를 사랑하는 이 엄마에게 오렴."

유모가 손을 놓자 아이는 쪼르르 달려가서 수줍어하며 엄마 품을 파고들었다.

"나의 귀염둥이! 엄마가 네 노란 머리에 분가루를 묻혔네. 자, 이제 일어나서 손님들한테 '안녕하세요' 하고 인사하렴."

개츠비와 나는 차례로 몸을 굽히고 마지못해 내미는 아이의 고사리 같은 손을 잡았다. 개츠비는 그 뒤에도 놀란 눈으로 아이를 계속 쳐다보았다. 지금까지 아이의 존재를 정말로 믿지 않은 모양이었다.

"점심 먹기 전에 옷을 갈아입혔어." 아이가 다시 데이지를 돌아보며 열심히 말했다.

"엄마가 널 자랑하려고 그랬지." 데이지는 아이의 작고 하얀 목덜미에 얼굴을 묻었다. "너는 내 희망이야. 내 순수한 작은 희망."

"응, 엄마." 아이는 조용히 말했다. "조던 아줌마도 흰 옷을 입었어."

"엄마 친구들이 마음에 드니?" 데이지는 개츠비를 볼 수 있게 아이를 돌려세웠다. "아저씨들이 멋진 것 같아?"

"아빠는 어딨어?"

"이 애는 아빠를 닮지 않았어요." 데이지가 변명하듯 말했다. "나를 빼닮았죠. 머리색도 나를 닮고 얼굴형도 나를 닮았어요."

데이지는 의자에 깊숙이 앉았다.

유모가 한 발 다가와서 아이에게 손을 내밀었다. "이제 가자, 패미."

"안녕, 우리 아기!"

잘 교육받은 아이는 마지못해 유모의 손을 잡고 뒤를 돌아보며 방을 나갔다. 바로 그때 톰이 얼음을 달가닥거리며 진 리키* 넉 잔을 들고 돌아왔다.

개츠비는 자기 잔을 집어 올렸다.

"아주 시원해 보이네요." 개츠비가 눈에 띄게 긴장한 얼굴로 말했다.

우리는 단숨에 꿀꺽꿀꺽 들이켰다.

"어디선가 읽었는데 태양이 매년 점점 뜨거워진다고 하더군요." 톰이 상냥하게 설명했다. "머지않아 지구가 태양 속으로 떨어져버린다는 것 같던데…. 아니 잠깐, 그 반대인가? 태양이 해마다 점점 차가워지는 건가…."

"밖으로 나갈까요?" 톰이 개츠비에게 제안했다. "집을 안내해드리죠."

나는 그들과 함께 베란다로 나갔다. 뜨거운 열기 속에 잔잔히 고여 있는 푸른 해협에서는 작은 돛단배 한 척이 시원한 바다를 향해 천천히 나아가고 있었다. 개

*진에 라임 주스와 소다수를 넣어 만든 칵테일.

츠비의 눈이 잠시 그것을 따라가다가 한 손을 들어 만 건너편을 가리켰다.

"바로 저 건너가 우리 집입니다."

"그렇군요."

우리는 눈을 들어서 장미 화단과 뜨거운 잔디밭, 삼복더위에 해안가를 따라 무성해진 잡초 더미 너머를 바라보았다. 하얀 돛이 푸른 하늘과 바다의 경계선을 향해 천천히 움직였다. 그 앞으로는 부채꼴 모양의 대양과 축복받은 섬들이 펼쳐져 있었다.

"재미있을 것 같네요." 톰이 고개를 끄덕이며 말했다. "저 바깥에서 한 시간 정도 저 친구랑 함께 타보고 싶군요."

우리는 응접실과 마찬가지로 햇빛을 가려놓은 어두운 식당에서 점심을 먹었고, 차가운 맥주와 함께 불안한 유쾌함을 단숨에 들이켰다.

"오늘 오후에 뭘 할까요?" 데이지가 큰 소리로 말했다. "그리고 내일은, 그리고 30년 후에는요?"

"우울해하지 말아요." 조던이 위로했다. "가을이 오고 날이 서늘해지면 다시금 새로운 삶이 시작될 테니까요."

"하지만 너무 덥잖아." 데이지는 금방이라도 울 것 같은 얼굴로 말했다. "게다가 모든 게 엉망이야. 우리 다 같이 시내로 나가요!"

데이지의 목소리는 뜨거운 열기와 싸우고 부딪쳐서 의미 없는 말에 형태를 부여하고 있었다.

"마구간을 차고로 만든다는 얘기는 들어봤을 테지요." 톰이 개츠비에게 말하고 있었다. "하지만 차고를 마구간으로 만든 사람은 내가 처음일 겁니다."

"누구 뉴욕에 가고 싶은 사람 없어요?" 데이지가 끈질기게 물었다. 개츠비의 시선이 데이지에게 향했다. "아, 당신은 아주 멋져요." 데이지가 큰 소리로 말했다.

두 사람의 시선이 마주쳤고, 그들은 둘만의 공간에서 서로를 응시했다. 그러다가 데이지가 간신히 식탁 아래로 시선을 떨궜다.

"당신은 언제나 아주 멋져요." 데이지가 같은 말을 되풀이했다.

데이지의 말이 개츠비를 사랑한다는 의미임을 톰도

알아차렸다. 톰은 큰 충격을 받은 것 같았다. 입을 다물지 못하고 개츠비를 바라보다가, 예전에 알던 사람을 지금 막 알아본 것처럼 데이지를 쳐다보았다.

"당신은 광고에 나오는 그 남자를 닮았어요." 데이지는 눈치 없이 계속 말했다. "있잖아요, 그 광고에 나오는 남자…."

"좋아." 톰이 재빨리 끼어들었다. "나는 뉴욕에 가는 거 찬성이야. 자, 다들 뉴욕에 가자고."

톰은 자리에서 일어섰지만 두 눈은 여전히 개츠비와 아내 사이에서 번득이고 있었다. 아무도 움직이지 않았다.

"어서 가자고!" 톰은 약간 짜증을 내고 있었다. "대체 왜들 이러는 거야? 뉴욕에 갈 거면 빨리 출발하자니까."

그는 자제하려고 애쓰며 떨리는 손으로 맥주잔을 들어 입으로 가져갔다. 데이지의 말 때문에 우리는 자리에서 일어나 뜨겁게 달아오른 자갈 깔린 차도로 나가야 했다.

"그냥 이대로 가자고요?" 데이지가 불만스럽게 말

했다. "이렇게요? 우선 담배라도 한 대씩 피우고 가야 하지 않겠어요?"

"다들 점심 먹는 내내 피웠잖아?"

"아, 좀 재밌게 보내요." 데이지가 간청하듯 말했다. "너무 더워서 말싸움하기도 지친단 말이에요."

톰은 대답하지 않았다.

"그럼 당신 마음대로 해요." 데이지가 포기한 듯 말했다. "가자, 조던."

여자들이 외출 준비를 하러 2층으로 올라간 사이 세 남자는 뜨거운 자갈을 발로 이리저리 굴리며 서 있었다. 서쪽 하늘에는 이미 은빛 달이 떠 있었다. 개츠비가 말을 꺼내려다가 입을 다물었다. 하지만 톰은 이미 그에게 몸을 돌려 기다리고 있었다.

"마구간이 이곳에 있나요?" 개츠비는 어쩔 수 없이 입을 열었다.

"길 아래쪽으로 4백 미터 떨어진 곳에 있어요."

"아."

잠시 침묵이 흘렀다.

"시내에는 왜 가자는 건지 모르겠군." 갑자기 톰이

거칠게 말했다. "여자들이란 생각한다는 게….."

"마실 걸 좀 가져갈까요?" 데이지가 위층 창문에서 소리쳤다.

"내가 위스키를 좀 가져올게." 톰은 대답하자마자 안으로 들어갔다.

개츠비가 굳은 얼굴로 나를 돌아보며 말했다. "저 사람 집에서는 어떤 말도 할 수가 없어요, 친구."

"데이지는 가벼워요." 내가 한마디 했다. "그 목소리에는…." 말을 잇지 못하고 머뭇거렸다.

"데이지의 목소리는 돈으로 채워져 있어요." 개츠비가 불쑥 말했다.

바로 그거였다. 내가 이제껏 깨닫지 못한 거였다. 높아졌다 낮아졌다 이어지는 목소리의 끝없는 매력은 바로 그것이었다. 심벌즈 소리처럼 쨍쨍거리는 울림은 돈의 소리였다. 저 높은 하얀 궁전에 살고 있는 공주, 황금처럼 빛나는 여인….

톰이 수건으로 감싼 1리터짜리 위스키 병을 들고 나왔다. 뒤이어 나온 데이지와 조던은 금속 같은 재질의 꼭 맞는 모자를 쓰고 팔에 가벼운 어깨 망토를 걸

치고 있었다.

"모두 제 차로 갈까요?" 개츠비가 제안했다. 그러고는 햇빛에 달궈진 초록색 가죽 시트를 만져보았다. "그늘에 세워두었어야 하는데."

"변속기어인가요?" 톰이 물었다.

"네."

"그럼 당신이 내 쿠페를 타고 가요. 나는 당신 차를 몰고 가죠."

개츠비는 그 제안이 마음에 들지 않는 것 같았다.

"기름이 충분하지 않을 텐데요." 개츠비는 반대 의사를 밝혔다.

"충분하네요." 톰이 연료계를 들여다보며 큰 소리로 말했다. "혹시라도 기름이 떨어지면 약국에 들르죠 뭐. 요즘 약국에서는 뭐든 살 수 있잖습니까?"

터무니없는 말에 모두 입을 다물었다. 데이지는 찌푸린 얼굴로 톰을 바라보았다. 내가 그 말을 들었을 때처럼 개츠비의 얼굴에도 설명하기 힘든 생소한 표정이 어렴풋이 지나갔다.

"이리 와, 데이지." 톰은 개츠비의 차 쪽으로 데이

지를 밀었다. "이 서커스 차에 태워줄게."

톰이 차문을 열자 데이지가 그의 팔을 빠져나왔다.

"당신은 닉 오빠하고 조던을 태우고 가요. 우리는 쿠페로 따라갈게요."

데이지는 개츠비에게 다가가서 그의 상의를 만지작거렸다. 조던과 톰, 나는 개츠비의 차 앞좌석에 올라탔다. 톰이 익숙지 않은 기어를 조심스럽게 넣자 우리는 숨이 막힐 듯한 열기 속으로 달려나갔고, 뒤에 남은 두 사람도 시야에서 이내 사라졌다.

"자네도 봤나?" 톰이 따지듯이 물었다.

"뭘 말인가?"

톰은 날카로운 눈으로 나를 쳐다보았다. 조던과 내가 처음부터 알고 있었다는 것을 눈치 챈 모양이었다.

"자네는 내가 바보라고 생각하지?" 톰이 물었다. "그럴지도 모르지. 하지만 나한테도 직감이라는 게 있어. 때때로 어떻게 해야 되는지를 알려주지. 믿지 않을 테지만 과학적으로도…." 톰은 잠시 말을 멈추었다. 눈앞에 닥친 예측하지 못한 사건이 그를 붙잡아 이론의 함정에서 끌어올렸다. "내가 저 개츠비라는

작자의 뒷조사를 좀 했어." 톰이 말을 계속했다. "이
럴 줄 알았으면 더 깊이 파보는 거였는데….."

"점쟁이라도 만났다는 건가요?" 조던이 장난스럽
게 물었다.

"뭐?" 톰은 어리둥절해하다 우리가 웃음을 터뜨리
자 사납게 노려보았다. "점쟁이라니?"

"개츠비 일로요."

"개츠비 일로? 아니, 나는 그런 데는 절대 가지 않
아. 내 말은 그 작자의 과거에 대해 뒷조사를 좀 해봤
다는 거야."

"그럼 그 사람이 옥스퍼드 출신이라는 걸 알아냈겠
군요." 조던이 거들며 덧붙였다.

"옥스퍼드라니!" 톰은 못 믿겠다는 듯이 말했다.
"말도 안 돼! 분홍색 정장이나 입는 작자가."

"하지만 그 사람은 옥스퍼드 출신이에요."

"뉴멕시코의 옥스퍼드인가 보지. 아니면 뭐 그 비
슷한 데거나." 톰은 경멸조로 콧방귀를 뀌었다.

"이봐요, 톰, 개츠비를 그렇게 무시하면서 왜 식사
에 초대한 거죠?" 조던이 짜증을 내며 물었다.

"데이지가 초대한 거야. 데이지는 분명히 결혼 전
부터 그 작자를 알고 있었어. 어디서 만났는지는 모르
겠지만!"

우리는 서서히 술이 깨면서 신경이 날카로운 상태
였기 때문에 한동안 말없이 차를 달렸다. 그러다가 길
아래편으로 T.J. 에클버그 박사의 빛바랜 눈동자가
보이기 시작했을 때, 개츠비가 기름 얘기를 한 것이
생각났다.

"뉴욕까지는 충분해." 톰이 장담했다.

"하지만 바로 저기 주유소가 있잖아요." 조던이 반
대하고 나섰다. "나는 이 찜통더위 속에서 오도 가도
못 한 채 서 있고 싶진 않다고요."

톰이 급하게 브레이크를 밟자 차는 먼지바람을 일
으키며 윌슨의 정비소 갑판 아래로 미끄러져 들어가
급정거를 했다. 잠시 후 주인이 나와 움푹 꺼진 눈으
로 차를 바라보았다.

"기름을 넣어줘!" 톰이 거칠게 소리쳤다. "뭣 때문
에 차를 세웠다고 생각하나? 경치라도 감상하려는 줄
아는 거야?"

"몸이 좋지 않아서 그래요." 윌슨은 꼼짝도 하지 않고 말했다. "종일 몸이 좋지 않아요."

"어디가 안 좋은데?"

"너무 지쳤어요."

"그럼 나더러 직접 넣으란 말이야?" 톰이 따지듯 물었다. "아까 전화했을 때는 그런대로 괜찮았던 것 같은데."

윌슨은 기대서 있던 그늘진 문간에서 간신히 나와 거친 숨을 몰아쉬며 기름 탱크의 마개를 열었다. 햇빛에서 보니 그의 얼굴이 핼쑥했다.

"점심식사를 방해할 생각은 없었어요." 윌슨이 자초지종을 설명했다. "하지만 돈이 좀 급히 필요해서요. 낡은 차를 언제쯤 처분할건지 궁금해서 전화한 거예요."

"이건 어떤가?" 톰이 물었다. "지난주에 샀는데."

"근사한 노란색 차네요." 윌슨이 주유 펌프 손잡이를 잡아당기며 말했다.

"사고 싶나?"

"사고야 싶죠." 윌슨은 희미하게 웃었다. "하지만

그 낡은 차라야 제가 돈을 좀 벌 수 있어요.”

“그런데 갑자기 뭣 때문에 돈이 필요한 거지?”

“여기서 너무 오래 살았어요. 이곳을 벗어나고 싶어요. 우리 부부는 서부로 갈 생각이에요.”

“자네 아내도 말인가?” 톰이 깜짝 놀란 듯 큰 소리로 물었다.

“마누라는 10년 동안 계속 그러자고 했어요.” 윌슨은 잠시 주유 펌프에 기대서 손으로 눈을 가렸다. “그런데 이제는 마누라가 원하든 원치 않든 상관없어요. 마누라를 데리고 떠날 거예요.”

쿠페가 흙먼지를 일으키고 우리 옆으로 휙 지나가면서 안에 탄 사람이 손을 흔드는 게 잠깐 보였다.

“얼마지?” 톰이 거칠게 물었다.

“이틀 전에 이상한 일을 알았어요.” 윌슨이 의미심장하게 말했다. “그래서 떠나려는 거예요. 차 문제로 성가시게 한 것도 그 때문이에요.”

“얼마냐고?”

“1달러 20센트예요.”

가차 없이 내리쬐는 열기에 나는 머리가 어지러웠

다. 그래서 윌슨의 의심이 톰을 향하지 않는다는 것을 깨달을 때까지 시간이 좀 걸렸다. 윌슨은 머틀이 또 다른 세상에서 자신과 별개의 생활을 즐긴다는 사실을 알고 그 충격 때문에 몸까지 아픈 것이었다. 나는 윌슨을 바라보고, 이어서 톰을 바라보았다. 톰도 한 시간쯤 전에 그와 비슷한 발견을 했다. 문득 사람들 사이에서 지성이나 인종의 차이는 아픈 사람과 건강한 사람의 차이에 비하면 크지 않다는 생각이 들었다. 윌슨은 너무나 아파서 죄지은 사람처럼 보였다. 가엾은 소녀를 임신시킨, 용서받을 수 없는 죄를 지은 것처럼.

"그 차를 팔도록 하지. 내일 오후에 넘겨주겠네."
톰이 마음을 정한 것 같았다.

이 부근은 환한 대낮에도 늘 불안한 느낌이 드는 곳이었다. 그때 등 뒤가 서늘한 느낌이 들어 고개를 돌렸다. 잿더미계곡 위로 T.J. 에클버그 박사의 커다란 눈동자가 집요하게 그들을 지켜보고 있었다. 그리고 잠시 후 6미터도 채 떨어지지 않은 곳에서 우리를 주시하는 또 다른 눈이 있다는 것을 알아차렸다.

정비소 위층 창문 중 하나의 커튼이 살짝 옆으로 젖혀졌고, 그 사이로 머틀 윌슨이 우리 차를 내려다보고 있었다. 너무나 열중해서 누군가 자신을 보고 있다는 것을 알아차리지도 못했다. 사진을 현상할 때 천천히 피사체가 나타나는 것처럼 그녀의 얼굴에서 온갖 감정이 스쳐지나갔다. 그런데 그녀의 얼굴에 떠오른 표정이 묘하게도 익숙했다. 여자들의 얼굴에서 자주 봐 온 표정인데, 머틀 윌슨의 그 표정은 설명할 수 없는 무의미한 것이었다. 그러나 질투와 공포로 휘둥그레진 그녀의 눈이 톰이 아니라 조던 베이커에게 못 박혀 있는 것을 보고 나서 깨달았다. 머틀은 조던을 톰의 아내로 착각한 것이었다.

단순한 마음이 혼란 상태에 빠지는 것만큼 당황스러운 일은 없다. 차를 몰고 떠날 때 톰은 호되게 채찍을 맞은 것처럼 공포를 느끼고 있었다. 한 시간 전까지만 해도 아무도 침범할 수 없는 확고한 관계였던 아내와 정부가 느닷없이 손아귀에서 빠져나간 것이었다. 톰은 본능적으로 데이지를 쫓아가는 한편 윌슨에게서 멀어지겠다는 두 가지 목적을 가지고 액셀러레이터를 밟았다. 아스토리아를 향해 시속 80킬로미터의 속도로 쫓아가자, 마침내 고가철도의 거미줄 같은 들보 속에서 한가로이 달리는 파란색 쿠페가 보이기 시작했다.

"15번가 주변에 있는 큰 영화관들이 시원해요." 조던이 말을 꺼냈다. "나는 모두가 떠나고 난 여름 오후의 뉴욕이 좋아요. 뭔가 아주 관능적인 데가 있거든요. 무르익어서 온갖 종류의 진기한 과일이 그냥 손안으로 떨어질 것 같다고나 할까요?"

'관능적'이라는 말이 톰을 더 불안하게 만들고 말았다. 그러나 톰이 반박하기도 전에 쿠페가 멈춰섰고 데이지가 우리에게 옆으로 세우라는 손짓을 했다.

"우리 어디로 가요?" 데이지가 소리쳤다.

"영화 보는 거 어때요?"

"이렇게 더운데?" 조던의 제안에 데이지가 불평했다. "당신들이나 가요. 우리는 드라이브나 할게요. 나중에 만나요." 그러고는 애써 재치 있게 덧붙였다. "우리 어느 모퉁이에서 만나요. 담배 두 개비를 한 번에 피우는 사람을 찾아요. 그게 나니까."

"여기서 이런 얘길 하고 있으면 어떡해." 뒤쪽에서 트럭이 경적을 울려대자 톰이 조급하게 말했다. "센트럴파크 남쪽 플라자 호텔로 갈 테니 따라와요."

가는 길에 톰은 몇 번이나 고개를 돌려 그들의 차를 확인했고, 다른 차에 막혀서 그들이 늦어지면 다시 보일 때까지 속도를 줄였다. 그들이 옆길로 빠져나가 자신의 삶에서 영원히 사라지지나 않을까 걱정하는 것 같았다.

하지만 개츠비와 데이지는 그런 일을 벌이지 않았다. 그 대신 우리는 플라자 호텔의 특실을 빌리는 설명할 수 없는 일을 벌였다.

우리가 떼 지어 그 방에 들어서고 나서야 질질 끌던 소란스러운 논쟁이 끝났지만 그것이 잘 기억나지는 않는다. 그러는 동안 내 속옷이 축축한 뱀처럼 다리에 휘감기고, 간간이 등줄기를 타고 땀방울이 서늘하게 흘러내리던 기억은 뚜렷이 남아 있지만 말이다. 처음에는 데이지가 욕실 다섯 개를 빌려서 차가운 목욕을 하자고 제안했지만, '민트 줄렙*'을 마실 수 있는 장소'라는 좀 더 현실적인 의견으로 바뀌었다. 우리는 모두 그건 '정신 나간 생각'이라고 계속 떠들었다. 당황한 호텔 직원에게 다섯 명이 한꺼번에 말을 걸고는 우리가 정말 웃긴다고 생각했다. 아니, 웃긴다고 생각하는 척 행동했다.

방은 넓었지만 숨이 막힐 듯 답답했다. 4시가 되었는데도 창문을 열자 공원의 관목숲에서 불어오는 한 줄기 뜨거운 바람밖에 들어오지 않았다.

데이지는 우리에게 등을 돌린 채 거울 앞에 서서 머리를 매만졌다.

"아주 멋진 스위트룸이네." 조던이 감탄하듯 속삭이자 모두 웃음을 터뜨렸다.

"다른 창문도 좀 열어봐." 데이지가 돌아보지도 않고 명령조로 말했다.

"열 창문이 없어요."

"그럼 전화해서 도끼라도 가져오라고 하든가."

"지금 우리가 해야 할 일은 더위를 잊는 거야." 톰

*버본 위스키에 부순 얼음, 설탕, 박하를 넣은 것.

이 참지 못하고 말했다. "그렇게 불평해대면 열 배는 더 덥다고."

톰이 수건에 싼 위스키 병을 풀어서 탁자에 놓았다.

"부인을 그냥 내버려두지 그래요, 친구?" 개츠비가 조언하듯 말했다. "뉴욕에 오자고 먼저 말 한건 당신이잖아요."

잠시 정적이 흐르는 중에 못에 걸려 있던 전화번호부가 바닥에 떨어졌다. 조던이 작은 소리로 "미안합니다."라고 말했지만 이번에는 아무도 웃지 않았다.

"내가 줍지요." 내가 나섰다.

"내가 집었어요." 개츠비는 끊어진 끈을 자세히 살펴보더니 재미있다는 듯이 "흠!" 하고 전화번호부를 의자 위에 던졌다.

"그게 당신이 사용하는 근사한 말투인가?" 톰이 날카롭게 물었다.

"뭐가 말입니까?"

"말끝마다 '친구'라고 붙이는 거 말이오. 그런 걸 어디서 주워들은 거요?"

"이봐요, 톰." 데이지가 거울 앞에서 돌아보며 경

고했다. "그렇게 인신공격적인 말이나 할 생각이라면 나는 당장 여기서 나갈래요. 민트 줄렙에 넣을 얼음을 가져오라고 전화나 해요."

톰이 수화기를 드는 순간 짓눌려 있던 열기가 폭발하듯 소리가 터져나왔다. 우리는 아래층 연회장에서 흘러나오는 멘델스존의 엄숙한 결혼행진곡에 귀를 기울였다.

"이런 더위에 결혼하는 사람이 다 있네!" 조던이 우울하게 말했다.

"하긴 나도 6월 중순에 결혼했어." 데이지가 생각난 듯 말했다. "그것도 6월의 루이빌에서! 그때 쓰러진 사람도 있었는데. 그게 누구였죠, 톰?"

"빌록시." 톰이 퉁명스럽게 대답했다.

"맞아, 빌록시. '블록스' 빌록시라고 불렀지. 상자를 만드는 사람이거든. 정말이야, 테네시주 빌록시 출신이었어."

"사람들이 그를 우리 집으로 데려갔어요." 조던이 이어서 설명했다. "우리 집이 교회에서 두 집 건너에 있었거든요. 그는 3주나 우리 집에 붙어 있었어요. 결국 아버지가 나가달라고 말했죠. 그가 떠난 다음 날 아버지가 돌아가셨어요." 그녀는 잠시 후 조용히 덧붙였다. "그가 나간 것과 아버지의 죽음은 아무런 관련도 없어요."

"나도 전에 멤피스 출신의 빌 빌록시라는 사람을 알았어요." 내가 말을 받았다.

"블록스 빌록시의 사촌이에요. 그가 떠나기 전까지 일가친척의 이력을 다 얘기해줬거든요. 내가 요즘 사용하는 골프채도 그가 준 거예요."

결혼식이 시작되었는지 음악이 잦아들었고, 창가에서 길게 이어지는 박수 소리가 흘러들어왔다. 뒤이어 "우와, 우와!" 하는 환호가 간헐적으로 이어지다가 마지막으로 댄스 파티가 시작되면서 재즈 음악이 터져나왔다.

"우리도 나이를 먹었나 봐요." 데이지가 쓸쓸하게 말했다. "우리가 젊었으면 일어나서 춤을 췄을 텐데 말이에요."

"빌록시를 잊지 말아요." 조던이 주의를 주었다. "그런데 톰은 그를 어디서 알았어요?"

"빌록시?" 톰은 정신을 집중하려고 애썼다. "나하고 아는 사이가 아니었어. 데이지의 친구였지."

"내 친구 아닌데." 데이지가 부인했다. "그날 처음 본 사람이에요. 그는 당신 차에서 내렸어요."

"그는 당신을 안다고 했어. 루이빌에서 자랐다고 했는걸. 에이서 버드가 막판에 그를 데리고 와서 남는 자리가 있는지 물었어."

조던이 웃었다. "십중팔구 남의 차를 얻어타고 고향에 돌아가는 길이었을 거예요. 나한테는 예일대학 시절에 당신 학년의 회장이었다고 했어요."

톰과 나는 서로를 멍하니 쳐다보았다.

"빌록시가?"

"우선 우리는 회장이라는 게 없었어."

개츠비의 발이 짧고 불안하게 바닥을 탁탁 두드리자 톰의 시선이 갑자기 그를 향했다.

"그런데 개츠비 씨, 듣자 하니 당신이 옥스퍼드 출신이라면서요?"

"꼭 그렇지는 않습니다."

"아, 나는 당신이 옥스퍼드에 다닌 걸로 아는데."

"네… 그곳에 다니긴 했지요."

잠시 정적이 흘렀다.

톰이 못 믿겠다는 듯 모욕적인 어투로 말했다. "당신이 그곳에 다닌 건 빌록시가 뉴헤이븐의 대학에 다니던 시절이겠군."

다시 정적이 흘렀다. 웨이터가 문을 두드리고 잘게 부순 얼음과 박하 잎을 가지고 들어왔다가 "감사합니다"라고 말한 뒤 조용히 나갔는데도 방 안의 정적은 깨지지 않았다. 마침내 거대한 진실이 밝혀지려는 순간이었다.

"옥스퍼드 다녔다고 말씀드렸죠." 개츠비가 입을 열었다.

"그건 이미 들었고, 나는 언제 다녔는지 알고 싶다는 말이오."

"1919년인데 다섯 달밖에 머물지 않았어요. 그래서 옥스퍼드 출신이라고 말할 수 없다는 겁니다."

톰은 자기와 같은 불신을 보이는지 확인하려는 듯 우리 쪽으로 시선을 돌렸다. 하지만 우리는 모두 개츠비를 바라보고 있었다.

"전쟁 후 정부에서 몇몇 장교에게 그런 기회를 주었죠." 개츠비는 계속해서 말했다. "우리는 영국이나 프랑스에서 어떤 대학이든 갈 수 있었어요."

나는 일어나서 그의 등이라도 두드려주고 싶은 심정이었다. 전에도 경험했듯이 그에 대한 신뢰가 되살아났다.

데이지는 희미하게 미소 지으며 일어나서 테이블로 걸어갔다.

"위스키 좀 따줘요, 톰." 데이지가 명령조로 말했다. "내가 민트 줄렙을 만들어줄게요. 그러면 당신 자신이 바보처럼 느껴지지 않을 거예요…. 이 민트를 좀 봐요!"

"잠깐만." 톰이 데이지의 말을 끊었다. "개츠비 씨에게 한 가지 더 물어보고 싶군요."

"말씀하시죠." 개츠비가 정중하게 받아주었다.

"대체 우리 집안에 무슨 분란을 일으키려는 거요?"

마침내 두 사람이 드러내놓고 맞서자 개츠비는 오히려 만족스러운 것 같았다.

"그 사람이 분란을 일으키는 게 아니에요." 데이지

는 어쩔 줄 몰라 하며 두 사람을 번갈아 쳐다보았다.

"분란을 일으키는 건 당신이에요. 제발 자제심을 좀 가져요."

"자제심을 가지라고!" 톰은 믿을 수 없다는 듯이 할 말을 했다. "근본도 모르는 인간이 자기 아내를 유혹하게 내버려두고 수수방관하는 게 최신 유행인가? 뭐 그렇다면 원하는 대로 해주지. 요즘 사람들은 가정생활과 가족제도를 비웃는데, 모든 걸 내팽개치고 흑백 간에 결혼이라도 할 셈인가?"

톰은 열이 잔뜩 올라서 횡설수설했다. 자신이 인간 문명의 마지막 보루에 홀로 서 있다고 생각하는 모양이었다.

"우리는 모두 백인인데." 조던이 중얼거렸다.

"내가 별로 인기가 없다는 건 알아. 성대한 파티도 열지 않고. 그런데 요즘 세상에서는 친구를 사귀려면 집을 돼지우리처럼 만들어야 하나 보지."

나도 다른 사람들처럼 화가 났지만 톰이 입을 열 때마다 왠지 웃음이 터져나오려고 했다. 난봉꾼이 갑자기 학자처럼 구는 게 볼만했기 때문이다.

“당신한테 말할 게 있습니다, 친구.” 개츠비가 입을 열었다.

하지만 데이지는 그가 무슨 말을 할지 짐작하고 있었다. “부탁이에요, 그만둬요!” 난감한 표정으로 가로막고 나섰다. “부탁이니 모두 집으로 돌아가요. 다들 집으로 가는 게 어때요?”

“좋은 생각이야.” 내가 동의하며 일어섰다. “그만 가지, 톰. 이제 아무도 한잔하고 싶어 하지 않는데.”

“개츠비 씨가 내게 하려는 말이 무엇인지 알고 싶군요.”

“당신 아내는 당신을 사랑하지 않아요.” 개츠비가 단호하게 말했다. “당신을 사랑한 적도 없어요. 그녀는 나를 사랑합니다.”

“당신, 제정신이 아니군!” 톰이 반사적으로 소리치며 맞섰다.

개츠비도 흥분하여 자리에서 벌떡 일어섰다. “당신 아내는 당신을 사랑한 적이 없어요, 알겠어요?” 목소리를 높이며 말을 이었다. “당신하고 결혼한 건 오로지 내가 가난하고 나를 기다리는 데 지쳤기 때문이죠.

지독한 실수였지만 데이지는 나 말고 그 누구도 사랑하지 않았어요!"

이쯤에서 조던과 나는 자리를 뜨려고 했지만, 톰과 개츠비가 경쟁적으로 우리가 함께 있어야 한다고 고집을 부렸다. 둘 다 아무것도 숨길 게 없으며 자신들의 감정을 함께 나누는 것이 특권이라도 된다는 듯 행동했다.

"앉아 있어, 데이지." 톰은 아버지 같은 목소리로 말하려고 했지만 잘되지 않았다. "무슨 일이 있었던 거야? 다 얘기해보라고."

"무슨 일이 있었는지 내가 다 말했잖습니까?" 개츠비가 나섰다. "5년 동안 계속된 일이에요…. 당신은 모르고 있었겠지만."

톰은 날카로운 눈으로 데이지를 돌아보았다. "이 작자를 5년 동안이나 만나고 있었어?"

"만나지는 않았습니다." 개츠비가 설명했다. "아니, 우리는 만날 수 없었어요. 하지만 우리는 언제나 서로를 사랑했어요, 친구. 당신은 모르고 있었겠지만. 그래서 때때로 혼자 웃기도 했습니다." 그의 눈에 웃음기라곤 없었다. "당신이 전혀 모른다는 생각을 하니 말입니다."

"아, 그게 전부요?" 톰은 성직자처럼 굵은 손가락을 모아서 톡톡 두드리다가 의자에 몸을 기댔다. "당신은 미쳤어!" 마침내 톰이 폭발하고 말았다. "5년 전에 있었던 일이라면 나는 할 말이 없어. 내가 데이지를 알기 전이니까. 그런데 당신 같은 작자가 어떻게 데이지 가까이 갈 수 있었는지 모르겠군. 뒷문으로 식료품 배달이라도 하지 않았다면 말이지. 어쨌든 나머지는 다 말도 안 되는 거짓말이야. 데이지는 날 사랑해서 결혼했고, 지금도 나를 사랑해."

"아닙니다." 개츠비는 고개를 가로저으며 단호하게 부정했다.

"데이지는 나를 사랑해. 이따금 어리석은 생각을 하거나 자기가 무슨 짓을 하는지도 모르는 경우가 있어서 탈이지만." 톰은 점잖게 고개를 끄덕였다 "게다가 나도 데이지를 사랑해. 가끔 흥청망청 마시고 바보 같은 짓을 할 때도 있지만, 언제나 제자리로 돌아왔고 항상 데이지를 사랑해."

"구역질이 나는군요." 데이지는 나를 돌아보았고, 뒤이어 섬뜩한 경멸이 담긴 한층 낮아진 목소리가 방 안을 가득 채웠다. "우리가 왜 시카고를 떠났는지 알아요? 흥청망청 마시고 벌인 그 바보 같은 짓거리들에 대해 오빠가 듣지 못한 게 놀랍네요."

개츠비는 데이지에게 걸어가서 그녀 옆에 섰다.

"데이지, 이제 다 끝났어요." 개츠비가 진지하게 말했다. "그런 건 이제 더 이상 중요하지 않아요. 그냥 사실대로 말해요. 저 사람을 한 번도 사랑한 적이 없다고요. 그리고 영원히 지워버려요."

데이지는 멍하니 그를 바라보았다. "그야… 내가 어떻게 저 사람을 사랑할 수 있겠어요?"

"당신은 저 사람을 한 번도 사랑한 적이 없어요."

데이지는 머뭇거렸다. 그녀의 두 눈이 애원하는 듯한 시선으로 조던과 나를 쳐다보았다. 자기가 무슨 일을 하고 있는지 이제야 깨달았다는 눈빛이었다. 처음부터 이렇게 할 생각은 없었다는 걸 보여주는 것 같았다. 하지만 이미 엎질러진 물이었다. 너무 늦었다.

"나는 저 사람을 사랑한 적이 없어요." 데이지는

눈에 띄게 머뭇거리며 말했다.

"카피올라니*에서도?" 갑자기 톰이 물었다.

"그래요."

아래층 댄스홀에서 소리를 죽인 듯한 답답한 멜로디가 뜨거운 열기를 타고 올라왔다.

"펀치볼**에서 당신 신발이 젖지 않도록 내가 당신을 안고 내려왔던 그날도?" 약간 쉰 듯한 톰의 목소리에 다정함이 배어 있었다. "데이지?"

"제발 그만해요." 목소리는 싸늘했지만 이미 응어리진 마음은 사라지고 없었다. 데이지는 개츠비를 바라보았다. "이봐요, 제이." 그녀는 손을 떨며 담배에 불을 붙였다. 그러고는 갑자기 담배와 불이 붙은 성냥을 카펫에 던졌다. "아, 당신은 너무 많은 걸 원하네요!" 이번에는 개츠비에게 소리쳤다. "지금 나는 당신을 사랑해요. 그거면 충분하지 않나요? 과거는 어쩔 수 없잖아요." 그러고는 힘없이 흐느끼기 시작했다. "저 사람을 사랑한 적도 있어요. 하지만 당신도

* 하와이 오하우섬에 있는 공원.
** 오하우섬 정상부.

사랑했어요."

개츠비는 눈을 감았다가 떴다.

"나도 사랑했다고요?" 개츠비가 되물었다.

"그것도 거짓말이야." 톰이 사납게 말했다. "데이지는 당신이 살아 있는 줄도 몰랐어. 어쨌든… 데이지와 나 사이에는 당신이 절대 알 수 없는 일들이 있어. 우리 둘 다 영원히 잊을 수 없는 일들이."

그 말이 개츠비의 마음을 상하게 한 것 같았다.

"데이지와 단 둘이 이야기하고 싶군요." 개츠비가 고집스럽게 말했다. "데이지는 지금 너무 흥분한 상태라…."

"단 둘이 있어도 톰을 사랑한 적이 없다고는 말할 수 없어요." 데이지는 처량한 목소리로 인정했다. "그건 사실이 아니니까요."

"당연히 사실이 아니지." 톰이 맞장구를 쳤다.

데이지는 남편을 돌아보았다. "그게 중요한가요?"

"물론 아주 중요하지. 앞으로는 당신을 좀 더 잘 돌봐줄 거야."

"이해를 못 하는군요." 개츠비가 당황한 기색으로

말했다. "당신은 이제 더 이상 데이지를 돌봐줄 필요가 없어요."

"돌봐줄 필요가 없다고?" 톰은 눈을 크게 뜨고 껄껄 웃었다. 이제 자신을 자제할 여유가 생긴 모양이었다. "어째서?"

"데이지는 당신을 떠날 겁니다."

"말도 안 되는 소리."

"하지만 사실이에요." 데이지는 눈에 띄게 애를 쓰며 말했다.

"데이지는 나를 떠나지 않아!" 갑자기 톰이 윽박지르며 말했다. "여자 손가락에 끼워줄 반지 하나도 훔쳐야 하는 상스러운 사기꾼 때문에 떠난다는 건 말도 안 되지."

"더 이상 참을 수가 없네요!" 데이지가 소리쳤다. "아, 제발 여기서 나가요."

"대체 당신 뭐야?" 톰이 폭발했다. "당신, 마이어 울프심과 어울려 다니는 패거리지. 그 정도는 나도 알아. 당신 사업에 대해서도 좀 알아봤어. 내일 더 깊이 알아볼 생각이야."

“좋을 대로 해요, 친구.” 개츠비는 침착하게 대답했다.

“나는 당신이 갖고 있다는 그 ‘약국*’이 어떤 건지도 알아냈어.” 톰은 우리 쪽을 돌아보고 빠르게 말하기 시작했다. “이 작자와 울프심이라는 인간이 이곳과 시카고 골목에 있는 약국들을 매점해서 처방전 없이 에틸알코올을 팔고 있다네. 그게 저 작자가 벌이는 위험한 짓거리 중 하나야. 처음에 저 작자를 봤을 때 내가 밀주업자라고 했잖나? 그게 크게 틀린 말이 아니었어.”

“그게 어떻다는 겁니까?” 개츠비는 정중하게 말했다. “당신 친구인 월터 체이스는 자존심이 없어서 그 사업에 참여했나 보군요.”

“그런데 당신은 곤경에 빠진 월터를 모른 체했지. 그 친구를 뉴저지의 감옥에서 한 달 동안이나 썩게 내버려두었어. 아, 월터가 당신에 대해 한 말을 들었어야 하는데.”

<hr>

*금주법 시기에 약국drug-store에서는 처방전에 따라 위스키를 파는 것이 허용되었다. 주류 밀매업자들은 이것을 악용했다.

"그 사람이 우리한테 왔을 때는 완전 무일푼인 상태였죠. 그러다가 돈을 좀 만지게 되니까 얼마나 좋아했는지 압니까, 친구?"

"나를 '친구'라고 부르지 마!" 톰이 소리쳤다. 개츠비는 아무 말도 하지 않았다. "월터는 도박금지법으로 당신을 고소할 수도 있었어. 하지만 울프심이 협박하는 바람에 입을 다물 수밖에 없었던 거야."

익숙하진 않지만 그래도 속내를 알아차릴 수 있는 듯한 표정이 개츠비의 얼굴에 다시 나타났다.

"그런데 그 약국 사업이란 건 푼돈 벌이에 지나지 않는단 말이지." 톰이 천천히 이어 말했다. "당신은 지금 월터가 내게 말하기 두려워하는 어떤 일을 하고 있어."

나는 데이지를 힐끗 보았다. 데이지는 겁에 질려 개츠비와 남편을 번갈아 쳐다보고 있었다. 조던을 보니 턱 끝에 눈에 보이지는 않지만 흥미진진한 뭔가를 올려놓고 균형을 잡으려 애쓰는 것 같았다. 나는 다시 개츠비 쪽으로 시선을 돌렸다가 그의 표정을 보고 깜짝 놀랐다. 그동안 사람들이 그의 정원에서 지껄이는

험담을 전부 무시했지만, 지금 그의 표정은 '살인'을
한 사람이었다. 한순간 그의 얼굴에 떠오른 표정은 그
렇게밖에 표현할 수 없었다.

그 표정이 사라지고 나자 개츠비는 흥분한 어조로
데이지에게 모든 것을 부인하며, 아직 입에 올리지 않
은 비난에 대해서도 변명을 늘어놓기 시작했다. 하지
만 그럴수록 데이지는 점점 더 움츠러들었고, 결국 개
츠비도 단념할 수밖에 없었다. 오후가 그렇게 지나가
는 동안 죽어버린 꿈만이 더 이상 손에 닿지 않는 것
을 잡으려고 절망을 견디며 방을 가로지르는 목소리
를 향해 발버둥치고 있었다.

그 목소리는 다시 애원하기 시작했다. "부탁이에
요, 톰! 나는 더 이상 참을 수가 없어요."

데이지의 겁에 질린 두 눈은 그녀가 품은 것이 의지
였든 용기였든 이제는 완전히 사라졌다는 걸 보여주
었다.

"당신 둘이 먼저 출발해, 데이지." 톰이 무겁게 입
을 열었다. "개츠비 씨 차로."

데이지가 그를 바라보았지만, 톰은 경멸감이 담긴

얼굴로 아량을 베푼다는 듯이 계속 우겼다. "가라고, 가. 이제 저 작자가 당신을 성가시게 하지 않을 거야. 주제넘은 연애도 끝났다는 것을 알 테니까."

그들은 유령처럼 말없이 서둘러 방을 나갔고, 우리의 연민에서도 멀어졌다.

잠시 후 톰은 일어서서 아직 따지 않은 위스키 병을 다시 수건으로 감싸다가 물었다. "좀 마시겠어, 조던? 마시겠나, 닉?"

나는 대답하지 않았다.

"닉, 자네는?" 톰이 다시 물었다.

"뭐라고?"

"좀 마시겠냐고?"

"아니… 방금 오늘이 내 생일이라는 사실이 생각났네."

나는 서른 살이 되었다. 내 앞에는 새로운 10년이라는 불길하고 위험한 길이 뻗어 있었다.

우리가 톰과 함께 쿠페를 타고 롱아일랜드를 향해 출발한 게 7시쯤이었다. 톰은 의기양양해서 쉴 새 없이 웃고 떠들었다. 하지만 조던과 내게는 그의 목소리가 보도에서 낯선 사람들이 왁자지껄 떠드는 소리나 머리 위 고가철도에서 나는 소리처럼 아주 먼 곳에서 들리는 느낌이었다. 인간의 동정심에는 한계가 있는 법이다. 우리는 그들의 비극적인 논쟁이 뒤편으로 멀어져가는 도시의 가로등 불빛처럼 사라지게 내버려두었다. 서른 살. 고독한 10년이 약속된 나이다. 독신인 남자가 알아야 하는 목록이 줄어들고, 열정이 담긴 서류 가방도 얇아지고, 머리숱도 적어질 것이다. 하지만 내 옆에는 조던이 있었다. 그녀는 데이지와 달리 현명해서 다 잊어진 꿈을 계속 끌어안고 있을 것 같지는 않았다. 어두운 다리 위를 지나갈 때, 조던의 창백한 얼굴이 내 어깨에 천천히 기대왔다. 안심하라는 듯 꼭 잡아주는 그녀의 손길에 서른 살에서 느껴지는 무거운 충격이 서서히 사라졌다.

이렇게 우리는 서늘한 황혼 속에서 죽음을 향해 달려갔다.

잿더미계곡 옆에서 커피 가게를 운영하는 그리스인 청년 미카엘리스는 검시 배심에서 중요한 목격자였다. 미카엘리스는 한창 더울 때부터 5시가 넘도록 낮잠을 자고 일어났다. 그러고는 어슬렁거리며 정비소로 갔다가 조지 윌슨이 사무실에서 앓는 걸 발견했다. 그는 자신의 연한 머리칼만큼이나 창백한 얼굴로 온몸을 부들부들 떨고 있었다. 미카엘리스는 윌슨에게 들어가서 쉬라고 권했지만, 윌슨은 그렇게 하면 손님을 놓친다며 말을 들으려 하지 않았다. 윌슨을 설득하려고 애쓰는데 위층에서 시끄러운 소리가 들려왔다.

"내가 마누라를 위층에 가둬놨어." 윌슨이 조용히 설명했다. "모레까지 그곳에 가둬놓았다가 함께 떠날 거야."

미카엘리스는 깜짝 놀랐다. 4년 동안이나 이웃해 살았지만 윌슨이 그런 말을 할 수 있는 위인으로는 보이지 않았기 때문이다. 윌슨은 언제나 지쳐 보이는 남자였다. 일하지 않을 때면 문 앞에 내놓은 의자에 앉아서 정비소 앞을 지나가는 사람들이나 차들을 빤히 쳐다보았다. 그러다 누군가 말을 걸면 맥없이 상냥하게 웃곤 했다. 게다가 윌슨은 아내에게 쥐여사는 남자였다.

당연히 미카엘리스는 무슨 일이 있었는지 알아보려고 했지만 윌슨은 한 마디도 하려고 하지 않았다. 그 대신 미카엘리스에게 기묘한 의심의 시선을 던지더니, 어느 날 어느 시간에 무엇을 했는지 꼬치꼬치 캐묻기 시작했다. 윌슨의 태도에 미카엘리스는 마음이 불편해졌는데, 때마침 일꾼 몇이 그 앞을 지나서 그의 가게 쪽으로 가는 게 보였다. 미카엘리스는 그 기회를 이용해 나중에 다시 와볼 생각으로 일단 자리를 피했다. 하지만 다시 가보지는 않았다. 다른 이유가 있었던 건 아니고 그저 잊어버린 것뿐이었다. 7시가 조금 넘어서 다시 밖으로 나왔을 때, 미카엘리스는 정비소 아래층에서 윌슨 부인이 고래고래 욕을 퍼붓는 소리를 들었고, 그때 윌슨과 나눈 대화가 떠올랐다.

"때려봐!" 미카엘리스는 윌슨 부인이 울부짖는 소리를 들었다. "어디 날 때려눕혀봐, 이 더럽고 비열한 자식아!"

잠시 후 윌슨 부인이 양손을 흔들고 소리를 지르며 땅거미가 깔린 가게 밖으로 뛰쳐나왔다. 그리고 미카엘리스가 자기 가게 앞에서 걸음을 옮기기도 전에 사건은 끝나버렸다.

신문에서 떠드는 대로 그 '죽음의 자동차'는 멈춰서지 않았다. 자동차는 땅거미가 내려앉은 어둠 속에서 튀어나와 한순간 비극적으로 흔들리다가 바로 다음 커브를 돌아 사라져버렸다. 미카엘리스는 자동차의 색깔조차 정확히 보지 못했다. 맨 처음 도착한 경찰에게 그 차가 연한 초록색이었다고 말했다. 뉴욕 방향으로 가던 다른 자동차는 90미터 정도를 지나서야 정지했고, 차를 돌려서 서둘러 되돌아왔다. 하지만 머틀 윌슨은 무참하게 숨이 끊긴 채 길에 쓰러졌고, 그녀 주위에는 검붉은 피와 흙먼지가 뒤범벅이 되어 있었다.

미카엘리스와 그 차의 운전자가 가장 먼저 그녀에게 달려간 사람들이었다. 그들이 머틀 윌슨의 땀에 젖은 블라우스를 찢어 열자 그녀의 왼쪽 젖가슴이 축 늘어져 덜렁거리는 것이 보였다. 그 아래 심장이 뛰고 있는지 확인해볼 필요조차 없었다. 크게 벌어진 입은 오랫동안 간직해온 엄청난 생명력을 토해내기엔 조금 작았는지 양쪽 입꼬리가 살짝 찢어져 있었다.

우리가 사고 현장에서 좀 떨어진 곳에 다다랐을 때 자동차 서너 대와 사람들이 모여 있는 게 보였다.

"사고가 났나 보군!" 톰이 넘겨짚었다. "잘됐네. 드디어 윌슨에게 일거리가 좀 생기겠어."

톰은 차의 속도를 늦췄지만 완전히 멈출 생각은 없었다. 사고 현장에 더 가까이 다가갔을 때, 정비소 앞에서 숨죽이고 지켜보는 사람들이 보이자 무의식적으로 브레이크를 밟았다.

"한번 보고 가지." 톰이 미심쩍은 표정으로 말했다. "그냥 한번 보자고."

정비소 안에서는 힘없이 울부짖는 소리가 계속 들려왔다. 우리가 쿠페에서 내려 정비소 쪽으로 다가가자 그 소리는 헐떡거리며 "오, 하나님!"을 되풀이하는 탄식으로 바뀌었다.

"여기서 큰 사고가 났나 본데." 톰이 흥분해서 말했다.

톰은 발끝으로 서서 빙 둘러 모여 있는 사람들 머리 너머로 정비소 안을 들여다보았다. 머리 위에 매달린 철제 갓 속에서 노란 전등 하나만이 불을 밝히고 있었다. 그 순간 톰이 이상한 쉿소리를 내며 건장한 팔로 사람들을 난폭하게 밀치고 정비소 안으로 들어갔다.

톰에게 밀려났던 사람들이 밀지 말라고 계속 투덜 거리며 다시 모여들었다. 잠시 동안 나는 아무것도 볼 수 없었다. 나중에 온 구경꾼들이 대열을 흐트러뜨린 바람에 조던과 나는 갑자기 안으로 밀려들어갔다.

그 무더운 밤에 추위에 떨기라도 한 듯 머틀 윌슨의 시신은 담요로 싸고 그 위에 또 담요를 덮어서 벽에 붙은 작업대 위에 놓여 있었다. 톰은 우리에게 등을 돌리고 시신 위로 몸을 굽힌 채 꼼짝도 하지 않았다. 그 옆에서는 오토바이를 타고 온 경찰관이 땀을 뻘뻘 흘리면서 이름의 틀린 철자를 고쳐가며 작은 수첩에 받아적고 있었다.

처음에는 휑뎅그렁한 정비소 안에서 울리는 고통스 러운 신음 소리가 어디서 나오는 건지 알지 못했다. 그러다 윌슨이 사무실 문지방에 서서 양손으로 문기 둥을 붙잡고 몸을 앞뒤로 흔드는 것이 보였다. 어떤 남자가 윌슨에게 나지막하게 이야기하고 때때로 그의 어깨를 짚으려고 했지만, 윌슨은 무엇 하나 들리지도 보이지도 않는 것 같았다. 그의 시선은 흔들리는 전등에서 시신을 놓아둔 작업대로 떨어졌다가 다시 전등으로 급히 돌아갔다. 그러면서 끔찍하게 날카로운 소리로 계속해서 외치고 있었다.

"오, 하나님! 오, 하나님! 오, 하나님!"

잠시 후 톰은 고개를 홱 쳐들고 흐리멍덩한 눈으로 정비소 안을 두리번거리다가 경찰에게 두서없는 말을 웅얼거렸다.

"M, a, v⋯." 경찰이 중얼거렸다. "⋯o⋯."

"아니, r⋯." 남자가 바로잡았다. "M, a, v, r, o."

"내 말 좀 들어봐요!" 톰이 사납게 말했다.

"r⋯." 경찰이 확인했다. "⋯o⋯."

"g⋯."

"g⋯." 톰의 넓적한 손이 어깨를 치자 경찰이 얼굴을 들고 쳐다보았다. "뭡니까?"

"어떻게 된 겁니까? 내가 알고 싶은 게 그겁니다."

"여자가 차에 치었는데 그 자리에서 즉사했어요."

"즉사했다고요?" 톰이 노려보며 되물었다.

"저 여자가 도로로 뛰어들었어요. 그 빌어먹을 운

전자는 차를 세우지도 않았고요.”

“차가 두 대였어요.” 미카엘리스가 증언했다. “한 대는 오고 있었고, 다른 한 대는 가고 있었어요, 아시겠어요?”

“차 두 대가 어디로 가고 있었습니까?” 경찰이 빈틈없이 물었다.

“각자 자기 방향으로 가고 있었어요. 그런데 윌슨 부인이….” 미카엘리스는 담요에 싸인 시신 쪽을 향해 손을 반쯤 들어 올렸다가 도중에 다시 내렸다. “윌슨 부인이 달려나왔고, 뉴욕에서 오던 차가 윌슨 부인을 그대로 들이받았어요. 시속 50~60킬로미터로 달려왔어요.”

“이 동네 이름이 뭡니까?” 경찰이 물었다.

“이름 같은 건 없는데요.”

그때 잘 차려입은 흑인이 창백한 얼굴을 하고 가까이 다가왔다.

“노란색 차였어요.” 흑인 남자가 말했다. “커다란 노란색 차인데 새 차였어요.”

“사고를 목격했습니까?” 경찰이 물었다.

"아뇨, 직접 보지는 못했지만 그 차가 나를 추월해서 시속 80킬로미터 이상으로 달려갔어요. 시속 80~90킬로미터였죠."

"이쪽으로 와서 이름을 말해주세요. 좀 비켜주세요. 저 사람 이름을 적어야 합니다."

사무실 문간에서 몸을 흔들고 있던 윌슨도 이 대화를 들은 게 분명했다. 울부짖던 그에게서 새로운 소리가 튀어나왔다.

"어떤 차인지 말할 필요 없어! 어떤 차인지 나는 다 알고 있어!"

나는 톰을 지켜보고 있었는데 어깨의 근육 덩어리가 긴장으로 팽팽해지는 것이 보였다. 톰은 재빨리 윌슨 앞으로 가서 그의 양팔을 꽉 움켜잡았다.

"정신 차려야 하네." 톰은 무뚝뚝한 목소리로 달래듯이 말했다.

윌슨의 시선이 톰에게 쏠렸다. 다음 순간 윌슨은 놀라서 펄쩍 뛰었고, 톰이 붙잡아주지 않았다면 무릎을 꿇고 주저앉을 뻔했다.

"잘 들어보게." 톰이 그의 몸을 흔들면서 말했다.

"나는 방금 전에 뉴욕에서 오는 길이야. 우리가 얘기한 그 쿠페를 가져다주려고 왔단 말이야. 내가 오늘 오후에 운전한 그 노란색 차는 내 차가 아니었어. 듣고 있나? 오후 내내 나는 그 차를 보지 못했다고."

두 사람이 하는 말을 똑똑히 들을 정도로 가까이 있었던 사람은 흑인 남자와 나뿐이지만, 경찰은 그의 말투에서 뭔가를 느꼈는지 날카로운 눈초리로 그들을 살펴보았다.

"그게 다 무슨 소립니까?" 경찰이 물었다.

"난 이 사람 친구입니다." 톰은 고개를 돌리고 말하면서도 두 손으로 윌슨의 몸을 꽉 잡고 있었다. "이 사람 말이 사고 낸 차를 안다고 하네요. 그게 노란색 차였답니다."

어렴풋한 실마리를 찾았는지 경찰은 의심스러운 눈으로 톰을 쳐다보았다.

"그런데 당신 차는 무슨 색입니까?"

"파란색입니다. 쿠페죠."

"우리는 뉴욕에서 바로 오는 길입니다." 내가 끼어들었다.

우리 조금 뒤에서 따라오던 다른 운전자가 우리 진술을 확인해주자 경찰은 고개를 돌렸다.

"자, 이름을 다시 한번 말해주세요. 정확하게."

톰은 마치 인형처럼 윌슨을 들어 올려서 사무실 안으로 데려가 의자에 앉혀놓고 돌아왔다.

"누가 여기 와서 이 사람과 같이 앉아 있어주시오." 톰이 명령조로 말했다. 그리고 가장 가까이에 서 있던 남자 둘이 서로 눈길을 주고받다가 마지못해 사무실 안으로 들어가는 것을 지켜보았다. 그런 다음 문을 닫고 시신을 올려놓은 작업대를 외면하면서 한 단짜리 계단을 내려왔다. 내 옆으로 가까이 지나가며 작은 소리로 속삭였다. "나가세."

톰은 남의 눈을 의식하면서도 위압적인 두 팔로 길을 텄고, 우리는 여전히 모여 있는 사람들 사이를 뚫고 나갔다. 혹시나 하는 희망에서 30분 전에 부른 의사가 손에 왕진 가방을 들고 허둥지둥 우리 옆을 스쳐 지나갔다.

톰은 커브길을 돌 때까지 천천히 차를 몰다가 커브를 돌아서자마자 가속페달을 밟았고, 쿠페는 어둠 속에서 질주하기 시작했다. 이윽고 쉰 소리로 낮게 흐느끼는 소리가 들리더니 톰의 얼굴에서 흘러내리는 눈물이 보였다.

"겁쟁이 자식!" 톰이 울먹이며 말했다. "그 자식은 차를 세우지도 않았어."

어느새 어둠 속에서 살랑거리는 나무들 사이로 톰의 집이 나타났다. 톰은 현관 옆에 차를 세우고 2층을 올려다보았다. 담쟁이덩굴 사이로 창문 두 개에 불이 환하게 켜져 있었다.

"데이지가 집에 돌아왔군." 우리가 차에서 내리자 톰이 나를 흘끗 보더니 얼굴을 살짝 찌푸렸다. "웨스트에그에서 자네를 내려줄 걸 그랬군, 닉. 오늘 밤에는 우리가 할 수 있는 일이 없을 테니 말일세." 톰은 아까와 달리 엄숙하고 단호한 말투였다. 달빛을 받으며 자갈 깔린 길을 가로질러 현관까지 가는 동안 톰은 몇 마디 말로 이 상황을 빠르게 처리했다. "전화를 걸어서 자네가 타고 갈 택시를 불러주지. 기다리는 동안 자네와 조던은 주방에 가서 저녁이라도 준비해달라고

하게. 먹을 생각이 있으면 말일세." 톰은 현관문을 열었다. "들어오게."

"아니, 괜찮네. 택시만 불러주면 고맙겠군. 나는 밖에서 기다리지."

조던이 내 팔을 잡았다. "들어가지 않을래요, 닉?"

"아니, 괜찮아요." 기분이 별로 좋지 않아서 혼자 있고 싶었다.

하지만 조던은 마음을 정하지 못하고 머뭇거렸다. "이제 겨우 9시 30분이에요."

나는 집 안에 들어가고 싶지 않았다. 오늘 하루는 이 정도면 충분했다. 모두가 지긋지긋했다. 그 속에 조던도 포함되어 있었다. 조던은 내 표정에서 이런 기분을 알아채곤 갑자기 돌아서더니 현관 계단을 뛰어올라가 집 안으로 들어가버렸다. 나는 잠시 손으로 머리를 감싸고 앉아 있었다. 안에서 집사가 전화로 택시 부르는 소리가 들렸다. 대문에서 기다릴 작정으로 진입로를 천천히 걸어내려갔다.

20미터도 못 가서 내 이름을 부르는 소리가 들리더니 개츠비가 오솔길로 이어지는 덤불숲 사이에서 걸어나왔다. 그 순간 좀 섬뜩한 기분이 들었던 것 같다. 개츠비의 분홍색 정장이 달빛 아래서 빛나고 있다는 것 외에는 아무 생각도 나지 않았다.

"여기서 뭘 하는 건가요?" 내가 먼저 물었다.

"그냥 서 있는 겁니다, 친구."

어쩐지 비열하게 느껴졌다. 금방이라도 그 집을 털려는 것만 같았다. 그의 등 뒤 어두운 관목숲에서 '울프심 일당'의 험상궂은 얼굴이 보인다고 해도 놀랍지 않았을 것이다.

"길에서 사고 난 걸 봤습니까?" 잠시 후 개츠비가 물었다.

"네."

개츠비는 머뭇거렸다. "그 여자는 죽었습니까?"

"네."

"그럴 거라 생각했어요. 데이지에게도 그걸 거라고 말했죠. 한꺼번에 충격을 받는 편이 나으니까요. 데이지는 꽤 잘 견디더군요."

개츠비는 데이지의 반응만이 중요한 문제라는 듯이 말하고 있었다.

"샛길로 해서 웨스트에그에 다녀왔어요." 개츠비는 말을 이어갔다. "우리 집 차고에 차를 넣어두었죠. 아무도 우리를 보지 못한 것 같긴 한데… 물론 확신할 수는 없지만요."

나는 이때 이미 개츠비가 너무나 혐오스러웠기 때문에 그가 잘못 알고 있다고 말해줄 필요를 느끼지 못했다.

"그 여자가 누군가요?" 개츠비가 물었다.

"머틀 윌슨이에요. 정비소 주인이 그 여자 남편이죠. 도대체 어쩌다 그랬습니까?"

"음, 내가 핸들을 돌리려고 했는데…." 개츠비는 말을 잇지 못했다.

문득 사건의 진상을 짐작할 수 있었다. "데이지가 운전했나요?"

"네." 개츠비는 잠시 후 다시 말했다. "물론 내가 했다고 말할 겁니다. 알다시피 뉴욕을 떠날 때 데이지가 신경이 몹시 날카로운 상태여서 운전이라도 하면 좀 안정되지 않을까 생각했어요…. 반대편에서 달려오던 차가 스쳐지나가는 순간 그 여자가 우리를 향해 달려나왔어요. 순식간에 벌어진 일이었죠. 그런데 그 여자가 우리에게 말을 하고 싶어 했던 것 같아요. 우리를 자기가 알고 있는 누군가로 착각한 것 같았어요. 아무튼 데이지는 여자를 피해서 다른 차 쪽으로 핸들을 꺾었다가 겁이 났는지 다시 핸들을 돌렸어요. 내 손이 핸들에 닿은 순간 충격이 느껴졌죠…. 틀림없이 그 여자는 즉사했을 겁니다.”

“그 여자는 몸이 찢겨….”

“말하지 말아요, 친구.” 개츠비는 움찔하고 놀랐다. “아무튼…. 데이지는 가속페달을 밟고 있었어요. 나는 어떻게든 차를 세워보려고 했지만 그렇게 할 수 없었죠. 그래서 내가 비상브레이크를 당겼어요. 데이지가 내 무릎으로 쓰러진 뒤부터는 내가 운전했고요. 내일이면 데이지는 괜찮을 거예요.” 개츠비는 바로 이어 말했다. “오늘 오후 일로 그 사람이 데이지를 괴롭히지 않을까 해서 기다리는 중입니다. 데이지는 문을 걸어 잠그고 방 안에 있어요. 그 사람이 데이지에게 폭력이라도 행사하려고 들면 전등을 껐다 켰다 하기로 약속했죠.”

　"톰이 데이지에게 손대는 일은 없을 거예요." 내가 알려주었다. "톰은 지금 데이지를 생각할 겨를이 없어요."

　"나는 그 사람을 신뢰하지 않아요, 친구."

　"얼마나 기다릴 건가요?"

　"필요하다면 밤새라도 기다려야죠. 어쨌든 모두 잠들 때까지는 있을 겁니다."

　문득 다른 생각이 떠올랐다. 운전한 사람이 데이지였다는 것을 톰이 안다면 어떻게 될까? 톰이 그 사건의 관련성을 알아챌지도 모른다. 어떤 것이든 생각해낼 수 있었다. 나는 그 집을 쳐다보았다. 아래층은 불을 밝힌 창문이 두세 개 보였고, 위층 데이지의 방에서는 분홍색 불빛이 흘러나오고 있었다.

　"여기서 기다려봐요." 내가 나섰다. "무슨 소동이 벌어질 기미가 있는지 내가 확인해보고 올 테니."

　나는 잔디밭 가장자리를 따라 되돌아가서 자갈 깔린 길을 조심스럽게 지나고 베란다 계단을 발끝으로 살금살금 올라갔다. 응접실은 커튼이 열린 채 텅 비어 있었다. 석 달 전 6월의 밤에 저녁을 먹은 그 베란다

를 지나 식품저장실로 짐작되는 작은 직사각형 창에
서 불빛이 흘러나오는 곳으로 갔다. 블라인드를 내렸
지만 창턱에 틈새가 있었다.

데이지와 톰이 주방 테이블에 차가운 닭튀김 한 접
시와 맥주 두 병을 놓고 마주 앉아 있었다. 톰은 테이
블 너머 데이지에게 열심히 이야기하며 손을 뻗어 그
녀의 손을 감쌌다. 때때로 데이지가 알겠다는 듯이 고
개를 끄덕였다.

행복해 보이지는 않았다. 둘 다 닭튀김이나 맥주에
는 손도 대지 않았다. 물론 불행해 보이지도 않았다.
그 모습에서는 분명히 자연스러운 친밀감 같은 것이
보였다. 누군가 그 모습을 보았다면 두 사람이 한통속
이 돼서 뭔가를 꾸미는 중이라고 말했을 것이다.

베란다를 살금살금 빠져나오는데 내가 타고 갈 택
시가 어두운 길을 따라 집 쪽으로 다가오는 소리가 들
렸다. 개츠비는 진입로 그 자리에서 그대로 기다리고
있었다.

"조용하던가요?" 개츠비가 걱정스럽게 물었다.

"네, 조용하네요." 나는 머뭇거리며 충고했다. "집

에 돌아가서 잠을 좀 자는 게 좋을 텐데요."

개츠비는 고개를 저었다. "데이지가 잠자리에 들 때까지 여기서 기다릴 겁니다. 잘 가요, 친구."

개츠비는 상의 주머니에 양손을 찔러넣고 내 존재가 신성한 불침번을 망치고 있다는 듯이 초조하게 집 쪽으로 시선을 돌렸다. 나는 개츠비가 달빛 아래 서서 아무 일도 일어나지 않을 그 집을 지켜보도록 남겨두고 떠났다.

제 8 장

*

그날 밤 나는 밤새 잠을 이루지 못했다. 해협에서 신음하듯 안개 경보 소리가 쉴 새 없이 들려왔고, 나는 괴상한 현실과 잔인하고 무서운 꿈 사이를 오가며 몸을 뒤척였다. 새벽녘에 개츠비 저택의 진입로를 올라가는 택시 소리가 들렸다. 나는 곧장 침대에서 뛰쳐나와 옷을 주워입었다. 그 사건에 관해서 개츠비에게 뭔가 해줄 말이, 뭔가 경고해줄 말이 있다는 생각이 들었다. 아침이면 너무 늦을 것 같았다.

잔디밭을 건너가보니 현관문이 아직 열려 있었고, 실의에 빠진 건지 잠에 취한 건지 개츠비는 현관 안쪽 테이블에 무겁게 기대서 있었다.

"아무 일도 없었어요." 개츠비가 창백한 얼굴로 말했다. "기다리고 있자니 4시쯤 데이지가 창가로 와서 잠시 서 있다가 불을 꺼버리더군요."

개츠비의 집이 그렇게 커 보이기는 처음이었다. 그날 밤 우리는 담배를 찾아서 방마다 뒤지고 다녔다. 큰 천막 같은 커튼을 옆으로 밀어내고 전등 스위치를 찾아서 끝없이 기다란 어두운 벽을 더듬었다. 한번은 내가 유령같이 서 있는 피아노에 걸려서 쾅 소리를 내며 건반에 넘어지기도 했다. 무슨 이유인지 어디나 먼지투성이였고, 여러 날 환기를 안 했는지 방에서는 퀴퀴한 냄새가 났다.

나는 처음 보는 탁자에서 담배 상자를 발견했는데, 오래돼서 말라붙은 담배 두 개비가 들어 있었다. 우리는 응접실의 프랑스식 창문을 활짝 열어젖히고 앉아서 어둠 속으로 담배 연기를 내뿜었다.

"이곳을 떠나야 해요." 내가 걱정스럽게 말했다. "틀림없이 당신 차를 찾아낼 거예요."

"지금 바로 떠나라는 건가요, 친구?"

"일주일 정도 애틀랜틱시티에 가 있어요, 아니면 몬트리올에 가 있든가."

개츠비는 고려조차 하지 않았다. 데이지가 어떻게 하려는지 알 때까지 아무래도 떠날 수는 없을 것이다. 마지막 희망에 매달려 있는 그에게 차마 그것을 놓으라고 할 수는 없었다.

개츠비가 댄 코디와 함께 한 기묘한 젊은 시절에 대해 들려준 것은 바로 그날 밤이었다. 톰의 무자비한 악의에 부딪치면서 '제이 개츠비'라는 인물이 유리처럼 산산조각 나버려서 오랫동안 해오던 비밀스런 연극이 더 이상 필요 없어졌기 때문일 것이다. 이제 개츠비는 다 털어놓으려고 한 것 같았지만, 무엇보다 데이지에 대해 얘기하고 싶어 했다.

데이지는 개츠비가 처음으로 만난 '고상한' 여자였다. 개츠비는 다양한 잠재 능력을 발휘해 그런 부류의 사람들과 접촉했지만, 그들과의 사이에는 언제나 눈에 보이지 않는 벽이 있었다. 데이지는 사람을 들뜨게 하는 매력이 있었다. 처음에는 테일러 기지의 다른 장교들과 어울려 데이지의 집을 방문하다가 나중에는 개츠비 혼자 찾아갔다. 개츠비는 넋을 잃었다. 그렇게 아름다운 집에 들어가본 적이 없었던 것이다.

하지만 숨 막힐 정도로 강렬한 인상을 준 것은 데이지가 그곳에 살고 있다는 사실이었다. 개츠비 자신이 기지의 천막에 살고 있는 것만큼이나 데이지에게는 그곳에 사는 게 예사로운 일이었던 것이다. 그 집은 신비의 절정에 싸여 있었다. 위층에는 세상에서 가장 아름답고 근사한 침실들이 있고, 복도에서는 황홀하며 즐거운 일들이 벌어지고, 오래 처박아서 곰팡내가 나는 게 아니라 올해 나온 번쩍이는 새 차처럼 신선하고 생생한 로맨스가 타오르고, 정원에서는 시들지 않는 꽃으로 가득한 댄스 파티가 열릴 것만 같았다.

이미 많은 남자가 데이지를 사랑한다는 사실도 개츠비를 흥분시켰다. 그럴수록 그의 눈에는 데이지의 가치가 더욱 커 보였다. 그 집 주위에서 그들의 존재가 느껴졌고, 여전히 강렬한 감정의 그림자나 메아리가 구석구석 배어 있다는 생각이 들었다.

하지만 개츠비는 어마어마한 우연으로 데이지의 집에 발을 들여놓을 수 있었다는 걸 알았다. 제이 개츠비의 미래는 찬란하게 빛났지만 현재의 그는 아무 경력도 없는 무일푼의 젊은이였고, 그의 정체를 가려주는 제복 역시 금방이라도 어깨에서 흘러내릴 수 있었다. 그래서 그 시간을 최대한 이용했다. 얻을 수 있는 것이면 무엇이든 탐욕스럽고 파렴치하게 손에 넣었다. 결국 10월의 어느 고요한 밤에 데이지를 차지했다. 실제로는 데이지의 손을 만질 권리조차 없었기 때문에 데이지를 차지해버렸던 것이다.

개츠비는 자신을 경멸했을지도 모른다. 데이지를 속여서 차지한 것이 분명했기 때문이다. 있지도 않은 수백만 달러를 이용했다는 것이 아니라 의도적으로 데이지가 안심하게 만들었다는 의미다. 개츠비는 자신이 데이지와 같은 계층이며 그녀를 충분히 보살펴줄 수 있는 사람이라고 믿게 만들었다. 사실 그에게는 그런 능력이 전혀 없었다. 뒤를 받쳐주는 부유한 집안도 없었고, 비정한 정부의 변덕에 따라 언제 어디로 가게 될지도 모르는 신세였다.

하지만 개츠비는 자신을 경멸하지도 않았고 그가 계획한 대로 일이 돌아가지도 않았다. 아마 그는 무엇이든 손에 넣고 달아날 작정이었을 것이다. 하지만 이제 자신이 성배를 쫓는 일에 매달리고 있다는 것을 깨달았다. 데이지가 특별하다는 건 알았지만, '고상한' 여자가 얼마나 특별할 수 있는지는 몰랐던 것이다. 데이지는 그녀의 부유한 집 안으로, 화려하고 풍요로운 삶 속으로 사라져버렸다. 개츠비에게는 아무것도 남지 않았다. 데이지와 결혼이라도 한 느낌이었지만 그뿐이었다.

이틀 뒤 두 사람이 다시 만났을 때, 숨 막힐 듯한 감정을 느낀 것은 개츠비였고, 웬일인지 배신감을 느낀 것도 그였다. 데이지의 집 현관은 돈을 주고 산 사치품들이 별처럼 반짝여서 눈이 부실 지경이었다. 데이지가 그에게 몸을 돌리자 긴 고리버들 의자가 우아하게 삐걱거렸다. 개츠비는 그녀의 신비롭고 사랑스러운 입술에 입을 맞추었다. 감기에 걸린 데이지는 평상시보다 목소리가 더 쉰 듯했는데 오히려 더 매력적으로 들렸다. 개츠비는 부의 틀 안에서 보호받는 젊음과 신비로움, 새 옷, 가난한 사람들의 치열한 싸움에서 멀리 떨어져 안전하고 당당하게 은처럼 반짝이는 데이지의 존재를 실감했다.

"데이지를 사랑한다는 걸 깨닫고 내가 얼마나 놀랐는지 말로 표현할 수 없네요, 친구. 한동안 데이지가 나를 버려주기를 바란 적도 있지만, 데이지도 나를 사랑했기 때문에 그러지 않았지요. 데이지는 자기가 알지 못하는 것을 많이 알고 있으니까 내가 아는 게 많다고 생각했어요…. 그렇게 나는 내 야망에서 멀어지고, 매 순간 더 깊이 사랑에 빠져들다가, 어느 순간 야망에 대해서는 더 이상 신경 쓰지 않았지요. 내가 하려는 일을 데이지에게 들려주는 것만으로도 즐거운데, 대단한 일을 하는 게 무슨 의미가 있겠어요?"

해외로 파병되기 전 마지막 오후, 개츠비는 데이지를 껴안고 오랫동안 말없이 앉아 있었다. 쌀쌀한 가을날이라 방에 난로를 피워놓아서 데이지의 뺨이 붉게 달아올랐다. 데이지가 몸을 움직일 때마다 그도 팔의 위치를 조금씩 바꾸었고, 한번은 데이지의 반짝이는 짙은 색 머리칼에 입을 맞추기도 했다. 다음 날 예정된 오랜 이별을 위해 깊은 추억을 만들려는 듯이 두 사람은 그날 오후를 차분하게 보냈다. 그들이 사랑한 날들에서 데이지의 입술이 조용히 그의 코트 어깨를 스칠 때나, 데이지가 잠들어 있는 듯이 그녀의 손가락 끝을 부드럽게 어루만지던 때보다 더 가깝게 느껴지거나 서로 마음 깊이 통한 적은 없었다.

전쟁 중에 개츠비의 활약은 대단했다. 전선으로 가기 전에는 대위였고, 아르곤 전투 뒤에는 소령으로 진급해서 사단 기관총 부대의 지휘관이 되었다. 휴전 뒤에는 어떻게든 빨리 귀국하려고 안간힘을 썼지만, 무슨 혼란이나 착오가 있었는지 개츠비는 옥스퍼드로 보내졌다. 개츠비는 걱정되기 시작했다. 데이지의 편지에 초조한 절망감이 배어 있었다. 그가 돌아오지 못하는 이유를 이해하지 못했다. 주위의 압력에 시달린 나머지 그를 만나고 그의 존재를 느끼고 자신이 옳다는 확신을 얻고 싶어 했다.

데이지는 어렸고 그녀의 인위적인 세계는 난초 향기와 즐겁고 유쾌한 속물근성, 인생의 슬픔과 암시를 새로운 선율에 압축하여 그해의 음악을 연주하는 오케스트라로 가득 차 있었다. 밤새도록 색소폰이 〈빌 스트리트 블루스*〉의 절망적인 넋두리를 울부짖는 동안 금빛과 은빛 실내화를 신은 수많은 발이 반짝이는 먼지를 날리며 이리저리 움직였다. 어스름 속에 차 마시는 시간이 되면 방마다 나직하고 달콤한 열기가 끊임없이 고동쳤고, 그러는 동안 슬픈 나팔 소리에 장미 꽃잎이 바닥에 날리는 것처럼 새로운 얼굴들이 이리저리 떠돌아다녔다.

계절이 바뀌면서 데이지는 이 어스름한 세계 속을 다시 돌아다니기 시작했다. 갑자기 하루에 대여섯 명의 남자를 만나 대여섯 차례의 데이트를 했고, 새벽녘에 들어와 침대 옆 바닥에서 시들어가는 난초 사이에 구슬과 시폰으로 장식된 이브닝드레스를 벗어던지고 꾸벅꾸벅 졸다가 잠이 들었다. 그러는 동안 마음속에서 결단을 내려야 한다는 외침이 끊임없이 울렸다. 데이지는 지금 당장 자신의 인생이 형태를 갖추길 원했다. 그런 결단은 사랑, 돈 그리고 의문의 여지 없는

* W.C. 핸디가 1917년에 만든 유명한 곡.

현실성 같은 힘에 의해 이루어져야 했다. 그것이 바로 가까이에 있었다.

그 힘은 봄이 한창일 때 톰 뷰캐넌의 등장으로 형태를 갖추었다. 그의 인품과 지위에는 안전한 무게감 같은 것이 있었고, 데이지는 그것에 우쭐해졌다. 데이지가 어느 정도의 갈등과 어느 정도의 안도감을 느낀 것은 분명했다. 개츠비가 아직 옥스퍼드에 있는 동안 그런 사연이 담긴 편지가 도착했다.

이제 롱아일랜드에 새벽이 오고 있었다. 우리는 아래층의 나머지 창들을 모두 열고, 잿빛에서 황금빛으로 변해가는 햇살로 집 안을 가득 채웠다. 갑자기 나무 한 그루의 그림자가 이슬 위에 드리워졌고 푸른 나뭇잎 사이에서 유령 같은 새들이 노래하기 시작했다. 바람이 거의 없는 대기에서 천천히 쾌적한 기운이 감도는 것이 시원하고 멋진 하루를 약속하는 듯했다.

"나는 데이지가 그 사람을 사랑했다고 생각하지 않아요." 개츠비는 창가에서 돌아서더니 도전적으로 나를 쳐다보았다. "기억하지요, 친구? 어제 오후에 데이지는 몹시 흥분한 상태였어요. 그 사람은 데이지를 겁주려고 그런 말을 한 거예요. 나를 비열한 사기꾼으로 만들려고요. 데이지는 자기가 무슨 말을 하는지도 몰랐을 거예요." 그는 침울한 얼굴로 자리에 앉았다. "물론 아주 잠깐 그 사람을 사랑했을지도 모르죠. 결혼 초에요. 하지만 그때조차도 데이지는 나를 더 사랑했어요, 알겠어요?" 그러곤 돌연 묘한 말을 꺼냈다. "어쨌든 그건 개인적인 문제였을 뿐이에요."

남녀의 정에 정도의 차이가 있다고 생각하는 게 아닌가 짐작하는 것 외에 달리 어떻게 그의 말을 이해할 수 있을까?

톰과 데이지가 신혼여행 중일 때, 프랑스에서 돌아온 개츠비는 비참한 마음을 억누를 수 없기에 마지막 군인 봉급을 털어 루이빌로 갔다. 그곳에 일주일 동안 머물면서 11월의 밤에 데이지와 함께 걸었던 거리를 서성거렸고, 데이지의 흰 자동차를 타고 갔던 한적한 장소들을 찾아갔다. 개츠비에게는 데이지의 집이 다른 어떤 집들보다 신비롭고 즐겁게 느껴지는 것처럼 루이빌은 데이지가 없어도 우울한 아름다움으로 가득

찬 듯 보였다.

개츠비는 더 열심히 찾았다면 데이지를 찾아냈을지도 모른다는 생각을 하며 그곳을 떠났다. 데이지를 두고 떠나는 느낌이었다. 이제 무일푼인 개츠비가 탄 일반 객차는 숨이 막힐 듯 더웠다. 그래서 객차 사이의 통로로 나가 접이의자에 앉았다. 기차역이 서서히 멀어져가고 낯선 건물들의 뒷모습이 스쳐지나갔다. 이어서 봄의 들판으로 나오자 열차는 잠깐 동안 노란색 전차와 경주하듯 달렸다. 그 열차에 탄 사람들은 거리를 걷다 우연히 새하얗고 매력적인 데이지의 얼굴을 마주쳤을지도 모른다.

선로가 곡선을 그리며 구부러지자 태양에서 멀어지기 시작했다. 태양은 점점 아래로 지고 있었는데, 데이지가 숨 쉬던 사라져가는 도시 위로 축복의 빛을 뿌리는 것처럼 보였다. 개츠비는 한 줌의 공기라도 움켜쥐려는 듯이, 데이지 덕분에 사랑하게 된 대지의 한 조각이라도 간직하려는 듯이 필사적으로 손을 내뻗었다. 하지만 눈물로 흐릿해진 두 눈에는 모든 것이 너무 빠르게 지나가고 있었다. 그 순간 자신의 가장 순수하고 아름다운 부분을 영원히 잃어버렸다는 사실을 깨달았다.

우리가 아침 식사를 마치고 밖으로 나간 게 9시경이었다. 밤새 날씨가 바뀌었는지 공기에서 가을의 정취가 느껴졌다. 개츠비의 옛 하인들 중에서 유일하게 남은 정원사가 계단 밑으로 다가왔다.

"개츠비 씨, 오늘 수영장 물을 빼려고 합니다. 곧 나뭇잎이 떨어질 텐데, 그러면 항상 배수구에 문제가 생기거든요."

"오늘은 하지 말아요." 개츠비가 대답했다. 그는 변명하듯 나를 돌아보았다. "올여름에는 수영장을 한 번도 사용하지 못했잖습니까, 친구?"

나는 시계를 보고 일어섰다. "기차 시간이 12분밖에 남지 않았어요."

나는 시내에 가고 싶지 않았다. 일을 제대로 할 수 있을 것 같지도 않았지만, 그보다 개츠비를 혼자 두고 싶지 않았다. 그 기차를 놓치고, 그다음 기차도 놓치고 나서야 그 집을 떠날 수 있었다.

"전화할게요." 결국 나는 이렇게 말했다.

“그렇게 해요, 친구.”

“정오쯤에 전화할게요.”

우리는 천천히 계단을 걸어내려왔다.

“데이지도 전화하겠죠?” 그렇다고 대답해주기를 바라는 것처럼 개츠비는 불안하게 나를 쳐다보았다.

“그럴 겁니다.”

“그럼 잘 가요.”

나는 개츠비와 악수를 나눈 뒤 그곳을 떠났고, 울타리에 도착하기 직전에 뭔가 떠올라서 다시 돌아섰다.

“그들은 형편없는 인간이에요.” 나는 잔디밭 너머로 소리쳤다. “당신이 그 인간들을 합친 것보다 훨씬 더 가치 있는 사람이에요.”

그렇게 말한 건 잘한 일이었다고 생각한다. 처음부터 끝까지 그를 인정한 적이 없었기 때문에 그 말이 나의 유일한 찬사였다. 개츠비는 공손히 고개를 끄덕이다가, 마치 우리가 그 사실에 대해 줄곧 공모라도 했던 것처럼 알고 있다는 듯 환하게 미소 지었다. 그의 화려한 분홍색 정장이 하얀 계단을 배경으로 환히 빛나는 것을 보자, 석 달 전 처음으로 이 저택을 찾은 밤이 생각났다. 잔디밭과 진입로가 그의 부패를 의심하는 사람들로 가득 차 있었다. 그리고 개츠비는 그의 부패하지 않는 꿈을 감춘 채 저 계단 위에 서서 사람들에게 손을 흔들며 작별 인사를 하고 있었다.

나는 그의 환대에 감사했다. 그 점은 다들 그에게 감사했다. 나와 다른 사람들 모두.

"잘 있어요." 내가 소리쳤다. "아침 잘 먹었어요, 개츠비."

나는 사무실에 도착하여 끝없이 나오는 주식 시세를 표로 작성하다가 회전의자에 앉은 채 깜빡 잠이 들었다. 12시가 조금 안 돼서 전화벨 소리에 놀라 눈을 떴다. 이마에는 땀이 배어 있었다. 전화를 건 사람은 조던 베이커였다. 그녀는 이 시간에 전화하는 일이 많았다. 호텔과 클럽, 친구 집 사이를 오가는 그녀의 불확실한 생활 때문에 이렇게 자신의 위치를 알리곤 했다. 평상시 전화선 너머로 들려오는 그녀의 목소리는 상쾌하고 시원해서 골프장의 푸른 잔디가 사무실 창문까지 날아오는 것 같은데, 이날 아침은 왠지 거칠고 메마른 느낌이 들었다.

“데이지의 집에서 나왔어요.” 조던이 상황을 설명했다. “지금은 햄스테드*에 있는데, 오늘 오후 사우샘프턴**으로 내려갈 거예요.”

데이지의 집에서 나온 건 잘한 행동이겠지만 나는 기분이 언짢았다. 조던의 다음 말에서 마음이 더욱 굳어져버렸다.

“어젯밤 나를 배려해주지 않았어요.”

“그때는 그럴 상황이 아니었잖아요.”

잠시 침묵이 흘렀다.

조던이 먼저 말을 꺼냈다. “그래도… 당신을 만나고 싶어요.”

“나도 만나고 싶어요.”

“사우샘프턴으로 가지 말고 오늘 오후에 내가 그리로 갈까요?”

“아니… 오늘 오후는 안 될 것 같네요.”

“알겠어요.”

“아무래도 오늘 오후는 도저히 안 되겠어요. 제가

* 롱아일랜드의 마을.
** 롱아일랜드 남부 해안의 부유한 지역.

여러 가지로…."

우리는 그렇게 잠시 대화를 나누다가 이야기가 뚝 끊겼다. 누가 먼저 전화를 끊었는지도 모르지만 신경이 쓰이지는 않았다. 다시 조던과 대화하지 못한다 해도 그날만은 찻잔을 두고 마주 앉아 그녀와 담소나 나눌 수가 없었다.

몇 분 뒤 개츠비의 집으로 전화했지만 통화 중이었다. 네 번 더 걸었는데 계속 통화 중이었다. 마침내 화가 난 전화교환원이 디트로이트에서 온 장거리 전화 때문이라고 알려주었다. 나는 기차시간표를 꺼내서 3시 50분 열차에 작게 동그라미를 쳤다. 그러고는 의자에 기대서 생각을 정리해보려고 했다. 그때가 정오였다.

그날 아침 기차가 잿더미계곡을 지나가는 동안 나는 일부러 반대편 좌석으로 옮겨앉았다. 호기심에 모여든 사람들로 그 주변이 하루 종일 북적일 거라는 생각이 들었다. 흙먼지 속에서 아이들은 거무스름한 얼룩을 찾아다닐 것이고, 수다스러운 사람들은 무슨 일이 있었는지 몇 번이고 되풀이할 것이다. 결국 점점 비현실적인 이야기가 되어서 더 이상 말할 거리가 없어지면 그렇게 머틀 윌슨의 비극적인 사건도 잊어질 터였다. 여기서 잠시 뒤로 돌아가 전날 밤 우리가 떠난 이후 정비소에서 어떤 일이 있었는지 이야기해야 할 것 같다.

사람들은 머틀의 여동생 캐서린을 찾느라 고생했다. 캐서린은 그날 밤 술을 마시지 않는다는 규칙을 깬 것이 틀림없었다. 만취 상태로 정비소에 도착해서 구급차가 이미 플러싱으로 떠났다는 말도 알아듣지 못했다. 그러다 사람들이 간신히 이해시키고 나니 참을 수 없는 일이라는 듯 곧바로 기절해버렸다. 동정심 때문인지, 아니면 호기심 때문인지 누군가 차에 그녀를 태우고 언니의 시신이 실린 구급차를 뒤따라갔다.

자정이 한참 지난 뒤까지 구경꾼들은 계속 정비소 앞에 몰려들었다. 그러는 동안 조지 윌슨은 사무실의 긴 의자에서 몸을 앞뒤로 흔들고 있었다. 한동안 사무실 문이 열려 있어서 정비소에 들어온 사람은 좋든 싫든 그 모습을 보지 않을 수 없었다. 결국 누군가 윌슨을 생각해서 사무실 문을 닫아주었다. 미카엘리스와 남자 몇이 윌슨과 함께 있었다. 처음에는 네다섯이었다가 나중에는 두셋으로 줄었다. 시간이 더 흐르자 미카엘리스는 마지막까지 남은 낯선 남자에게 15분만 더 있어달라고 부탁한 뒤 자기 가게로 가서 커피 한 주전자를 만들어 왔다. 그 후로는 혼자 남아서 동이 틀 때까지 윌슨과 함께 있었다.

3시쯤 되자 윌슨의 횡설수설하던 중얼거림이 바뀌었다. 점차 차분해지더니 노란색 차에 대해 얘기하기 시작했다. 윌슨은 그 노란색 차의 주인이 누구인지 알아낼 방법이 있다고 장담하면서 두어 달 전 마누라가 뉴욕에 갔다 왔는데 얼굴에 멍이 들고 코가 부어 있었다고 불쑥 말했다.

하지만 자기가 뱉은 말에 움찔해서는 다시 애처로운 소리로 "오, 하나님!" 하고 소리를 지르기 시작했다. 미카엘리스는 그의 생각을 다른 데로 돌려보려고 애썼다.

"아저씨, 결혼한 지 얼마나 됐어요? 가만히 좀 있어봐요. 내가 묻는 말에 대답 좀 해봐요. 결혼한 지

얼마나 됐어요?"

"12년."

"아이는 있어요? 아저씨, 가만히 좀 있어요…. 내가 물었잖아요. 아이가 있어요?"

딱딱한 갈색 딱정벌레들이 흐릿한 전등으로 날아와 계속 부딪쳤다. 미카엘리스는 바깥 도로에서 질주하는 자동차 소리가 들릴 때마다 몇 시간 전에 멈추지 않고 가버린 그 자동차가 생각났다. 시신이 놓여 있던 작업대에 핏자국이 남았기 때문에 정비소 안으로는 가고 싶지 않아서 사무실 안에서만 왔다 갔다 했다. 결국 날이 새기 전에 그곳에 있는 모든 물건을 훤히 아는 지경이 되었다. 그러는 중에도 가끔씩 윌슨 옆에 앉아서 그를 진정시키려고 노력했다.

"아저씨, 가끔 가는 교회가 있어요? 오랫동안 가지 않았던 곳이라도 말이에요. 내가 전화해서 목사님께 와달라고 할까요? 목사님과 이야기를 나눌 수도 있잖아요."

"나는 원래 교회 안 다녀."

"교회에 다녀야 해요, 아저씨. 이런 때를 대비해서

요. 틀림없이 교회에 한 번이라도 간 적이 있을 거예요. 교회에서 결혼하지 않았어요? 아저씨, 내 말 좀 들어봐요. 교회에서 결혼하지 않았냐고요?"

"그건 오래전 일이야."

대답하려고 노력한 덕에 몸을 흔들던 리듬이 깨지면서 윌슨은 잠시 가만히 있었다. 그러다가 반은 아는 것 같고 반은 멍한 것 같은 눈빛이 다시 돌아왔다.

"거기 서랍 안을 봐." 윌슨이 책상을 가리키며 말했다.

"어느 서랍이요?"

"저 서랍… 그거 말이야."

미카엘리스는 가장 가까이 있는 서랍을 열었다. 가죽과 은실을 꼬아 만든 값비싸 보이는 가느다란 개줄 말고는 아무것도 없었다. 개줄은 새것이 분명했다.

"이거요?" 미카엘리스가 그것을 집어 들고 물었다

윌슨이 쳐다보고는 고개를 끄덕였다. "어제 오후에 그걸 찾았어. 마누라는 나한테 변명하려고 했지만 의심스러운 점이 있다고 생각했어."

"그러니까 아주머니가 이걸 샀다는 말이죠?"

"종이에 싸서 자기 서랍장 위에 두었더라고."

미카엘리스가 보기에는 이상한 점이 없어서 부인이 개줄을 살 만한 이유 몇 가지를 얘기해보았다. 하지만 머틀에게서 이미 비슷한 설명을 들었는지 윌슨은 "오, 하느님!" 하고 다시 중얼거리기 시작했다. 결국 미카엘리스는 나머지 이유 몇 가지는 말하지 않았다.

"그러니까 그놈이 머틀을 죽인 거야." 갑자기 윌슨의 입이 딱 벌어졌다.

"누가 그랬다는 거예요?"

"내게 알아낼 방법이 있어."

"아저씨, 제정신이 아니군요." 미카엘리스가 진정시켰다. "스트레스를 받아서 자신이 무슨 말을 하는지도 모르나 보네요. 아침까지 조용히 앉아 있는 게 좋겠어요."

"그놈이 머틀을 죽였어."

"그건 사고였어요, 아저씨."

윌슨은 고개를 흔들었다. 눈을 가늘게 뜨고 입을 조금 벌리며 거만하게 "흥!" 하고 중얼거렸다. "난 알아." 윌슨은 분명히 말했다. "나는 의심할 줄도 모르고 아무에게도 해를 끼친 적이 없는 사람이야. 그러니 내가 뭘 안다고 하면 그건 내가 진짜 안다는 거야. 그 차에 탄 놈이 한 짓이야. 마누라가 그놈한테 이야기하려고 뛰쳐나간 건데 그 자식은 차를 세우지 않았어."

미카엘리스도 그 장면을 목격했지만 특별한 의미가 있다는 생각은 하지 않았다. 윌슨 부인이 특정한 차를 세우려고 했다기보다는 남편한테서 도망치려는 거라고 생각했다.

"아주머니가 왜 그랬겠어요?"

"속을 알 수 없는 여편네야." 윌슨은 그게 질문의 대답이라는 듯이 말했다. "아아⋯."

윌슨은 다시 몸을 흔들기 시작했고, 미카엘리스는 손에 든 개줄을 비비 꼬며 서 있었다.

"아저씨, 전화해서 부를 친구 없어요?"

무의미한 질문이었다. 윌슨에게 친구가 없다는 것은 미카엘리스도 잘 알고 있었다. 윌슨은 아내 하나 만족시키지 못하는 위인이었으니까. 잠시 후 창가에서 파란빛이 퍼지는 것을 보고 새벽이 멀지 않았다는 사실에 미카엘리스는 마음이 가벼워졌다. 5시경에는 전등을 꺼도 될 정도로 밖이 환해졌다.

윌슨의 멍한 눈이 잿더미계곡 쪽으로 향했다. 작은 잿빛 구름들이 기묘한 모양으로 희미한 새벽바람에 이리저리 떠다니고 있었다.

"내가 마누라한테 말했어." 긴 침묵이 흐른 뒤에 윌슨이 입을 열었다. "나는 속일 수 있을지 몰라도 신을 속일 수는 없다고 말이야. 그러곤 마누라를 창가로 끌고 갔어." 그는 가까스로 일어나 뒤쪽 창가로 가서 창문에 얼굴을 기댔다. "내가 분명하게 말했어. '신은 당신이 한 일을 알아. 모든 일을 알고 있어. 나는 속일 수 있겠지만 신을 속일 수는 없어!'라고 말이야."

그의 등 뒤에 서 있던 미카엘리스는 윌슨이 사라져가는 어둠 속에서 희미하게 나타난 거대한 T.J. 에클버그 박사의 눈을 쳐다보는 걸 보고 깜짝 놀랐다.

"신은 모든 것을 보고 있어." 윌슨이 되풀이했다.

"저건 광고판이에요." 미카엘리스가 확실히 말해주었다.

그러고는 무언가에 이끌린 듯 창가에서 시선을 돌려 사무실 안을 돌아보았다. 하지만 윌슨은 창유리에 얼굴을 바싹 댄 채로 한동안 그곳에 서서 새벽빛을 향해 고개를 끄덕이고 있었다.

6시경 지칠 대로 지친 미카엘리스는 바깥에서 자동차 멈추는 소리에 감사했다. 차에서 내린 사람은 전날 밤 함께 윌슨을 지키다 아침에 오겠다고 약속한 남자였다. 미카엘리스는 세 명이 먹을 아침을 준비했다. 하지만 그와 아침에 다시 온 남자만 먹었다. 다행히 윌슨도 차분해져서 미카엘리스는 잠깐 눈을 붙이러 집으로 갔다. 네 시간쯤 뒤에 깨서 서둘러 정비소로 돌아와보니 윌슨은 나가고 없었다.

나중에 그의 행방을 추적해보니 윌슨은 계속 걸어다녔는데, 루스벨트항에 갔다가 개즈힐*에 간 것을 알 수 있었다. 그곳에서 샌드위치를 샀지만 먹지 않고 커피 한 잔만 마셨다. 정오가 넘어서 개즈힐에 도착한 것으로 보아 피곤에 지쳐 천천히 걸은 게 분명했다. 여기까지는 그가 어떻게 시간을 보냈는지 설명하는 데 별 어려움이 없었다. '미친 사람처럼 행동하는'

*피츠제럴드가 만들어낸 지역이다. 개즈힐은 '개츠비Gatsby'를 암시한다. Gatsby는 총을 의미하기도 한다.

남자를 보았다는 소년들도 있었고, 길가에서 이상한 눈초리로 노려보는 사람이 있었다고 말하는 운전자들도 나왔다. 그 뒤 세 시간 동안 윌슨의 모습은 더 이상 보이지 않았다. 윌슨이 미카엘리스에게 '알아낼 방법이 있다고' 한 말을 근거로 경찰은 노란색 차를 찾기 위해 그 부근의 정비소를 돌아다녔을 거라고 추측했다. 그러나 윌슨을 보았다는 정비소는 없었다.

아마도 윌슨에게는 자신이 알고 싶은 것을 찾아낼 더 쉽고 확실한 방법이 있었을 것이다. 어찌됐든 2시 30분경 윌슨은 웨스트에그에 나타나서 개츠비의 집으로 가는 길을 묻고 있었다. 그때 이미 윌슨은 개츠비의 이름을 알고 있었던 것이다.

오후 2시 개츠비는 수영복으로 갈아입고 집사에게 누군가 전화하거든 수영장에 있을 테니 알려달라고 말했다. 그러고는 여름 동안 손님들을 즐겁게 해준 에어매트를 가지러 차고로 갔다. 개츠비는 운전기사의 도움을 받아서 에어매트에 바람을 넣고는 어떤 일이 있더라도 오픈카를 밖에 내놓지 말라고 지시했다. 오른쪽 앞바퀴 덮개는 수리가 필요한 상태였기 때문에 좀 이상한 지시였다.

개츠비는 어깨에 에어매트를 메고 수영장으로 향했다. 중간에 한 번 멈춰서서 에어매트를 고쳐메는 것을 보고 운전기사가 도움이 필요한지 물었지만, 개츠비는 고개를 가로저으며 노랗게 물든 나무들 사이로 사라졌다.

전화는 한 통도 오지 않았지만, 집사는 졸지도 않고 4시까지 기다렸다. 전화가 왔더라도 그것을 전해받을 사람이 없어진 지 한참이 지나도록 그렇게 기다렸다. 개츠비도 전화가 오지 않으리라는 것을 알았고, 아마 더 이상 그런 데 신경 쓰지도 않았을 거라 생각한다. 그것이 사실이라면 개츠비는 자신이 오래 간직해온 따스한 세상을 잃었으며 너무 오랫동안 한 가지 꿈을 위해 큰 대가를 치렀다고 생각했을 것이다. 장미꽃이 사실은 얼마나 볼품없는지, 손질하지 않은 잔디에 떨어지는 햇살이 얼마나 얼얼한지 깨닫고, 섬뜩한 나뭇잎 사이로 낯선 하늘을 올려다보며 몸을 떨었을 것이다. 형체는 있지만 실재하지 않는 새로운 세계에서는 가엾은 환영들이 공기처럼 꿈을 호흡하며 여기저기 떠돌아다녔고, 그 기이한 잿빛 형상이 그를 향해 무정형의 나무들 사이로 미끄러지듯 몰려오는 느낌이었을 것이다.

운전기사도 울프심의 부하였는데, 그날 몇 발의 총소리를 들었다. 그는 그 소리를 별로 신경 쓰지 않았다고만 진술했다. 나는 기차역에서 곧장 개츠비의 집으로 차를 몰았다. 내가 마음을 졸이며 정면 계단을 부리나케 달려올라가자 그 집 사람들이 비로소 놀라기 시작했다. 하지만 나는 그들이 이미 알고 있었다고 확신한다. 운전기사, 집사, 정원사 그리고 나, 이렇게 우리 네 사람은 아무 말 없이 서둘러 수영장으로 내려갔다.

수영장 한쪽 끝에서 흘러들어온 신선한 물이 다른 쪽 끝의 배수구를 향해 흘러내려가고 있어서 거의 감지할 수 없는 희미한 움직임이 보였다. 물결이라고도 할 수 없는 자잘한 움직임에 개츠비를 실은 에어매트가 불규칙하게 흔들리며 수영장 아래로 흘러내려가고 있었다. 물결조차 일으키지 않는 약한 바람이었지만 예기치 않은 짐의 진로를 방해하기에는 충분했다. 나뭇잎 더미에 닿자 에어매트가 천천히 돌아가면서 물 위로 가느다랗게 붉은 원을 그렸다.

우리가 개츠비의 시신을 메고 집으로 올라간 뒤 정원사는 조금 떨어진 잔디밭에서 윌슨의 시신을 찾았다. 그렇게 대참사가 막을 내렸다.

제 9 장

*

　2년이 지난 지금, 그날 낮과 밤 그리고 다음 날 경찰과 사진사, 신문기자 들만 개츠비 저택의 현관을 끝없이 드나든 게 기억난다. 저택 대문에는 출입금지용 줄을 쳐놓고 경찰 한 명이 지켜서서 호기심에 기웃거리는 구경꾼들을 쫓아냈다. 하지만 어린아이들은 우리 집 마당을 통해 옆집으로 들어가는 길을 발견했고, 그래서 수영장 주변에는 언제나 아이들이 입을 딱 벌린 채 모여 있었다. 그날 오후 형사인 듯한 사람이 윌슨의 시신 앞에서 몸을 굽히고 살펴보다가 단호한 태도로 '미친 사람'이라는 표현을 썼는데, 우연히 이 말에 권위가 실리면서 다음 날 아침 신문기사의 중요한 실마리가 되었다.

신문 기사는 대부분 악몽 수준이었다. 정황을 바탕으로 쓴 기사들은 터무니없고 진실과 거리가 멀었다. 검시 배심에서 미카엘리스의 증언으로 윌슨이 아내를 의심했다는 사실이 드러났고, 나는 곧 사건의 전말이 추잡한 스캔들로 전락해버릴 것을 예감했다.

그런데 뭔가 할 말이 있을 것 같은 캐서린은 아무 말도 하지 않았다. 게다가 그 사건에서 놀라운 모습을 보여주었다. 그린 눈썹 아래 단호한 눈빛으로 검시관을 쳐다보면서 언니는 개츠비라는 사람을 알지도 못하고 형부와 완벽하게 행복한 결혼 생활을 이어왔으며 어떤 시끄러운 일에도 연루된 적이 없다고 진술했다. 캐서린은 자신의 진술을 확신한 나머지 그런 의심을 참을 수 없다는 듯 손수건에 얼굴을 묻고 울부짖기까지 했다. 그래서 윌슨은 '비탄에 잠겨 미쳐버린' 사람이 되고 말았다. 결국 이 사건은 가장 단순한 형태로 마무리되었고, 지금까지도 그렇게 남아 있다.

하지만 이 모든 것이 진실과 거리가 멀었으며 사건의 본질과도 관계가 없었다. 어느새 나 혼자 개츠비의 편이 된 것 같았다. 웨스트에그 마을에 그 비극적인 사건을 전화로 알린 순간부터 개츠비에 대한 모든 억측과 실제적인 질문이 내게 쏟아졌다. 처음에는 나도 놀라고 당황스러웠다. 그러나 개츠비가 자기 집에 누워서 몇 시간째 움직이지도 않고 숨도 쉬지 않고 말도 하지 않는 것을 보자 내가 그 일을 맡아야 한다는 생각이 들었다.

관심을 갖는 사람이 아무도 없었다. 누구든 최후의 순간에는 어렴풋하게라도 사람들의 관심을 받을 권리가 있다고 생각하는데 개츠비에게는 아무도 관심을 갖지 않았다.

우리가 개츠비를 발견하고 30분쯤 지난 뒤 나는 본능적으로 데이지에게 전화했다. 하지만 데이지와 톰은 그날 오후 일찍 여행 가방을 챙겨 집을 나갔다고 했다.

“행선지를 남기지 않았나요?”

“네.”

“언제 돌아오는지 압니까?”

“모릅니다.”

“어디로 갔는지 모릅니까? 어떻게 연락할 방법이 없을까요?”

“모르겠습니다.”

개츠비를 위해 누구든 데려오고 싶었다. 개츠비가 누워 있는 방에 들어가서 그를 안심시키려고 말했다. “개츠비, 당신을 위해서 누구든 데려올게요. 걱정하지 말아요. 날 믿어요. 꼭 데려올 테니까….”

마이어 울프심의 이름은 전화번호부에 없었다. 집사가 울프심의 브로드웨이 사무실 주소를 알려주었고, 나는 전화 안내에 전화번호를 문의했다. 울프심의 전화번호를 알아낸 것은 5시가 훨씬 지나서였다. 그래서인지 아무도 전화를 받지 않았다.

“다시 한번 불러주세요.”

“벌써 세 번이나 했어요.”

“아주 중요한 일이라서 그렇습니다.”

"죄송하지만 저쪽에 아무도 없는 것 같네요."

나는 응접실로 돌아갔다. 사건 처리를 위해 모인 사람들을 보면서 우연히 찾아온 조문객이 아닐까 하는 생각을 했다. 하지만 그들이 이불을 젖히고 충격받은 눈으로 개츠비를 들여다보는 동안에도 내 머릿속에서는 개츠비의 항의가 계속 들렸다.

'이봐요, 친구. 나를 위해 누구든 데려와요. 열심히 노력해봐요. 이렇게 혼자 견딜 수 없단 말입니다.'

누군가 내게 질문을 하기 시작했지만, 뿌리쳐버리고 2층으로 올라가서 잠기지 않은 책상 서랍을 다급히 살펴보았다. 개츠비는 부모님이 돌아가셨다고 분명하게 말한 적이 없었다. 하지만 서랍에는 아무것도 없었다. 이제는 잊어진 방종의 상징인 댄 코디의 사진만이 벽에서 내려다보고 있었다.

다음 날 아침, 나는 집사 편에 울프심에게 쓴 편지를 뉴욕으로 보냈다. 그가 아는 것을 말해달라고 부탁하며, 다음 기차 편으로 이곳에 와달라고 재촉하는 편지였다. 편지를 쓰면서도 이런 요구가 불필요한 게 아닐까 생각했다. 어차피 그는 신문을 보자마자 달려올

테고, 데이지도 정오 전에 전보를 칠 거라는 확신이
있었다. 하지만 전보도 울프심도 오지 않았다. 더 많
은 경찰과 사진사와 신문기자가 도착한 것 외에는 아
무도 오지 않았다. 집사가 울프심의 답장을 가지고 돌
아왔을 때, 나는 개츠비와 힘을 합쳐 그들 모두에 대
한 도전으로 그들을 경멸해주고 싶은 마음이 들기 시
작했다.

　친애하는 캐러웨이 씨, 이번 일은 내 인생에서 가장
충격적이고 끔찍한 일이라 도저히 사실이라고 믿을
수 없을 정도입니다. 그자가 저지른 미친 행동은 우
리 모두를 생각에 잠기게 만들었습니다. 나는 지금 사
업상 중요한 일이 있어서 갈 수 없고, 이 사건에 관계
할 수도 없습니다. 나중에 내가 도울 일이 있으면 에
드거를 통해 편지를 보내주기 바랍니다. 이 소식을 들
은 지금 너무나 큰 충격에 빠져서 정신을 차릴 수 없
을 지경입니다.
　그럼 안녕히 계십시오.
　-마이어 울프심 드림

그리고 바로 아래 서둘러 쓴 것 같은 추신이 있었다.

장례식 등에 대해 알려주세요. 나는 그의 가족에 대
해 아는 바가 전혀 없습니다.

그날 오후 전화벨이 울리고 교환원이 시카고에서
온 장거리 전화라고 말했을 때, 나는 분명히 데이지일
거라고 생각했다. 하지만 전화가 연결되자 멀리서 희
미하게 남자 목소리가 들려왔다.
"슬레이글입니다…."
"네?" 처음 듣는 이름이었다.
"전화 상태가 별로 안 좋네요. 내 전보 받았어요?"
"전보는 하나도 오지 않았는데요."
"파크 녀석한테 문제가 생겼어요." 상대방이 빠르
게 말했다. "창구에서 채권을 넘겨주다 경찰에게 잡
혔어요*. 그들은 5분 전에 채권 번호를 뉴욕에서 통
보받았어요. 이 일에 대해 뭐 아는 것 없어요? 이런
시골 마을에서는 도통 알 수가 없어서…."

*개츠비가 아놀드 로스스타인처럼 도난 유가증권 취급에 관여했음을 암시한다.

"여보세요!" 나는 숨 가쁘게 상대방의 말을 가로막았다. "여보세요… 나는 개츠비가 아닙니다. 개츠비 씨는 죽었습니다."

전화선 반대편에서 긴 침묵이 흐르다가 탄식이 이어졌다. 그러다가 전화가 끊어졌는지 뚜뚜뚜 신호음 소리가 들렸다.

미네소타주의 한 마을에서 보낸, 헨리 C. 개츠라고 서명한 전보가 도착한 것은 개츠비가 죽은 지 사흘째 되는 날이었다. 그 전보에는 곧 출발할 테니 자기가 도착할 때까지 장례식을 연기해달라고만 적혀 있었다.

그 사람은 개츠비의 아버지였다. 근엄한 노인이었는데 몹시 쇠약해 보였으며 너무 놀라고 당황해서인지 아직 더운 9월인데도 긴 싸구려 외투로 몸을 감싸고 있었다. 격해진 감정 때문에 눈에서는 계속 눈물이 흘렀다. 내가 가방과 우산을 받아 들자 그는 엉성하게 솟아난 잿빛 수염을 계속 잡아당겼다. 그 때문에 외투를 벗기는 데 애를 먹었다. 금방이라도 쓰러질 것 같아서 그를 음악실로 데려가 자리에 앉히고 사람을 시켜 먹을 것을 좀 가져오게 했다. 하지만 그는 먹으려고 하지 않았으며 부들부들 떨리는 손 때문에 들고 있던 우유도 쏟고 말았다.

"시카고 신문에서 봤어요." 그가 설명했다. "시카고 신문에서 다 봤어요. 그래서 바로 출발했지요."

"어떻게 연락해야 할지 몰랐습니다."

아무것도 보는 것 같지는 않았지만 그의 두 눈은 끊임없이 방 안을 두리번거렸다.

"미치광이였다죠." 그가 힘없이 말했다. "틀림없이 미쳤을 거예요."

"커피 좀 드시겠어요?"

"생각이 전혀 없어요. 이제 괜찮습니다. 그런데 성함이…."

"캐러웨이라고 합니다."

"아, 나는 이제 괜찮아요. 그런데 우리 지미는 어디 있나요?"

나는 아들이 누워 있는 응접실로 그를 데려가서 그곳에 남겨두고 나왔다. 꼬마 아이 몇이 계단을 올라와서 현관 안을 기웃거리고 있었다. 안에 누가 와 있는지 말해주자 아이들은 마지못해 자리를 떠났다.

얼마 후 개츠 씨가 문을 열고 나왔다. 약간 붉어진 얼굴에 입을 벌린 채 눈에서는 눈물이 흐르고 있었다. 그는 이미 죽음을 두려워하고 놀랄 나이가 아니었다. 그제야 처음으로 주위를 둘러보던 그는 높고 화려한 홀, 다른 방들과 연결된 큰 방들이 눈에 들어오자 슬픈 중에도 아들이 자랑스러운 모양이었다. 나는 그를 부축해서 2층 침실로 갔다. 그가 외투와 조끼를 벗는 동안 모든 결정을 그가 올 때까지 미뤄두었다고 알려주었다.

"무엇을 원하실지 몰라서요, 개츠비 씨."

"내 이름은 개츠요."

"아, 개츠 씨. 시신을 서부로 옮기고 싶어 하실까 해서요."

그는 고개를 저었다. "지미는 언제나 동부를 더 좋아했어요. 지금의 위치에 오른 것도 동부였고. 당신은 내 아들의 친구였나요?"

"네, 가까운 친구였습니다."

"잘 알겠지만 지미는 앞날이 창창한 아이였어요. 나이가 어리긴 해도 머리가 상당히 좋았지요." 그렇게 말하면서 그는 자기 머리를 만졌고, 나는 동의의 뜻으로 고개를 끄덕였다. "좀 더 살았다면 훌륭한 인물이 됐을 거예요. 제임스 J. 힐*처럼 말이에요. 나라 발전에 일조했을 거예요."

"네, 그렇습니다." 나는 거북하게 동의했다.

그는 수놓인 침대보를 더듬거려 끌어내리고 침대에 들어가 어색하게 누웠다. 그리고 금세 잠이 들었다.

그날 밤 전화가 왔는데 겁먹은 목소리로 자기 이름을 밝히기 전에 내가 누구인지 물었다.

"캐러웨이입니다." 내가 대답했다.

"아!" 그는 안도하는 것 같았다. "저는 클립스프링 업니다."

나도 안심이 되었다. 개츠비의 장례식에 참석할 친구가 하나 더 늘 것 같았기 때문이었다. 신문에 부고를 내서 구경꾼을 모으고 싶지는 않았다. 그래서 몇몇

---

*피츠제럴드의 고향인 미네소타주 세인트폴에 살았던 철도업계의 거물. 그레이트노던철도를 세우고 미국의 오대호와 태평양 연안을 연결했다.

사람에게 직접 전화를 거는 중이었다. 하지만 참석할 만한 사람을 찾는 게 쉽지 않았다.

"장례식은 내일입니다." 내가 알려주었다. "이 집에서 3시에 치를 겁니다. 또 오실 만한 분들이 있으면 연락을 좀 해주세요."

"아, 그러지요." 그는 급히 말했다. "누구를 만날 것 같지는 않지만 만나면 전하죠."

그의 말투가 좀 미심쩍었다.

"물론 당신도 참석하겠지요?"

"글쎄요, 가도록 노력은 하겠습니다만, 제가 전화를 한 건…."

"잠깐만요." 내가 그의 말을 가로막았다. "참석하겠다는 말씀이죠?"

"그게 사실… 사실은 제가 지금 그리니치*에 머무는데 같이 있는 사람들이 내일도 같이 있어주기를 바라서 말이지요. 피크닉인지 뭔지가 있어요. 물론 어떻게든 빠져나가도록 노력은 해볼 테지만."

나도 모르게 "허!" 하고 내뱉었는데, 이어진 그의

---

* 코네티컷주의 도시.

신경질적인 말투로 보아 그도 들은 게 틀림없었다.

"제가 전화한 건 그곳에 신발 한 켤레를 두고 와섭니다. 번거로울 테지만 집사를 시켜 그걸 보내줄 수 없을까요? 테니스 신발이에요. 그게 없으면 제가 좀 난처해서요. 여기 주소는 B.F.….."

나는 나머지 말을 다 듣지 않고 전화를 끊어버렸다.

개츠비에게 면목이 없었다. 내가 전화한 신사는 개츠비가 그런 일을 당한 건 자업자득이라는 식으로 이야기했다. 어쨌든 내 잘못이었다. 그 사람은 개츠비의 술을 마시고 그 술기운을 빌려 개츠비를 가차 없이 조롱하던 인간이었기 때문이다. 그런 사람에게 전화를 하는 게 아니었다.

장례식날 아침, 나는 뉴욕으로 마이어 울프심을 만나러 갔다. 달리 연락할 방법이 없었기 때문이다. 엘리베이터 보이에게 물어서 밀고 들어간 문에는 '스와스티커지주회사'라는 간판이 붙어 있었다. 처음에는 안에 아무도 없는 것 같았다. 하지만 내가 헛된 희망을 가지고 몇 차례 "계세요!"라고 소리치는 동안 칸막이 벽 뒤에서 말소리가 나더니 이윽고 안쪽 문에서 예쁘장한 유대인 여자가 나타나 적의가 담긴 검은 눈으로 나를 훑어보았다.

"아무도 안 계세요." 여자가 둘러댔다. "울프심 씨는 시카고에 가셨어요."

아무도 없다는 건 분명히 거짓말이었다. 누군가 안에서 휘파람으로 음정이 맞지 않는 〈로사리오〉를 흥얼거리기 시작했다.

"울프심 씨께 캐러웨이가 만나고 싶어 한다고 전해주세요."

"그분을 시카고에서 오라고 할 수는 없잖아요?"

이때 문 저쪽 편에서 틀림없는 울프심의 목소리가 "스텔라!" 하고 소리쳤다.

"이름을 써서 책상에 놓고 가세요." 여자가 재빨리 말했다. "돌아오면 전해드릴게요."

"하지만 안에 계시잖습니까."

여자는 내게 한 걸음 다가와서 화가 난 듯 양손을 엉덩이에 문질렀다.

"젊은 사람들은 언제든 밀고 들어올 수 있다고 생각하죠." 여자가 짜증을 냈다. "그런 행동에 아주 신물이 나네요. 내가 그분이 시카고에 있다고 하면 시카고에 있는 거예요."

나는 개츠비의 이름을 꺼냈다.

"아아!" 여자는 나를 다시 살펴보았다. "잠깐… 이름이 뭐라고 했죠?"

그녀는 문 뒤로 사라졌다. 곧바로 마이어 울프심이 침통한 얼굴로 문간에 나타나서 양손을 내밀었다. 그는 나를 사무실로 끌고 들어가 경건한 목소리로 지금은 우리 모두에게 슬픈 시간이라며 시가를 권했다.

"그 친구를 처음 만났을 때가 생각나는군요." 울프심이 말을 시작했다. "군에서 갓 제대한 젊은 소령이었는데 군복에 전쟁에서 받은 훈장을 잔뜩 달고 있었지요. 사정이 워낙 좋지 않아서 평상복을 살 돈조차 없어 계속 군복을 입었던 거예요. 처음 본 건 43번가에 있는 와인브레너의 당구장이었죠. 그 친구는 일자리를 찾고 있었어요. 이틀 동안 아무것도 먹지 못했다고 하더군요. 그래서 내가 '나하고 같이 점심이나 하세'라고 말했죠. 그랬더니 30분 만에 4달러어치 이상의 음식을 먹어치우더군요."

"그럼 당신이 개츠비에게 일자리를 주었나요?" 내가 물었다.

"그랬죠! 내가 키웠어요."

"아."

"내가 밑바닥에서 일으켜세웠지요. 아무것도 없는 상태에서 말이죠. 나는 첫눈에 그 친구가 훌륭하고 신사다운 젊은이라는 걸 알아봤어요. 옥스퍼드 출신이라는 얘길 들었을 때 쓸모가 있겠다고 생각했지요. 그래서 재향군인회에 입회시켰고 그 친구는 거기서 높은 자리에도 앉았어요. 아무튼 그 친구는 바로 올버니에 있는 내 고객을 위해 일했죠. 우리는 무슨 일에서든 친밀한 사이였어요." 울프심은 여기까지 말하고 둥글납작한 손가락 두 개를 들어 올렸다. "언제나 함께."

이 동업 관계에 1919년의 월드 시리즈 승부 조작 사건도 포함되는지 궁금했다.

"이제 그 사람은 죽고 없어요." 잠시 후 내가 입을 열었다. "당신은 개츠비의 가장 친한 친구이니 오늘 오후 장례식에도 꼭 참석하실 테지요."

"나도 가고야 싶소만."

"그럼 참석해주세요."

그의 코털이 미세하게 떨렸다. 그가 고개를 저을 때 보니 두 눈에 눈물이 가득 고여 있었다.

"그럴 수 없어요. 그런 일에는 말려들 수가 없어서." 울프심이 난처한 듯 말했다.

"말려들 일 같은 건 없습니다. 사건은 이미 다 끝났어요."

"사람이 살해당했을 때는 어떻게든 말려들고 싶지 않군요. 나는 가지 않겠어요. 젊을 때는 나도 이러지 않았어요. 친구가 죽으면 어떤 일이 있어도 끝까지 함께 했죠. 감상적이라고 생각할지도 모르지만 정말 그렇게 했어요. 쓰라린 최후까지 말이오."

그가 나름대로 이유가 있어서 장례식에 오지 않기로 결정했다는 것을 알고 나는 자리에서 일어섰다.

"당신은 대학을 나왔소?" 울프심이 갑자기 물었다.

순간 나는 그가 '거래선' 얘기를 꺼내려는가 보다 생각했지만 그는 그저 고개를 끄덕이며 악수를 청할 뿐이었다.

"친구가 죽은 다음이 아니라 살아 있을 때 우정을

보여주도록 합시다." 울프심이 담담하게 말했다. "친구가 죽은 뒤의 내 원칙은 모든 걸 그대로 내버려두는 것이오."

울프심의 사무실을 나오니 하늘에 먹구름이 끼어 있었다. 나는 이슬비를 맞으며 웨스트에그로 돌아왔다. 옷을 갈아입고 옆집으로 건너가보니 개츠 씨가 홍분한 상태로 홀 안을 왔다 갔다 하고 있었다. 자기 아들과 아들의 소유물에 대한 자부심이 계속 커져가는 모양이었다. 나를 보자마자 뭔가를 보여주겠다고 했다.

"지미가 나한테 이 사진을 보내줬어요." 그는 떨리는 손으로 지갑을 꺼냈다. "자, 이거요."

개츠비의 저택을 찍은 사진이었는데 모서리가 닳고 사람들의 손때가 많이 묻어 있었다. 그는 일일이 가리키며 열심히 설명했다. "여길 좀 보시오!" 그러고는 내 눈에서 감탄하는 기색을 찾으려고 했다. 사람들에게 사진을 하도 많이 보여주어서인지 지금 그는 실제 집보다 사진 속의 집이 더 진짜처럼 느껴지는 듯했다.

"지미가 내게 이걸 보내주었어요. 아주 근사한 사진이에요. 아주 잘 나왔어요."

"네, 아주 잘 나왔네요. 최근에 아드님을 본 적이 있나요?"

"2년 전에 나를 만나러 와서 지금 사는 집을 사줬어요. 물론 지미가 집을 나가면서 우리 사이는 끝났지요. 하지만 이제는 이해해요. 다 이유가 있었던 거예요. 지미는 자기 앞에 창창한 미래가 있다는 걸 알았어요. 성공한 후로는 나한테 아주 잘해줬지요."

그는 사진을 치우기가 못내 아쉬운 듯 꾸물거리며 잠시 내 눈앞에 들고 있었다. 그러다가 지갑에 집어넣고 호주머니에서 『호필롱 캐시디*』라는 오래되고 낡아서 너덜너덜한 책 한 권을 꺼냈다.

"이걸 좀 봐요. 이건 지미가 어렸을 때 갖고 있던 책이에요. 이걸 보면 지미를 알 수 있어요."

그는 뒤표지를 펴서 내가 보기 쉽도록 책을 돌려놓았다. 책의 마지막 페이지 여백에 '계획표'와 1906년 9월 12일이라는 날짜가 적혀 있었다. 그리고 그 밑에 다음과 같이 적혀 있었다.

---

*클래런스 E. 멀포드가 1910년에 쓴 카우보이 영웅 소설. 개츠비가 1906년 9월 12일이라고 책에 써놓은 건 연대를 잘못 기술한 것이다.

기상 · · · · · · · · · · · · · · · ·06:00

아령 들기, 담 기어오르기 · · · ·06:15～06:30

전기학 및 기타 공부하기 · · · ·07:15～08:15

일하기 · · · · · · · · · · · ·08:30～16:30

야구 및 운동하기 · · · · · · · 16:30～17:00

웅변 연습, 품위 있는 자세 익히기17:00～18:00

발명에 필요한 공부하기 · · · · ·19:00～21:00

나의 결심

샤프터즈나 xxx(알아볼 수 없음)에서 시간 낭비 안 하기

담배를 피우거나 껌 씹지 않기

이틀에 한 번씩 목욕하기

유익한 책이나 잡지를 매주 한 권씩 읽기

매주 5달러 3달러씩 저축하기

부모님께 더 잘하기

"이 책을 우연히 발견했어요." 그가 확인을 받으려

는 듯 말했다. "이것만 보아도 지미를 알 수 있지 않나요?"

"네, 그렇군요."

"지미는 반드시 성공할 아이였어요. 항상 이런저런 결심을 했지요. 그 애가 마음을 갈고닦으려고 얼마나 노력했는지 압니까? 언제나 엄청난 노력을 했어요. 한번은 내게 게걸스럽게 먹는다고 한마디 해서 내가 때린 적도 있었죠."

그는 그 책도 덮기가 못내 아쉬운 듯 각 항목을 큰 소리로 읽고 나서 진지한 얼굴로 나를 바라보았다. 내가 그 목록을 베껴 적어서 활용하길 기대한 것이 아닌가 싶다.

3시가 조금 안 되어 플러싱에서 루터교 목사가 도착했다. 나는 무의식적으로 다른 차들이 오지 않는지 창밖을 내다보았다. 개츠비의 아버지도 창밖을 보고 있었다. 예정 시간이 지나고 하인들이 홀에 들어와서 기다리자 그는 불안하게 두 눈을 깜박거리며 비가 와서 그런가 보다고 자신 없이 말했다. 목사가 몇 번이나 손목시계를 흘긋거리는 걸 보고 나는 그를 옆으로 데려가서 30분만 더 기다려달라고 부탁했다. 하지만 다 부질없는 일이었다. 끝내 아무도 오지 않았다.

5시쯤 세 대의 차량으로 이루어진 장례 행렬이 굵어진 빗줄기를 뚫고 묘지 입구에 도착했다. 선두에는 비에 젖어 더 슬프고 끔찍해 보이는 검은색 영구차가, 그 뒤에는 개츠 씨와 목사 그리고 내가 탄 리무진이, 이어서 네다섯 명의 하인과 이스트에그에서 온 우체부가 탄 개츠비의 스테이션왜건이 차례로 멈춰섰다. 모두 비에 흠뻑 젖어 있었다. 우리가 묘지 안으로 들어갈 때, 자동차가 멈춰서고 누군가 질척거리는 땅을 철벅거리며 우리를 뒤따라오는 소리가 들렸다. 나는 뒤를 돌아보았다. 석 달 전 어느 날 밤, 개츠비의 서재에서 책을 보고 감탄하던 그 올빼미 안경을 쓴 남자였다.

그때 이후로 나는 그를 본 적이 없었다. 그가 어떻게 장례식을 알았는지, 아니 그의 이름조차도 알지 못했다. 그의 두꺼운 안경에도 비가 흘러내렸다. 그는 안경을 벗어서 닦아 쓰고 개츠비의 무덤을 덮어놓은 덮개를 벗겨내는 것을 지켜보았다.

그때 잠시만이라도 개츠비에 대해 생각해보려고 했지만, 그는 이미 너무 먼 곳에 가 있었다. 이제 화도 나지 않고 데이지가 전보 한 줄, 꽃 한 송이 보내지 않았다는 것만 생각났다. 누군가 "죽은 자가 비를 맞으면 복이 있나니"라고 중얼거리는 소리가 어렴풋이 들렸다. 곧이어 올빼미 안경을 쓴 남자가 힘찬 목소리로 "아멘!" 하고 말했다.

우리는 비를 맞으며 뿔뿔이 흩어져 급히 차로 돌아갔다. 올빼미 안경을 쓴 남자가 묘지 입구에서 내게 말을 걸었다.

"집까지는 갈 수 없었소."

"아무도 오지 않았습니다."

"말도 안 돼!" 그는 깜짝 놀란 모양이었다. "오, 세상에! 그 집을 드나든 게 수백 명인데…." 다시 안경을 벗어서 안경알을 닦았다. "불쌍한 사람이로군."

생생하게 남아 있는 기억은 대학 예비학교 시절과 그 후 대학 시절 크리스마스 때 서부로 돌아가던 일이다. 12월 어느 저녁 6시에 시카고보다 멀리 가는 친구들과 시카고 친구들이 낡고 칙칙한 역에 모여들어 이미 즐거운 연말 분위기에 들뜬 채 서둘러 작별 인사를 나누곤 했다. 집으로 돌아가는 털 코트 차림의 여학생들이 하얀 입김을 내뿜으며 재잘거리던 수다, 그러다 아는 친구가 보이면 머리 위로 흔들던 손짓, "너, 오드웨이네 갈 거니? 허시네 갈 거야? 슐츠네 가?"라며 서로 초대받은 곳을 묻던 말소리, 장갑 낀 손에 꼭 쥐고 있던 기다란 초록색 기차표도 기억이 난다. 그리고 마지막으로 탑승구 옆 선로에 서서 즐거운 크리스마스 분위기를 더해주던 시카고, 밀워키 그리고 세인트폴철도회사의 진한 노란색 열차도 생생하게 떠오른다.

기차가 겨울밤 속으로 달려가기 시작하면 진짜 눈이, 우리의 눈이 창밖에서 휘날리며 차창에 부딪쳐 반짝였고, 작은 위스콘신역의 회미한 불빛들을 스쳐지나가면 갑자기 공기 중에서 강렬하고 거친 힘이 느껴졌다. 저녁 식사를 마치고 싸늘한 통로로 돌아오면서 우리는 그 공기를 깊이 들이마셨다. 그 낯선 한 시간 동안 우리는 이 지역과 형용할 수 없는 일체감을 느끼다가 그곳에 완전히 녹아들었다.

그것이 나의 중서부다. 밀밭이나 대초원이나 이제는 사라진 스웨덴 사람들의 마을이 있는 곳이 아니라, 가슴 두근거리는 젊은 날의 귀향열차와 서리 내린 밤의 가로등과 썰매 종 소리, 불 밝힌 창밖 눈 위에 드리워진 크리스마스 리스의 그림자가 있는 곳이었다. 그 중서부의 일부인 나는 긴 겨울이 오면 조금 엄숙해지고 몇 십 년이 지나도록 여전히 가문의 이름이 주소를 대신하는 도시의 캐러웨이 가문에서 자란 것에 약간의 자부심을 느낀다. 이제 와서 생각해보면 이것은 결국 서부의 이야기였다. 톰과 개츠비, 데이지와 조던과 나는 모두 서부 사람이었고, 어쩌면 그래서 우리가 동부의 삶에 적응할 수 없는 어떤 결점을 공통으로 갖고 있었는지도 모른다.

하지만 내가 동부에 가장 열광할 때도, 아이와 노인만 빼고 꼬치꼬치 캐묻기 좋아하는 오하이오 너머로 지루하고 꼴사납게 솟아 있는 마을들보다 동부가 더 우월하다고 절실히 느낄 때도, 내게 동부는 언제나 뒤틀린 면을 갖고 있었다. 특히 웨스트에그는 내가 환상적인 꿈을 꿀 때면 어김없이 나타난다. 그곳은 엘 그레코가 그린 밤의 정경처럼 보인다. 평범한 동시에 기괴한 백 여 채의 집이 음울한 분위기가 감도는 하늘과 빛을 잃은 달빛 아래 웅크리고 있다. 그림에서는 야회복 차림의 엄숙한 남자 넷이 들것을 들고 보도를 걸어간다. 들것에는 하얀 야회복을 입은 술 취한 여자가 실려 있다. 들것 옆으로 축 늘어진 여자의 손에서 보석들이 차갑게 반짝인다. 남자들은 엄숙하게 어떤 집으로 들어가지만 엉뚱한 집이다. 아무도 그 여자의 이름을 모르고, 아무도 알려고 하지 않는다.

개츠비가 죽은 이후로 동부는 어떻게 해도 바로잡을 수 없는 뒤틀린 곳이라는 생각이 머릿속을 떠나지 않았다. 그래서 바삭거리는 낙엽을 태우는 푸르스름한 연기가 피어오르고 빨랫줄에 널어놓은 빨래가 바람을 맞아 빳빳하게 마를 무렵, 고향에 돌아가기로 결심했다.

떠나기 전에 정리해야 할 일이 한 가지 있었다. 거북하고 불쾌한 일이어서 어쩌면 그냥 내버려두는 편이 더 좋았을지도 모른다. 하지만 친절하고 무심한 바다가 내 쓰레기를 휩쓸어가게 남겨두고 싶지는 않았다. 나는 조던 베이커를 만나서 우리에게 일어난 일과 그 후 내게 일어난 일을 들려주었다. 조던은 커다란 의자에 조용히 앉아서 내 이야기를 듣고 있었다.

조던은 골프복을 입고 있었는데, 경쾌하게 살짝 치켜든 턱과 낙엽색 머리카락, 무릎에 놓인 손가락 없는 장갑처럼 갈색으로 그을린 얼굴을 보며 멋진 삽화의 한 장면 같다고 생각한 기억이 난다. 내 이야기가 끝나자 조던은 아무런 설명도 없이 다른 남자와 약혼했다고만 말했다. 그녀가 고개만 까딱하면 결혼할 남자가 여럿 있었지만 그 말은 좀 의심스러웠다. 하지만 나는 깜짝 놀란 척했다. 잠깐 내가 실수하는 건 아닐까 다시 생각해보았지만, 이내 작별 인사를 하기 위해 일어섰다.

"그렇지만 당신이 나를 버렸어요." 조던이 툭 내뱉듯이 말했다. "그 전화 통화에서 날 버린 거예요. 지금은 당신에게 조금도 마음이 없지만, 그때는 처음 겪는 일이라서 한동안 좀 혼란스러웠어요."

우리는 악수를 했다.

"아, 기억나요?" 조던이 덧붙여 말했다. "언젠가 자동차 운전에 대해 나눈 얘기 말이에요."

"글쎄요… 정확하게는 기억나지 않네요."

"당신이 조심성 없는 운전자는 다른 조심성 없는 운전자를 만나기 전까지만 안전하다고 했잖아요? 그런데 내가 그 조심성 없는 운전자를 만난 거예요, 아닌가요? 내가 경솔해서 잘못 생각했던 거예요. 나는 당신이 정직하고 솔직한 사람인 줄 알았어요. 그것이 당신이 은근히 갖고 있는 자부심이라고 생각했어요."

"나는 서른 살이에요." 내가 부드럽게 말했다. "나 자신을 속이고 그걸 자랑으로 생각하기에는 당신보다 다섯 살이나 많아요."

조던은 대답하지 않았다. 나는 화도 나고 얼마쯤은 그녀를 사랑하는 마음에 깊은 회한에 잠겨서 그곳을 떠났다.

10월 어느 날 늦은 오후, 톰 뷰캐넌을 만났다. 톰은 내 앞에서 공격적이고 경계하는 자세로 5번가를 따라 걷고 있었다. 방해하는 것이 있으면 싸우기라도 할 것처럼 양손을 몸에서 약간 앞으로 내밀고 끊임없이 움직이는 시선에 따라 고개를 이리저리 휙휙 돌려댔다. 그를 앞지르는 것을 피하려고 걸음을 늦추었는데, 그가 멈춰서더니 눈을 찌푸리고 보석상의 쇼윈도를 들여다보기 시작했다. 그러다 갑자기 나를 발견하고 되돌아와서 손을 내밀었다.

"왜 그래, 닉? 나와 악수도 하지 않을 셈인가?"

"그래. 내가 자네를 어떻게 생각하는지 알 텐데."

"자네 미쳤군, 닉." 톰이 빠르게 말했다. "단단히 미쳤어. 자네가 왜 이러는지 모르겠군."

"톰." 나는 따지듯이 물었다. "그날 오후 윌슨에게 뭐라고 했나?"

톰은 말없이 나를 노려보았다. 그래서 윌슨의 행방을 알 수 없었던 시간에 대한 내 추측이 옳았다는 것을 알았다. 내가 돌아서서 걷기 시작하자 톰이 뒤따라와서 내 팔을 붙잡았다.

"사실대로 말해줬을 뿐이네." 톰이 털어놓았다. "우리가 외출 준비를 하는데 윌슨이 찾아왔어. 사람을 시켜서 아무도 없다고 했지만 막무가내로 2층을 향해 밀고 올라오려 하잖나. 윌슨은 제정신이 아니어서 그 차가 누구 건지 말하지 않으면 나를 죽일 기세였어. 내 집에 있는 동안 주머니에 든 권총에서 한시도 손을 떼지 않았단 말일세….” 그는 갑자기 말을 끊고 도전적인 표정을 지었다. “내가 말해줬다고 해서 그게 어쨌다는 건가? 그 작자는 자업자득이었어. 데이지의 눈을 멀게 하더니 자네 눈도 멀게 했나 보군. 지독한 놈 같으니라고. 그 자식은 개새끼를 치듯이 머틀을 쳐놓고 차를 멈추지도 않은 놈이야.”

그것은 진실이 아니라는, 말할 수 없는 사실 외에는 더 이상 할 말이 없었다.

“내가 고통을 느끼지 않았다고 생각한다면…. 이보게, 아파트를 처분하러 갔을 때 찬장에 개 비스킷 깡통이 놓여 있는 걸 보고 주저앉아서 어린애처럼 엉엉 울었다네. 정말 끔찍했다고….”

나는 톰을 용서할 수도 좋아할 수도 없었다. 톰에게는 자신의 행동이 완전히 정당한 것이었다. 아주 무책임하고 한심했다. 톰과 데이지, 그들은 부주의한 인간이었다. 물건이든 사람이든 망가뜨리고 나서 돈이나 철저한 무관심 혹은 자기를 지켜주는 것이면 무엇이든 그 뒤로 숨어버렸다. 그러고는 자신이 벌여놓은 쓰레기를 다른 사람이 치우게 했다.

나는 톰과 악수했다. 악수를 하지 않는 것이 오히려 바보 같다는 생각이 들었다. 문득 어린애와 이야기하는 듯한 기분이 들었기 때문이다. 톰은 진주 목걸인지 커프스단추인지를 사러 보석상으로 들어갔다. 그렇게 내 촌스러운 결벽증에서 영원히 벗어났다.

내가 떠난 날도 개츠비의 집은 여전히 비어 있었다. 잔디도 우리 집 잔디만큼이나 웃자란 터였다. 마을의 택시기사는 손님을 태우고 그 집을 지나갈 때면 그냥 지나치지 않고 정문 앞에 잠깐씩 멈춰서서 집 안쪽을 가리키곤 했다. 어쩌면 그가 사고 난 날 밤에 데이지와 개츠비를 이스트에그까지 태우고 간 기사였을지도 모른다. 그래서 자기 나름대로 이야기를 꾸며내 떠드는 모양이었다. 나는 그 이야기를 듣고 싶지 않아서 기차를 내리면 그를 피해 다녔다.

나는 토요일을 뉴욕에서 보냈다. 눈부시게 화려했던 개츠비 저택의 파티가 기억에 생생히 남아 있는 터라 정원에서 음악 소리와 웃음소리가, 차도를 오르내리는 자동차 소리가 끊임없이 희미하게 들리는 듯했기 때문이다. 어느 날 밤에는 실제로 자동차 소리를 들었고, 헤드라이트 불빛이 현관 앞 계단을 비추는 것을 보았다. 하지만 누구인지 확인해보지는 않았다. 아주 멀리 떠나서 파티가 끝났다는 걸 미처 알지 못한 마지막 손님이었을 것이다.

마지막 날 밤, 트렁크에 짐을 꾸리고 차를 식료품점 주인에게 팔고 나서 옆집으로 건너가 저택이 겪은 터무니없고 이해할 수 없는 몰락을 다시 한번 마주했다. 하얀 돌계단에 아이들이 벽돌 조각으로 휘갈겨놓은 외설스러운 낙서가 달빛 아래 뚜렷이 드러났다. 나는 돌계단을 따라가며 낙서들을 발로 쓱쓱 문질러 지웠다. 그러고 나서 어슬렁거리며 해변으로 내려가 모래사장에 벌렁 드러누웠다.

해변가에 있는 저택의 대부분은 이제 문을 닫았고, 해협을 가로지르는 나룻배에서 희미하게 움직이는 불빛 외에는 아무것도 보이지 않았다. 달이 더 높이 떠오르자 불필요한 집들이 사라지기 시작하면서 나는 한때 네덜란드 선원들의 눈에서 꽃처럼 피어났을 이 섬의 옛 모습을 차츰 깨달아갔다. 이 섬은 신세계의 싱그러운 초록빛 젖가슴이었다. 이 섬에서 사라진 나무들, 개츠비 저택에 자리를 내준 나무들은 한때 모든 인간의 최후이자 최고의 꿈을 소곤거리며 부추겼다. 덧없이 흘러가는 순간에 인간은 마법에 걸린 듯 이 대륙 앞에서 숨을 죽인 채 인류 역사에서 마지막으로 경이로운 어떤 것을 마주하고는 이해할 수도 없고 바라지도 않았던 심미적인 명상에 빠져들었을 것이다.

나는 해변에 앉아 미지의 옛 세계를 곰곰이 생각하다가 개츠비가 데이지의 집 잔교 끝에서 반짝이는 초록색 불빛을 찾아냈을 때의 놀라움을 떠올려보았다. 개츠비는 이 푸른 잔디를 찾아 먼 길을 달려왔고, 자신의 꿈이 코앞에 다가왔으니 놓칠 리 없다고 생각했을 것이다. 그러나 개츠비는 그 꿈이 이미 자기 뒤로, 밤하늘 아래 어둠에 싸인 공화국의 들판이 펼쳐진 저 도시 너머 광막한 어둠 속으로 지나쳐버렸다는 것을 알지 못했다.

개츠비는 그 초록색 불빛을, 해가 갈수록 우리 앞에

서 멀어져가는 황홀한 미래를 믿었던 것이다. 이제 그 것은 우리를 피해 달아났지만 그런 것은 문제가 안 된 다. 내일 우리는 더 빨리 달려갈 것이고 더 멀리 팔을 뻗을 것이다. 그리고 어느 화창한 아침에….

그렇게 우리는 끊임없이 과거 속으로 밀려가면서도 물결을 거스르는 배처럼 앞으로 나아가는 것이다.

스콧 피츠제럴드

Scott Fitzgerald, 1896~1940

무라카미 하루키, J.D. 샐린저 등이 가장 존경하는 작가로 꼽은 F. 스콧 피츠제럴드는 1896년 미네소타주 세인트폴에서 태어났다. 프린스턴대학에 들어갔다가 1917년에 입대했다. 재즈 시대를 전형적으로 보여주었다는 말을 듣고 있으나 그 자신은 '신에 대한 믿음이 사라지고 전쟁을 경험하며 인간의 모든 신념이 흔들리는 가운데 성장한 세대'라는 것을 인정하지 않았다.

1920년 젤다 세이어와 결혼했다. 그들의 고통스러운 결혼생활과 아내인 젤다의 신경쇠약 증세가 그의 작품에 많은 영향을 미쳤다. 소설 『낙원의 이쪽』『위대한 개츠비』『아름답고 저주받은 사람들』『밤은 부드러워』

『마지막 거물』(마지막 작품으로 미완성 소설)과 여섯 편의 단편집 그리고 자전적 작품인『붕괴』등이 있다. 피츠제럴드는 1940년 갑자기 사망했다. 피츠제럴드가 죽자 《뉴욕타임스》에서 이렇게 말했다. "피츠제럴드는 자신이 알고 있는 것보다 더 훌륭한 작가였다. 문학적 의미에서 그는 새로운 '세대'를 만들어냈다… 그들의 서로 다른 고귀한 자유가 파괴되는 위기를 목격했을 때, 그것을 가로막고서 그들을 이끌 수도 있었다."

이정임

숙명여자대학교 졸업. 전문번역가로 활동 중이며, 번역가 모임인 '바른번역' 회원이다. 옮긴 책은 『허니문 인 파리』 『벤자민 프랭클린 자서전』 『누가 하비 버델 선생을 죽였나』 『밍과 옌』 등이 있다.

위대한 개츠비

2017년 12월 4일 1판 1쇄 발행
2025년 5월 20일 1판 3쇄 발행
지 은 이 스콧 피츠제럴드
옮 긴 이 이정임
발 행 인 이상영
편 집 장 서상민
편 집 인 한성옥, 채지선
디 자 인 서상민, 전가람
마 케 팅 최승은
교정·교열 노경수
펴 낸 곳 디자인이음
등 록 일 2009년 2월 4일 : 제300-2009-10호
주   소 서울시 종로구 효자동 62
전   화 02-723-2556
메   일 designeum@naver.com
blog.naver.com/designeum
instagram.com/design_eum

*잘못된 책은 바꾸어드립니다.